El misterio de las siete esferas

Biblioteca Agatha Christie

Agatha Christie

El misterio de las siete esferas

Traducción de Carlos Paytuví de Sierra

Planeta

Avda. Diagonal, 662-664, 08034 Barcelona (España)
www.planetadelibros.com

Diseño de la cubierta: Booket / Área Editorial Grupo Planeta
Ilustración de la cubierta: © David Sierra
Primera edición en Colección Booket: febrero de 2025

Depósito legal: B. 225-2025
ISBN: 978-84-08-29857-1
Composición: Realización Planeta
Impresión y encuadernación: Liberdúplex, S. L.
Printed in Spain - Impreso en España

Biografía

Agatha Christie es conocida en todo el mundo como la Dama del Crimen. Es la autora más publicada de todos los tiempos, tan solo superada por la Biblia y Shakespeare. Sus libros han vendido más de dos mil millones de ejemplares en todo el mundo. Escribió un total de ochenta novelas de misterio y colecciones de relatos breves, más de veinticinco obras de teatro y seis novelas escritas con el pseudónimo de Mary Westmacott. Probó suerte con la pluma mientras trabajaba en un hospital durante la Primera Guerra Mundial, y debutó en 1920 con *El misterioso caso de Styles*, cuyo protagonista es el legendario detective Hércules Poirot, que luego aparecería en treinta y tres libros más. Alcanzó la fama con *El asesinato de Roger Ackroyd* en 1926, y creó a la ingeniosa Miss Marple en *Muerte en la vicaría*, publicado por primera vez en 1930. Se casó dos veces, una con Archibald Christie, de quien adoptó el apellido con el que es conocida mundialmente como la genial escritora de novelas y cuentos policiales y detectivescos, y luego con el arqueólogo Max Mallowan, al que acompañó en varias expediciones a lugares exóticos del mundo que después usó como escenarios en sus novelas. En 1961 fue nombrada miembro de la Real Sociedad de Literatura y en 1971 recibió el título de Dama de la Orden del Imperio Británico, un título nobiliario que en aquellos días se concedía con poca frecuencia. Murió en 1976 a la edad de ochenta y cinco años. Sus misterios encantan a lectores de todas las edades, pues son lo suficientemente simples como para que los más jóvenes los entiendan y disfruten, pero a la vez muestran una complejidad que las mentes adultas no consiguen descifrar hasta el final.

www.agathachristie.com

Personajes

Relación de los principales personajes que intervienen en esta obra:

RUPERT BATEMAN: secretario particular de sir Coote.

BATTLE: sagaz y activo superintendente de Scotland Yard.

ALFRED BOWER: antiguo lacayo de la finca de Chimneys y más tarde del club Las Siete Esferas.

LADY EILEEN BRENT (alias BUNDLE): hermosa y moderna muchacha, hija de lord Caterham.

LORD ALASTAIR BRENT CATERHAM: despreocupado aristócrata dedicado a la política y a la práctica del golf.

MARIA CATERHAM: hermana del anterior y tía de Bundle.

MARIA COOTE: esposa de sir Oswald Coote.

SIR OSWALD COOTE: multimillonario y gran magnate del acero.

SOCKS DAVENTRY: bonita muchacha invitada del matrimonio Coote.

RONNY DEVEREUX: funcionario del Foreign Office.

EBERHARD: inventor alemán de gran valía.

BILL EVERSLEIGH: compañero de Devereux y, como este, empleado en el Foreign Office.

HOWELL: ama de llaves de los Caterham.

GEORGE LOMAX: subsecretario de Estado.

MRS. MACATTA: diputada obsesionada con la política.

MacDonald: jardinero jefe de los Coote.

Melrose: coronel y jefe de policía del condado.

Mosgorovsky: director del club Las Siete Esferas.

Mr. Murgatroyd: propietario de los almacenes Murgatroyd.

Babe St. Maur: artista de revistas musicales.

Stevens: mayordomo de Jimmy Thesiger.

Jimmy Thesiger: joven de la buena sociedad, desocupado y divertido.

Tredwell: majestuoso mayordomo de la finca de Chimneys.

Gerry Wade: excelente muchacho, amigo íntimo de Jimmy y Bill.

Loraine Wade: hermana del anterior e hija ilegítima de Mr. Wade.

Williams: uno de los jardineros de Chimneys.

Capítulo 1
En el que se compran despertadores

Aquel agradable joven llamado Jimmy Thesiger bajó de dos en dos los peldaños de la gran escalera de Chimneys. Tan precipitado era su descenso que fue a chocar con Tredwell, el majestuoso mayordomo, cuando este cruzaba el vestíbulo llevando café recién hecho. Solo debido a su maravillosa presencia de ánimo y a su agilidad de acróbata, no ocurrió una catástrofe.

—Discúlpeme —se excusó Jimmy—. Oiga, Tredwell, ¿soy el último en bajar?

—No, señor. Mr. Wade está aún en sus habitaciones.

—¡Magnífico! —respondió Jimmy entrando en el comedor.

No había nadie en él, excepto su anfitriona, cuya mirada de reproche le causó la misma sensación de incomodidad que experimentaba al ver los ojos de un abadejo en el mostrador de la pescadería. ¿Por qué tenía aquella señora que mirarle de esa forma? Cuando se pasan unos días en una casa de campo, no es costumbre presentarse a desayunar puntualmente a las nueve y media. Es verdad que habían dado ya las once y cuarto, hora que acaso constituyera el límite máximo, pero, después de todo...

—Temo haber bajado algo tarde, lady Coote, ¿no le parece?

—¡Oh, no importa! —repuso la dama con voz melancólica.

En realidad, la gente que llegaba tarde al desayuno le despertaba una seria preocupación. Durante los diez primeros años de su vida de casada, su marido, sir Oswald Coote (que todavía no era noble), armaba un terrible escándalo si su primera comida del día le era servida medio minuto después de las ocho de la mañana. Lady Coote aprendió a considerar la falta de puntualidad como uno de los más horrendos pecados. El hábito es difícil de cambiar. Era, además, una mujer diligente y no podía dejar de preguntarse dónde llegarían aquellos jóvenes en la vida a menos que se levantaran temprano. Como sir Oswald a menudo había dicho a periodistas y amigos: «Atribuyo enteramente mi éxito a mi costumbre de madrugar, a mi vida frugal y metódica».

Lady Coote era una mujer alta y bien parecida con un estilo un tanto trágico. Poseía unos ojos de mirada triste y una voz profunda. El artista que buscara un modelo para *Raquel llorando a sus hijos* habría estado encantado con ella. Tampoco hubiese hecho mal papel en los melodramas, interpretando a la sufrida esposa que escapa en medio de la ventisca de las garras del villano.

Parecía como si, en su vida, hubiera una gran pena secreta; sin embargo, a decir verdad, lady Coote no se había visto turbada jamás, excepto por la meteórica ascensión de sir Oswald a la prosperidad. En su juventud fue una alegre y extravagante criatura, muy enamorada de Oswald Coote, el ambicioso joven de la tienda de bicicletas contigua a la ferretería de su padre. Vivieron muy felices: al principio en dos habitaciones, en una casa pequeña después, en una mayor a continuación y, más tarde, en sucesivas casas de crecientes dimensiones, pero siempre a razonable distancia «del trabajo», hasta que sir Oswald alcanzó tal preeminencia que él y «el trabajo» no eran ya interdependientes, complaciéndose entonces en alquilar la mayor y más suntuosa residencia que pudo encontrar en toda Inglaterra. Chimneys, propiedad del marqués de Caterham, era un lugar histórico y, al alquilarlo durante dos años, sir Oswald creyó haber alcanzado la cima de su ambición.

Lady Coote no compartía la misma satisfacción. Era una mujer solitaria. Durante la primera parte de su vida de casada su principal entretenimiento consistió en franquearse con «la muchacha», e incluso, cuando «la muchacha» se multiplicó por tres, la conversación con sus criadas constituyó aún la principal distracción de lady Coote. Ahora, con múltiples doncellas, un mayordomo majestuoso como un arzobispo, varios criados de formidables proporciones, un enjambre de pinches de cocina y lavaplatos, un terrible cocinero con temperamento, un ama de llaves gorda como un globo inflado y bajo cuyos pies parecía crujir el suelo, lady Coote se encontraba como en una isla inhóspita, desierta.

Suspiró, resignada, y salió por la puerta cristalera, con notable alivio para Jimmy Thesiger, que inmediatamente se sirvió más riñones y más beicon.

Lady Coote permaneció unos instantes en actitud trágica en la terraza, haciendo acopio de valor para hablarle a MacDonald, el jardinero jefe, que contemplaba el dominio sobre el cual reinaba con ojo autocrático. MacDonald era el príncipe entre los jardineros jefes. Conocía su función: gobernar. Y lo hacía como un déspota.

Lady Coote se le acercó, presa de nerviosismo.

—Buenos días, MacDonald.

—Buenos días, milady.

Hablaba como correspondía a los jardineros jefes, con un tono lúgubre pero muy digno, como un emperador en un entierro.

—Me preguntaba si esta noche podríamos tener uvas de postre.

—Todavía no están a punto para ser cogidas —dijo MacDonald, bondadosa pero firmemente.

—¡Oh! —exclamó lady Coote.

Entonces reunió todo su valor.

—Ayer estuve en el invernadero, probé una y me pareció muy buena.

MacDonald le dirigió una mirada de reproche que la hizo sonrojarse como si se hubiese tomado una imperdonable libertad. Evidentemente, la fallecida marquesa de Caterham no se había atrevido jamás a entrar en uno de sus propios invernaderos a coger uvas.

—Si milady lo hubiese ordenado, se le habría servido un racimo —dijo MacDonald con voz severa.

—¡Oh, gracias! —repuso lady Coote—. En otra ocasión, así lo haré.

—Pero no están todavía a punto para ser cogidas.

—No, supongo que no —murmuró lady Coote—. Lo dejaremos para mejor ocasión.

MacDonald mantuvo un silencio impresionante. Lady Coote volvió a hacer acopio de valor.

—Iba a hablarle del césped de más allá de los rosales. He pensado que podríamos usarlo como pista de bolos. A sir Oswald le gusta mucho ese juego.

«¿Y por qué no?», pensó lady Coote. Conocía bien la historia de Inglaterra. ¿No estaba sir Francis Drake jugando a los bolos cuando la Armada española fue avistada? Era, indudablemente, un juego de caballeros al que MacDonald no podría oponer ninguna objeción razonable. Pero no contaba con la característica predominante de todo buen jardinero jefe, que consiste en oponerse a todas y cada una de las insinuaciones que se le hagan.

—Sin duda podría ser usado para ese fin —observó MacDonald, sin comprometerse.

Pronunció esas palabras en tono descorazonador, aunque su verdadero objetivo era hacer que lady Coote caminara hacia su propia destrucción.

—Si se recortara y limpiara... En fin —dijo la señora esperanzadamente.

—Sí —repuso MacDonald despacio—. Podría hacerse,

pero, para eso, Williams tendría que dejar su trabajo en el arriate inferior.

—¡Oh! —exclamó lady Coote, vacilante.

Las palabras *arriate inferior* carecían de significado para ella, aunque era indudable que constituían una insuperable objeción desde el punto de vista de MacDonald.

—Y sería una lástima tener que hacerlo —prosiguió el jardinero jefe.

—Sí, desde luego —dijo lady Coote—. Claro que sí. —Se preguntó por qué asentía tan fervorosamente.

MacDonald le dirigió una mirada muy dura.

—Por supuesto —observó el hombre—, si milady lo ordena...

Dejó la frase sin terminar, pero su tono amenazador era demasiado para ella y capituló enseguida.

—¡Oh, no! —repuso—. Comprendo lo que quiere decir, MacDonald. No, es preferible que Williams siga en el arriate inferior.

—Eso mismo pensaba yo, milady.

—Sí —dijo lady Coote—. Sí, ciertamente.

—Supuse que estaría de acuerdo conmigo, milady —siguió diciendo el jardinero jefe.

—Oh, ciertamente —repitió ella.

MacDonald se llevó la mano al ala del sombrero en señal de despedida y se alejó.

Lady Coote suspiró, apesadumbrada, y miró cómo se alejaba. Jimmy Thesiger, repleto de riñones y beicon, salió a la terraza y suspiró de una forma muy diferente.

—Magnífica mañana —comentó.

—¿Usted cree? —dijo lady Coote con aire ausente—. ¡Oh, sí! Supongo que sí. No lo había notado.

—¿Dónde están los demás? ¿Navegando en el lago?

—Creo que sí. Quiero decir que no me extrañaría.

Lady Coote dio media vuelta y entró rápidamente en la casa. Tredwell estaba examinando la cafetera.

—¡Oh! —dijo lady Coote—. ¿No ha bajado el señor...?
—¿Wade, milady?
—Sí, Mr. Wade. ¿No ha bajado aún?
—No, milady.
—Es muy tarde.
—Sí, milady.
—¡Oh! Supongo que bajará en algún momento, Tredwell.
—Indudablemente, milady. Ayer bajó a las once y media.

Lady Coote consultó su reloj. Faltaban veinte minutos para las doce. La invadió una ola de compasión.

—Tredwell, es muy pesado para usted tener que servir desayunos tan tarde y la comida a la una.

—Estoy acostumbrado a los caballeros jóvenes, milady.

El reproche era digno, pero inequívoco. En los mismos términos habría podido un príncipe de la Iglesia reprocharle a un turco o a un infiel que hubiese, de buena fe, cometido una irreverencia.

Lady Coote se sonrojó por segunda vez aquella mañana; pero entonces se produjo una oportuna intervención. La puerta se abrió y un joven de aspecto grave, provisto de gafas, asomó la cabeza.

—¡Oh, está aquí, lady Coote! Sir Oswald pregunta por usted.

—Me reuniré con él enseguida, Mr. Bateman.

Lady Coote se alejó apresuradamente.

Rupert Bateman, secretario particular de sir Oswald, salió por la puerta cristalera, junto a la cual se encontraba Jimmy Thesiger en actitud displicente.

—Buenos días, Pongo —dijo Jimmy—. Supongo que tendré que ir y mostrarme agradable con esas condenadas chicas. ¿Me acompañas?

Bateman negó con la cabeza, cruzó la terraza a paso ligero y desapareció por el ventanal de la biblioteca. Jimmy lo miró, sonriente. Habían ido al mismo colegio cuando

Bateman era un muchacho serio que usaba gafas, le pusieron el mote de Pongo sin razón aparente alguna.

Pongo seguía siendo la misma clase de zoquete de antes, pensaba Jimmy. Las palabras *la vida es real, la vida es diligencia* parecían escritas especialmente para él.

Jimmy bostezó y se encaminó lentamente en dirección al lago. Las muchachas se encontraban allí y no tenían nada de extraordinario: dos de ellas eran de cabello oscuro y la otra rubia. La que se reía más era Helen, según pensó Jimmy; había otra, llamada Nancy, y a la tercera se la conocía, por alguna razón indeterminada, por Socks. Con ellas se encontraban sus dos amigos: Bill Eversleigh y Ronny Devereux, que estaban empleados en el Foreign Office a título puramente ornamental.

—Hola, Jimmy —dijo Nancy, o posiblemente Helen—. ¿Dónde está ese como se llame?

—No querrás decir que Gerry Wade no se ha levantado todavía, ¿verdad? —observó Bill Eversleigh—. Deberíamos hacer algo al respecto.

—Si no tiene cuidado, algún día, cuando baje a desayunar, se encontrará con que ya se ha servido el té —dijo Ronny Devereux.

—Es una vergüenza —intervino la muchacha conocida por Socks—. Su actitud preocupa mucho a lady Coote. Cada día se parece más a una gallina que quiere poner un huevo y no puede. No está bien.

—Saquémosle de la cama —propuso Bill—. Vamos, Jimmy.

—Tenemos que ser más sutiles —objetó Socks.

Sutil era una palabra que parecía gustarle mucho y que empleaba con mucha frecuencia.

—Yo no soy sutil —repuso Jimmy—. No sé qué hay que hacer para serlo.

—Pongámonos de acuerdo y hagamos algo al respecto mañana por la mañana —sugirió Ronny vagamente—. Podríamos hacerle levantar a las siete. La casa se tambaleará: Tredwell perderá las patillas y dejará caer la tetera. Lady Coote tendrá un ataque de nervios y se desmayará en brazos de Bill. Sir Oswald exclamará: «¡Ah!», y las acciones del acero subirán un punto y cinco octavos. Pongo dará muestras de emoción arrojando las gafas al suelo y pisoteándolas.

—No conoces a Gerry —observó Jimmy—. Me atrevo a asegurar que una suficiente cantidad de agua fría, cuidadosamente administrada, podría despertarlo, pero solo se daría la vuelta y se quedaría dormido de nuevo.

—Debemos pensar en algo más sutil que el agua fría —protestó Socks.

—¿Como qué? —preguntó Ronny con brusquedad.

Nadie supo contestarle.

—Tendríamos que pensar en algo distinto —dijo Bill—. ¿Quién es capaz de usar su cerebro?

—Pongo —afirmó Jimmy—. Ahí viene a toda prisa, como de costumbre. Pongo siempre ha tenido cerebro. Eso ha sido su desgracia desde que era niño. Pidámosle consejo.

Mr. Bateman escuchó con paciencia las propuestas, un tanto incoherentes. Su actitud era la de alguien que se dispone a levantar el vuelo. Les dio la solución sin pérdida de tiempo.

—Yo sugeriría un despertador —dijo con voz enérgica—. Tengo uno para evitar quedarme dormido por la mañana. He averiguado que una taza de té en la cama servida con discreción no es suficiente para despertarse del todo.

Se alejó con paso rápido.

—Un despertador —observó Ronny meneando la cabeza—. ¡Un despertador! Se necesitarían por lo menos una docena para despertar a Gerry Wade.

—¿Y por qué no? —repuso Bill muy acalorado—. ¡Ya lo tengo! Vayamos a Market Basing y compremos un despertador cada uno.

Hubo risas y confusión. Bill y Ronny fueron en busca de los coches. Jimmy fue el encargado de ir a espiar al comedor y regresó rápidamente.

—Ya está allí —dijo—, desquitándose del tiempo perdido, comiendo grandes cantidades de tostadas y mermelada. ¿Cómo evitaremos que venga con nosotros?

Se decidió que había que encargarle a lady Coote que lo retuviera en la casa, algo que llevaron a cabo Jimmy, Nancy y Helen. Lady Coote se sintió asombrada y preocupada.

—¿Una broma? Tendrán cuidado, ¿verdad, chicos? Quiero decir que no romperán los muebles ni emplearán demasiada agua. Tenemos que devolver la casa la semana próxima y no me gustaría que lord Caterham pensara...

Bill, que había regresado del garaje, la tranquilizó.

—No tema, lady Coote. Bundle Brent, la hija de lord Caterham, es una buena amiga mía y también le gustan mucho las bromas. Créame. De todos modos, no causaremos ningún estropicio. Planeamos algo muy distinto.

—Sutil —dijo la muchacha llamada Socks.

Lady Coote se alejaba tristemente por la terraza cuando Gerald Wade salió del comedor. Jimmy Thesiger era un joven rubio y de aire angelical, y todo cuanto podía decirse de Gerald Wade es que era aún más rubio y más angelical y que su rostro vacío de expresión hacía, por contraste, parecer inteligente el de Jimmy.

—Buenos días, lady Coote —dijo Gerald Wade—. ¿Dónde están los demás?

—Han ido a Market Basing.

—¿Para qué?

—Alguna broma —dijo lady Coote con su voz profunda y melancólica.

—Es muy temprano para bromas —observó Mr. Wade.

—No tanto como usted cree —repuso lady Coote agudamente.

—Temo haberme retrasado algo —dijo Mr. Wade con

admirable franqueza—. Es algo extraordinario, pero siempre soy el último en levantarme.

—Muy extraordinario —murmuró lady Coote.

—No sé por qué será —siguió diciendo Mr. Wade con aire dubitativo—. No puedo imaginarlo.

—¿Por qué no se levanta temprano, simplemente? —sugirió lady Coote.

—¡Oh! —exclamó Mr. Wade. La sencillez de la solución la sorprendió.

Lady Coote siguió hablando animadamente.

—He oído muchas veces a sir Oswald asegurar que nada hay tan provechoso para un joven como adquirir la costumbre de la puntualidad.

—Ya lo sé —observó Mr. Wade—. Tengo que hacerlo cuando estoy en la ciudad. Quiero decir que debo estar en el Foreign Office cada día a las once de la mañana. No debe usted creer que soy un perezoso, lady Coote. ¡Qué flores tan bonitas tiene en el arriate inferior! —prosiguió, cambiando rápidamente de tema—. No puedo recordar cómo se llaman, pero en casa hay algunas de esas de color malva. A mi hermana le encanta cuidar el jardín.

Lady Coote mordió el anzuelo. La jardinería la traía de cabeza.

—¿Qué clase de jardineros tiene?

—Solo uno. Es un viejo algo atontado, que no conoce demasiado bien su oficio, pero hace lo que se le dice. Y eso es muy importante, ¿no cree usted?

Lady Coote asintió con una profundidad de sentimientos en su tono de voz que habría sido de un valor incalculable para una actriz dramática. Comenzaron a hablar de las iniquidades de los jardineros.

Entretanto, la expedición llevaba a cabo sus planes. El principal establecimiento comercial de Market Basing fue invadido y su propietario se sintió notablemente asombrado por la súbita demanda de despertadores.

—¡Ojalá estuviera Bundle aquí! —murmuró Bill—. Tú la conoces, ¿verdad, Jimmy? Os gustaría mucho. Es una chica espléndida y, además, muy inteligente. ¿La conoces tú, Ronny?

El aludido movió la cabeza.

—¿No conoces a Bundle? ¿Dónde has estado vegetando?

—Debes ser algo más sutil, Bill —dijo Socks—. Deja ya de alabar a tus amigas y sigamos con nuestros asuntos.

Mr. Murgatroyd, propietario de Murgatroyd's Stores, habló con gran elocuencia.

—Si me permite aconsejarla, señorita, yo no escogería el de siete chelines y once peniques. Es un buen reloj. No intento desprestigiarlo, pero no puede compararse con este de diez chelines con seis peniques. Vale la pena pagar la diferencia. No me gustaría que después pudiera usted pedirme...

Era evidente para todos que había llegado el momento de poner fin a la verborrea de Mr. Murgatroyd.

—No queremos un despertador que funcione bien —dijo Nancy.

—Mientras lo haga durante un día, tenemos bastante —observó Helen.

—No queremos un despertador sutil —intervino Socks—. Solo tiene que sonar muy fuerte.

—Queremos... —empezó a decir Bill.

No pudo acabar la frase, porque Jimmy, que tenía aptitudes técnicas, había captado el mecanismo. Durante los siguientes cinco minutos en la tienda no se oyó otra cosa que el terrible sonido de varios despertadores sonando a la vez. Finalmente escogieron seis.

—Vamos a hacer una cosa —dijo Ronny—. Compraré uno en nombre de Pongo. Después de todo, fue una idea suya y sería una vergüenza que no estuviera representado.

—Muy bien —observó Bill—. Y yo me quedaré uno en nombre de lady Coote. Cuantos más haya, mejor. Además, no debemos olvidar la ayuda que nos presta. A buen seguro, en estos momentos estará martirizando al pobre Gerry.

Ciertamente, en aquel instante lady Coote estaba relatando con todo detalle una larga historia acerca de MacDonald y un melocotón que ganó un premio, con lo que se estaba divirtiendo mucho.

Los relojes fueron envueltos y pagados. Mr. Murgatroyd vio alejarse los coches con aire asombrado. Los jóvenes de clase alta eran muy vivarachos, aunque bastante difíciles de comprender. Se volvió, con un suspiro de alivio, para atender a la esposa del vicario, que quería un nuevo tipo de tetera que no goteara.

Capítulo 2
Sobre los despertadores

—¿Dónde los pondremos?

La cena había terminado. Una vez más, lady Coote tenía un papel que representar. Sir Oswald, inesperadamente, dio la solución al sugerir una partida de bridge. Acaso la palabra *sugerir* no sea la más adecuada. Sir Oswald, como correspondía a uno de «nuestros capitanes de la industria» (el número 7 de la serie I), expresó una preferencia y quienes lo rodeaban se apresuraron a seguir los deseos de aquel gran hombre.

Rupert Bateman y sir Oswald formaron pareja contra lady Coote y Gerald Wade, lo cual constituyó un arreglo muy conveniente. Sir Oswald jugaba al bridge extremadamente bien y le gustaba tener un compañero que le correspondiera. Bateman era tan eficiente jugador de bridge como secretario. Ambos se concentraban exclusivamente en lo que tenían entre manos y no pronunciaban sino las palabras precisas: «Dos sin triunfo», «doblo», «tres picas». Lady Coote y Gerald Wade eran amables y habladores, y el joven jamás olvidaba decir, cuando terminaba cada mano: «Ha jugado usted admirablemente, compañera», en un tono de admiración que lady Coote encontraba a la vez nuevo y muy consolador. Hay que añadir que tenían muy buenas cartas.

Se suponía que los demás bailaban en otra habitación con la música de la radio. En realidad, estaban agrupados frente a la puerta de la habitación de Gerald Wade, y el ambiente estaba lleno de risas contenidas y del tictac de los despertadores.

—Debajo de la cama, en hilera —sugirió Jimmy, contestando a la pregunta de Bill.

—¿Y a qué hora los pondremos? Quiero decir, ¿a qué hora han de sonar? ¿Os parece que lo hagan todos a la vez o a intervalos?

Esta cuestión fue objeto de un considerable debate. Unos argüían que un dormilón de la categoría de Gerald Wade merecía que los ocho despertadores sonaran a la vez. Los demás opinaban que debían hacerlo uno tras otro, de forma continuada y firme.

Finalmente, prevaleció este último parecer. Los despertadores fueron dispuestos para que sonaran uno tras otro, empezando a las seis y media de la mañana.

—Y espero —dijo Bill en tono virtuoso— que esto le sirva de lección.

—Escuchad, escuchad —gritó Socks.

Se pasó a tratar entonces la cuestión de dónde debían esconderse los relojes cuando se produjo una súbita alarma.

—¡Cuidado! —susurró Jimmy—. Alguien sube la escalera.

Hubo cierto pánico.

—Todo en orden —dijo Jimmy—. No es más que Pongo.

Aprovechando que en aquel momento descansaba de la partida de bridge, Mr. Bateman se dirigía a su habitación en busca de un pañuelo. Se detuvo y, en un segundo, se hizo cargo de la situación. Hizo entonces un solo comentario, sencillo y práctico.

—Los oirá cuando suba a acostarse.

Los conspiradores se miraron consternados.

—¿Qué os dije? —exclamó Jimmy con voz reverente—. Pongo siempre ha sido inteligente.

El inteligente continuó su camino.

—Es verdad —asintió Ronny Devereux—. Ocho despertadores funcionando a la vez hacen un ruido infernal. Incluso Gerry, a pesar de lo zopenco que es, se dará cuenta de que algo se trama.

—Me pregunto si lo es —observó Jimmy Thesiger.

—¿Si es qué?

—Tan zopenco como creemos.

Ronny se lo quedó mirando.

—Todos conocemos bien a Gerald.

—¿De verdad lo conocemos? —objetó Jimmy—. Algunas veces he pensado que no es posible que haya alguien tan lerdo como él parece ser.

Todos se lo quedaron mirando. Había una expresión de seriedad en la cara de Ronny.

—Jimmy —dijo—, eres inteligente.

—Eres un segundo Pongo —afirmó Bill.

—Bueno —se defendió Jimmy—, es lo que se me ha ocurrido pensar.

—No seamos tan sutiles —exclamó Socks—. ¿Qué vamos a hacer con los despertadores?

—Ahí vuelve Pongo. Preguntémosle a él —sugirió Jimmy.

Después de pedirle que se exprimiera el cerebro, Pongo dio su opinión.

—Esperad hasta que esté dormido. Entonces, entrad en silencio en la habitación y colocadlos en el suelo.

—Pongo vuelve a tener razón —observó Jimmy—. Guardemos los despertadores ahora y bajemos para no provocar sospechas.

La partida de bridge seguía con una pequeña modificación. Sir Oswald tenía a su esposa por compañera y le señalaba uno tras otro los errores que cometía. Lady Coote aceptaba los reproches con buen humor y una total falta de interés.

—Comprendo, querido —reiteró una y otra vez—. Tienes razón.

Y continuó incurriendo en los mismos errores.

—Bien jugado, compañero, muy bien jugado —le decía a intervalos Gerald Wade a Pongo.

Bill Eversleigh estaba haciendo cálculos con Ronny Devereux.

—Digamos que se acuesta alrededor de las doce. ¿Cuánto tiempo crees que debemos concederle? ¿Una hora, acaso?

Bostezó.

—Es curioso. Generalmente me acuesto a las tres de la madrugada, pero esta noche, solo porque debemos permanecer despiertos un rato, me gustaría meterme ya en la cama.

Todos afirmaron que sentían el mismo deseo.

—Mi querida Maria —se oyó decir a sir Oswald, ligeramente irritado—, te he dicho muchas veces que no vaciles jamás cuando vayas a jugar tus cartas. Al hacerlo, das información a los demás jugadores.

Lady Coote tenía una buena respuesta para eso. Como sir Oswald descansaba, no podía hablar acerca de la forma en que se jugaba. Pero se calló. Sonrió bondadosamente, se inclinó hacia delante y fijó los ojos en las cartas de Gerald Wade, que se encontraba a su derecha.

Su ansiedad desapareció al ver la dama, jugó el rey, recogió la baza y extendió sus cartas.

—Cuatro bazas y una por encima —anunció—. Creo que he sido muy afortunada al hacerme con las cuatro bazas.

—Afortunada —murmuró Gerald Wade, empujando su silla hacia atrás y dirigiéndose hacia la chimenea, donde se encontraban sus amigos—. Afortunada, dice. Esa mujer necesita que la vigilen.

Lady Coote estaba recogiendo el dinero.

—Ya sé que no juego bien —dijo en un tono fúnebre en el que se advertía cierta satisfacción—. Pero, en realidad, tengo mucha suerte.

—Jamás serás buena jugadora de bridge, Maria —afirmó sir Oswald.

—No, querido —repuso lady Coote—. Ya lo sé. Siempre me lo dices, y trato de mejorar mi juego.

—Sí, lo intenta —dijo Gerald Wade en voz baja—. Y sin emplear subterfugios. Es capaz de apoyar la cabeza en el hombro de uno si no encuentra otra manera de verle las cartas al contrario.

—Ya sé que procuras hacerlo —observó sir Oswald—, pero no tienes sentido del juego.

—Tienes razón, querido —repuso lady Coote—. Eso es lo que siempre me dices. Y me debes otros diez chelines, Oswald.

—¿Sí? —dijo sir Oswald sorprendido.

—Sí. Mil setecientos puntos, que, en total, son ocho libras y diez chelines. Solo me has dado las ocho libras.

—Perdóname —dijo sir Oswald—. Un error.

Lady Coote le sonrió con tristeza al aceptar el billete de diez chelines.

Quería mucho a su esposo, pero no estaba dispuesta a dejar que le estafara aquel dinero.

Sir Oswald se dirigió a una mesita auxiliar y se sirvió un whisky con soda. Eran ya las doce y media cuando todos se fueron a acostar.

Ronny Devereux, que ocupaba la habitación contigua a la de Gerald Wade, fue el encargado de vigilar. A las dos menos cuarto, llamó a la puerta de los conspiradores. Todos ellos, en pijama y batín, se reunieron hablando en voz baja y conteniendo la risa.

—Hace unos veinte minutos que ha apagado la luz —les informó Ronny quedamente—. Creí que nunca iba a hacerlo. Hace un momento he entreabierto su puerta y me ha parecido que estaba completamente dormido.

Trajeron los despertadores, pero entonces se presentó otra dificultad.

—No podemos entrar todos. Haríamos mucho ruido. Que lo haga uno solo y los demás le entregarán los relojes desde la puerta.

Se produjo una acalorada discusión acerca de quién debía encargarse de ello.

Las tres muchachas fueron descartadas porque no serían capaces de contener la risa. Bill Eversleigh no fue aceptado a causa de su estatura, peso y firmeza al pisar, además de su falta de maña, que negó fieramente. Jimmy Thesiger y Ronny Devereux fueron considerados aptos, aunque al final la mayoría se decidió por Rupert Bateman.

—Pongo es la persona más indicada —asintió Jimmy—. Camina con la suavidad de un gato. Y si Gerald se despierta, Pongo encontrará una excusa plausible que lo calme sin hacerle sospechar.

—Algo sutil —sugirió Socks pensativa.

—Exactamente —asintió Jimmy.

Pongo llevó a cabo su misión limpia y eficazmente. Abrió con suma cautela la puerta de la habitación y desapareció en la oscuridad llevando dos despertadores. Un momento después reapareció para volver a entrar con otros dos relojes y repitió la operación dos veces más. Finalmente, salió. Todos contuvieron el aliento y escucharon. La rítmica respiración de Gerald Wade todavía se escuchaba, pero ahogada, disimulada y sepultada debajo del tictac triunfante y apasionado de los ocho despertadores adquiridos en la tienda de Mr. Murgatroyd.

Capítulo 3
La broma fracasada

—Las doce —dijo Socks inquieta.

La broma como tal no había tenido éxito. Por su parte, los despertadores habían cumplido su misión. Habían sonado a su debido tiempo con tanto vigor y tanta estridencia que Ronny Devereux saltó de la cama con la confusa idea de que había llegado el día del juicio final. Si tal fue el efecto que habían producido en su habitación, ¿cuál debía ser el causado en aquella en la que se encontraban? Ronny salió apresuradamente al pasillo y aplicó el oído a la puerta.

Esperaba oír algunos juramentos, los esperaba lleno de confianza y satisfacción, pero no oyó nada. Es decir, no oyó nada de cuanto esperaba. Los relojes seguían emitiendo su monótono tictac con arrogancia y fuerza. Y entonces sonó otro con una nota aguda que habría provocado irritación hasta en un sordo.

No cabía la menor duda: los despertadores funcionaban correctamente. Hacían lo que Mr. Murgatroyd había asegurado y mucho más. Pero, al parecer, en Gerald Wade encontraban la horma de su zapato.

Los confabulados se sintieron defraudados.

—Ese tipo no es un ser humano —gruñó Jimmy Thesiger.

—Quizá ha creído que era el timbre del teléfono, se ha dado la vuelta y se ha quedado dormido de nuevo —sugirió Helen (o posiblemente Nancy).

—Me parece un caso muy notable —afirmó Rupert Bateman con toda seguridad—. Creo que debería ser examinado por un médico.

—Quizá sufre alguna enfermedad del oído —sugirió Bill.

—En mi opinión —observó Socks—, creo que se está burlando de nosotros. Claro que lo han despertado, pero quiere hacernos creer que no los ha oído.

Todos miraron a Socks con respeto y admiración.

—Es una idea —admitió Bill.

—Gerry es un chico sutil —afirmó Socks—. Ya lo veréis. Sin duda bajará a desayunar más tarde que de costumbre solo para hacernos quedar mal.

Y puesto que en aquellos momentos el reloj señalaba algo más de las doce, la opinión general fue que la teoría de Socks era correcta. Solo Ronny Devereux discrepaba.

—Olvidáis que yo estaba frente a su puerta cuando sonó el primer despertador. No importa lo que haya intentado hacer después, el primero debió sorprenderle y algo hubiera hecho. ¿Dónde lo pusiste, Pongo?

—En la mesa cerca de su oreja —dijo Mr. Bateman.

—Tuviste una buena idea, Pongo —observó Ronny—. Ahora, dime —prosiguió, volviéndose a Bill—: ¿cómo reaccionarías tú si una condenada campanilla empezara a sonar junto a tu oído a las seis y media de la mañana?

—¡Oh, Dios mío! —exclamó Bill—. Diría...

Calló bruscamente.

—Claro que sí —repuso Ronny—. Y yo también y cualquier persona. Aquello que llaman la bestia que todo hombre lleva dentro saldría a la superficie. Pues bien, no salió. Por eso afirmo que Pongo, como de costumbre, tiene razón y que Gerry debe de padecer alguna extraña enfermedad del oído.

—Ya son las doce y veinte —observó una de las chicas.

—Me parece que la cosa pasa de castaño oscuro —dijo

Jimmy con lentitud—. Una broma es una broma, pero esto ya va demasiado lejos. No está bien para los Coote.

Bill lo miró fijamente.

—¿Qué quieres decir?

—Que no es propio de Gerry hacer algo así —repuso Jimmy.

Le fue difícil encontrar palabras para expresar lo que sentía. No quería dar a entender demasiado y, sin embargo, vio que Ronny lo miraba súbitamente alerta.

En aquel instante, Tredwell entró en la habitación y miró a su alrededor, vacilante.

—Pensé que Mr. Bateman se encontraba aquí —dijo disculpándose.

—Hace un momento ha salido por la puerta cristalera —repuso Ronny.

Tredwell pasó los ojos de él a Jimmy Thesiger y volvió a mirarlo. Como si los hubieran llamado, los dos jóvenes salieron del comedor tras Tredwell, que cerró la puerta con cuidado.

—Bien —dijo Ronny—. ¿Qué sucede?

—Como Mr. Wade no bajaba, señor, me tomé la libertad de mandar a Williams a su habitación.

—¿Sí?

—Williams ha bajado corriendo presa de gran agitación, señor. —Tredwell hizo una pausa, como si quisiera prepararlos para algo—. Me temo, señor, que el joven caballero ha muerto mientras dormía.

Jimmy y Ronny lo miraron asombrados.

—¡Tonterías! —exclamó Ronny después de unos segundos—. Es... es imposible. Gerry... —La expresión de su rostro cambió—. Voy a ir yo mismo. Williams debe de haberse equivocado.

Tredwell extendió la mano y lo detuvo. Jimmy, con una extraña sensación de distanciamiento, comprendió que el mayordomo dominaba la situación.

—No, señor. Williams no se ha equivocado. Ya he mandado a buscar al doctor Cartwright y, entretanto, me he tomado la libertad de cerrar la puerta con llave antes de informar a sir Oswald acerca de lo sucedido. Ahora debo encontrar a Mr. Bateman.

Tredwell se alejó apresuradamente. Ronny estaba paralizado por el asombro.

—Gerry —murmuró.

Jimmy cogió a su amigo por el brazo y lo llevó hacia la terraza. Una vez allí le obligó a sentarse.

—Tómatelo con calma, amigo mío —dijo bondadosamente—. Dentro de un minuto, te sentirás mucho mejor.

Sin embargo, lo miraba con curiosidad. No imaginaba que Ronny y Gerry Wade fueran tan buenos amigos.

—¡Pobre Gerry! —dijo pensativo—. ¡Tan lleno de salud que parecía!

Ronny asintió.

—Esa broma de los despertadores parece fúnebre ahora —prosiguió Jimmy—. Es inquietante que la farsa se mezcle tan a menudo con la tragedia, ¿no creéis?

Hablaba sin pensar, para dar tiempo a que Ronny se recobrara. El otro se movía inquieto

—Quisiera que el médico llegase de una vez. Quiero saber... —dijo Ronny.

—¿Qué quieres saber?

—De qué murió.

Jimmy frunció los labios.

—Quizá del corazón —aventuró.

Ronny se rio con una risa breve y burlona.

—Oye, Ronny... —dijo Jimmy.

—¿Qué?

Jimmy encontró difícil seguir hablando.

—No querrás decir... no pensarás... Quiero decir que no creerás que... que, bien, que lo han matado, ¿verdad? Como Tredwell ha cerrado la puerta de su cuarto, no sé qué pensar.

Jimmy creyó que sus palabras merecían una contestación, pero Ronny siguió con la mirada fija. Movió la cabeza y permaneció en silencio. Nada podía hacer sino esperar. Así que esperó.

Tredwell llegó unos minutos después.

—El doctor desea verlos a ustedes dos, caballeros. En la biblioteca, por favor.

Ronny se puso en pie de un salto. Jimmy le siguió.

El doctor Cartwright era un hombre joven, de aspecto enérgico y rostro inteligente. Los saludó con una breve inclinación de cabeza. Pongo, que parecía estar más serio que nunca, hizo las presentaciones.

—Creo que era usted muy buen amigo de Mr. Wade —dijo el médico, dirigiéndose a Ronny.

—Su mejor amigo.

—¡Ajá! Este asunto parece muy claro. Sin embargo, es triste. Parecía gozar de excelente salud. ¿Sabe usted si tomaba algo para dormir?

—¿Para dormir? —repitió Ronny asombrado—. Dormía como un tronco.

—¿No le oyó jamás quejarse de insomnio?

—Nunca.

—Bien, los hechos son muy sencillos. Sin embargo, temo que deberá haber una investigación.

—¿De qué ha muerto?

—No hay duda acerca de ello. En mi opinión, debido a una sobredosis de cloral. Estaba en la mesita de noche, en la cual hay asimismo una botella y un vaso. Es algo muy penoso.

Jimmy hizo la pregunta que parecía temblar en los labios de su amigo y que, por algún motivo, Ronny se sentía incapaz de formular.

—¿Se excluye la posibilidad de que alguien interviniera en su muerte?

El doctor le miró fijamente.

—¿Por qué lo pregunta? ¿Tiene usted motivos para sospechar?

Jimmy miró a Ronny. Si su amigo sabía algo, aquel era el momento de hablar. Pero Ronny negó repentinamente con la cabeza.

—Ninguno —repuso con rotundidad.

—¿Y en cuanto al suicidio?

—Ciertamente, no.

Ronny fue enfático. El médico no parecía demasiado convencido.

—¿No sabe de nada que pudiera inducirle a hacerlo? ¿Acaso dificultades económicas o alguna mujer?

Ronny negó otra vez con la cabeza.

—Debemos pensar ahora en sus parientes. Hay que avisarlos.

—Tiene una hermana, media hermana mejor dicho, que vive en Deane Priory, a unas veinte millas de aquí. Cuando no estaba en la ciudad, Gerry vivía con ella.

—Bien —dijo el médico—. Debemos avisarla.

—Yo iré a verla —repuso Ronny—. Es algo muy penoso, pero alguien debe hacerlo. —Miró a Jimmy—. Tú la conoces, ¿no es así?

—Ligeramente. He bailado con ella una o dos veces.

—Entonces iremos en tu coche. No te importa, ¿verdad? Me falta valor para ir solo.

—Está bien —lo tranquilizó Jimmy—. Iba a sugerírtelo. Sacaré el coche.

Estaba contento de tener algo que hacer. La actitud de Ronny le intrigaba. ¿Qué sabía o sospechaba? ¿Y por qué no le comunicaba al médico sus sospechas, si las tenía?

Unos momentos después, los dos amigos viajaban en el coche de Jimmy con alegre despreocupación por cosas tales como el límite de velocidad.

—Jimmy —dijo Ronny al cabo de un rato—, supongo que eres el mejor amigo que me queda ahora.

—Bueno —repuso Jimmy—. ¿Por qué lo dices?

—Hay algo que me gustaría comunicarte, algo que deberías saber —dijo con voz ronca.

—¿Acerca de Gerry Wade?

—Sí.

Jimmy esperó.

—¿Bien? —inquirió finalmente.

—No sé si debo —murmuró Ronny.

—¿Por qué?

—Estoy ligado por una promesa.

—¡Oh! Entonces quizá sea mejor que no me lo digas.

Siguió un silencio.

—Sin embargo, me gustaría... Tú razonas mejor que yo, Jimmy.

—Lo cual no es muy difícil —repuso este, desabrido.

—No, no puedo —dijo Ronny de repente.

—Muy bien. Haz lo que te plazca.

Se produjo una larga pausa.

—¿Cómo es? —preguntó Ronny.

—¿Quién?

—Esa chica, la hermana de Gerry.

Jimmy no habló durante algunos minutos y, después, lo hizo con una voz que, por algún motivo, se había alterado.

—Es una buena muchacha. En realidad, es magnífica.

—Gerry la quería mucho. A menudo hablaba de ella.

—Y ella le correspondía. Será muy duro para la pobre.

—Sí, desde luego.

Permanecieron en silencio hasta llegar a Deane Priory.

Miss Loraine estaba en el jardín, según les dijo la doncella. Si querían podían ver a Mrs. Coker.

Jimmy dijo claramente que no quería ver a Mrs. Coker.

—¿Quién es esa señora? —preguntó Ronny mientras se dirigían hacia un jardín algo descuidado.

—La vieja que vive con Loraine.

Recorrieron un sendero pavimentado al otro lado del

cual vieron a una muchacha con dos perros de aguas negros. Era de corta estatura, muy rubia, y llevaba un viejo vestido de lana. No era la clase de muchacha que Ronny esperaba encontrar. Ni tampoco del tipo que Jimmy prefería.

Se adelantó hacia ellos con uno de los perros cogidos del collar.

—¿Cómo están ustedes? —dijo—. No hagan caso de Elizabeth. Acaba de tener cachorros y recela de todos.

Se comportaba de forma absolutamente natural. Cuando levantó la cara, sus mejillas se sonrojaron un poco. Sus ojos eran de un azul oscuro, como la flor de la genciana. De pronto se agrandaron, ¿era una expresión de alarma? Como si lo hubiera adivinado.

Jimmy se apresuró a hablar.

—Miss Wade, le presento a Ronny Devereux. Habrá oído hablar de él a Gerry.

—¡Oh, sí! —Se volvió hacia Ronny con una cálida sonrisa de bienvenida—. Creo que estaban ustedes pasando unos días en Chimneys. ¿Por qué no ha venido Gerry también?

—Nosotros... pues... no ha sido posible —tartamudeó Ronny.

De nuevo, Jimmy vio una expresión de temor en los ojos de la muchacha.

—Miss Wade —empezó a decir—, me temo que tenemos malas noticias para usted.

Loraine se puso alerta en el acto.

—¿Gerry?

—Sí, Gerry. Está...

—¡Díganmelo! ¡Díganmelo! —De pronto se volvió hacia Ronny—. Usted me lo dirá.

Jimmy sintió el aguijón de los celos y entonces supo lo que había vacilado en admitir para sí. Supo por qué Helen y Nancy y Socks no eran sino «chicas» para él, y nada más.

Solo medio oyó la voz de Ronny, que decía con bravura:

—Sí, miss Wade. Yo se lo diré. Gerry ha muerto.

Era una chica valerosa. Contuvo una exclamación y dio un paso hacia atrás, pero un momento después estaba haciendo preguntas ansiosas: «¿Cómo? ¿Cuándo?».

Ronny le contestó con la máxima suavidad de que fue capaz.

—¿Polvos para dormir? ¿Gerry?

No cabía duda alguna en cuanto al tono de incredulidad de su voz. Jimmy la miró. Era casi una mirada de aviso. Súbitamente sintió que Loraine, en su inocencia, podía decir demasiado.

A su vez, le explicó con gentileza la necesidad de una investigación. Loraine se estremeció. Declinó su ofrecimiento de llevarla a Chimneys con ellos, explicando que iría allí más tarde. Tenía un pequeño coche de dos plazas.

—Pero primero quiero estar un rato a solas —dijo con voz temblorosa.

—Lo comprendo —asintió Ronny.

—Desde luego —murmuró Jimmy.

La miraron sin saber qué hacer.

—Muchas gracias a los dos por haber venido.

Regresaron en silencio. Había cierta tirantez entre ellos.

—Dios mío, esa muchacha tiene valor —comentó Ronny un rato después.

Jimmy asintió.

—Gerry era amigo mío —observó Ronny—. Me corresponde a mí cuidar de ella.

—Ah, sí; desde luego.

De regreso a Chimneys, lady Coote, llorosa, se acercó a Jimmy.

—Pobre muchacho —decía—, pobre muchacho.

Jimmy hizo todas las observaciones propias del caso.

Lady Coote le dio largos detalles de la muerte de varias queridas amigas suyas. Jimmy la escuchaba por respeto a sus sentimientos, hasta que por fin logró apartarse de su lado sin parecer grosero.

Subió las escaleras rápidamente. Ronny salía de la habitación de Gerald Wade. Pareció sorprenderse de la aparición de Jimmy.

—He entrado a verlo —dijo—. ¿Vas a hacerlo tú también?

—Creo que no —repuso Jimmy, a quien no le gustaba la muerte.

—Opino que todos sus amigos deberían hacerlo.

—¿Lo crees así? —preguntó Jimmy con la impresión de que Ronny Devereux se portaba de manera muy extraña.

—Sí, es una muestra de respeto.

Jimmy suspiró, pero cedió.

—Bueno —dijo, entrando en la habitación y apretando algo los dientes al hacerlo.

La cama estaba cubierta de flores. Jimmy miró breve y nerviosamente aquella cara pálida. ¿Podía esa figura inmóvil ser el angelical y sonrosado Gerry Wade? Se estremeció.

Al dar media vuelta para salir de la habitación, sus ojos se posaron en la repisa y se detuvo asombrado. Los despertadores estaban alineados en ella.

Salió con celeridad. Ronny le esperaba.

—Parece que está durmiendo. ¡Qué mala suerte ha tenido! —murmuró Jimmy.

Un instante después, agregó:

—¿Quién colocó los despertadores en hilera en la repisa?

—¿Cómo quieres que lo sepa? Supongo que habrá sido alguno de los criados.

—Lo curioso es —siguió diciendo Jimmy— que hay siete, y no ocho. Falta uno. ¿Lo has observado tú también?

Ronny contestó algo ininteligible.

—Siete en lugar de ocho —dijo Jimmy frunciendo el ceño—. Me pregunto por qué.

Capítulo 4
Una carta

—Desconsiderado. No puedo llamarlo de otra forma —dijo lord Caterham con voz quejumbrosa y suave, satisfecho del adjetivo que había empleado—. Sí, muy desconsiderado —insistió—. A menudo encuentro que esos hombres que se han formado a sí mismos carecen totalmente de consideración. Es muy posible que a eso se deba que consigan amasar tan grandes fortunas.

Paseó la mirada con tristeza por la finca de sus antepasados, cuya posesión había recobrado aquel mismo día.

Su hija, lady Eileen Brent, conocida por sus amigos y la sociedad en general como Bundle, estalló en una carcajada.

—Tú jamás amasarás una gran fortuna —observó con aspereza—, aunque, desde luego, supiste sacarle un buen pico al viejo Coote al alquilarle esta casa. ¿Qué aspecto tiene? ¿Es presentable?

—Es uno de esos hombres grandes —repuso lord Caterham estremeciéndose ligeramente—, de rostro cuadrado y cabello gris acerado. Transmite fuerza. Posee lo que se llama una personalidad poderosa. Es la clase de hombre que resultaría de la trasformación de una apisonadora en un ser humano.

—¿Un pelmazo? —sugirió Bundle.

—Un pelmazo de tomo y lomo, y lleno de las más deprimentes virtudes, como la sobriedad y la puntualidad.

No sé qué es peor, si una personalidad poderosa o un político diligente. Siento preferencia por los ineptos alegres.

—Un inepto no hubiera podido pagar el precio que pedías por este viejo mausoleo —le recordó Bundle.

Lord Caterham se estremeció.

—Quisiera que no empleases esa palabra, Bundle. Ahora que comenzábamos a olvidarnos del tema.

—No comprendo por qué eres tan terriblemente sensible acerca de ello. Después de todo, la gente tiene que morirse en alguna parte —replicó Bundle.

—Pero no en mi casa —alegó lord Caterham.

—No veo por qué no. Mucha gente lo ha hecho. Montones de bisabuelos y abuelos.

—Eso es distinto —arguyó lord Caterham—. Es lógico que los Brent fallezcan aquí; ellos no cuentan. Pero no quiero que los extraños también lo hagan. Y me opongo muy especialmente a las investigaciones. Eso se va a convertir en una costumbre. Ya es el segundo caso. ¿Recuerdas el jaleo que tuvimos hace cuatro años? Del cual, por cierto, considero a George Lomax como el único culpable.

—Y ahora quieres hacer responsable al pobre Coote. Seguro que el pobre hombre se ha sentido tan molesto como tú.

—Muy desconsiderado —insistió lord Caterham empecinado—. No debería invitar a la gente propensa a tales cosas. Tú dirás lo que quieras, Bundle, pero no me gustan las investigaciones ni me han gustado nunca.

—Pero esta no es igual que la anterior —repuso Bundle tratando de calmarlo—. Quiero decir que esta vez no se ha tratado de un asesinato.

—Podría haberlo sido, por la importancia que ese cabeza hueca de inspector le ha dado. No ha podido jamás sobreponerse a ese asunto de hace cuatro años. Piensa que cada muerte que se produce aquí es forzosamente un turbio asunto criminal con graves implicaciones políticas.

No tienes idea del lío que armó. Tredwell me lo ha contado. Buscó huellas dactilares en los sitios más absurdos. Y desde luego, todas las que encontró en la habitación correspondían al muerto. Es el caso más claro que pueda imaginarse, aunque si fue suicidio o accidente es algo que no se aclaró.

—Yo conocí a Gerry Wade —dijo Bundle—. Era amigo de Bill. Te hubiera gustado, papá. Jamás vi a nadie tan inepto y alegre como él.

—No me gusta nadie que venga y se muera en mi casa con el propósito de fastidiarme —insistió lord Caterham.

—Desde luego no me imagino a nadie asesinándolo —dijo Bundle—. La idea es absurda.

—Claro que lo es —asintió lord Caterham—, y cualquier persona que no sea el petimetre del inspector Raglan se daría cuenta.

—Quizá se sintiera importante al buscar huellas dactilares —prosiguió Bundle con intención de calmar a su padre—. De todos modos, el veredicto fue «muerte accidental», ¿no es verdad?

Lord Caterham asintió.

—Tenían que mostrar alguna atención a su hermana.

—¿Hay una hermana? Lo ignoraba.

—Media hermana, según creo. Es mucho más joven que él. El viejo Wade se escapó con la madre de la chica. Acostumbraba a hacer esas cosas. No le gustaba ninguna mujer a menos que perteneciera a otro hombre.

—Me alegro de que ese no sea uno de tus malos hábitos —dijo Bundle.

—Siempre he llevado una vida muy respetable y temerosa de Dios —afirmó lord Caterham—. Considerando que no hago daño a nadie, parece raro que no me dejen en paz. Si solamente...

Se interrumpió al ver salir a su hija por la puerta cristalera.

—MacDonald —llamó Bundle con voz clara y autoritaria.

El emperador se acercó. Algo que podría haberse tomado por una sonrisa de bienvenida trató de reflejarse en su rostro, pero la flor natural de las jardineras la disipó.

—Sí, milady —dijo.

—¿Cómo está usted? —preguntó Bundle.

—No muy bien —repuso MacDonald.

—Quería hablarle acerca de la pista de bolos. El césped ha crecido mucho. Mande a alguien que lo corte.

MacDonald meneó la cabeza con aire dubitativo.

—Para ello tendría que sacar a Williams del arriate inferior, milady.

—Al infierno con el arriate inferior —repuso Bundle—. Que empiece enseguida. Además, MacDonald...

—Sí, milady.

—Corte algunas uvas del invernadero. Ya sé que no es el momento adecuado porque nunca lo es, pero quiero comer uvas. ¿Entendido?

Bundle regresó a la biblioteca.

—Lo siento, papá —dijo—. Quería hablar con MacDonald. ¿Decías algo?

—En realidad, sí —repuso lord Caterham—. Pero no importa. ¿De qué has hablado con MacDonald?

—Intentaba quitarle de la cabeza la idea de que es Dios Todopoderoso, pero es imposible. Supongo que los Coote habrán sido un incordio. No es hombre de preocuparse por una apisonadora por grande que sea. ¿Cómo es lady Coote?

Lord Caterham consideró la pregunta.

—Creo que ha ido a demasiadas funciones teatrales de aficionados. Al parecer, se sintió muy trastornada por el asunto de los despertadores.

—¿Qué despertadores?

—Tredwell me lo acaba de contar. Al parecer, los invitados prepararon una broma y compraron varios despertadores, que escondieron en la habitación del joven Wade. Y luego, el pobre muchacho apareció muerto, lo que hizo que la broma resultara fúnebre.

Bundle asintió.

—Tredwell me ha contado algo más, bastante extraño, acerca de los relojes —prosiguió lord Caterham deleitándose en el relato—. Alguien los recogió para ponerlos encima de la repisa, en fila, cuando el pobre individuo estaba ya muerto.

—¿Por qué no había de hacerlo? —preguntó Bundle.

—Tampoco yo lo encuentro extraño —observó lord Caterham—. Pero, según ha dicho Tredwell, produjo cierta excitación. Nadie admitió haberlo hecho. La servidumbre fue interrogada y todos juraron no haberlos tocado. En realidad, constituye un misterio. El juez de primera instancia hizo algunas preguntas acerca de ello en la investigación, y ya sabes lo difícil que es explicar cosas detalladamente a gente de esa clase.

—Sí —admitió Bundle.

—Desde luego es muy difícil comprender algunas cosas después de que hayan sucedido —admitió lord Caterham—. No comprendo el sentido de la mitad de las que Tredwell me ha contado. A propósito, Bundle, ese muchacho murió en tu habitación.

Bundle hizo un gesto de desagrado.

—¿Por qué tiene la gente que morir en mi habitación? —preguntó indignada.

—Esto es precisamente lo que yo decía —observó lord Caterham triunfal—. Muy desconsiderado. Todo el mundo es desconsiderado hoy en día.

—Pero no me importa —añadió Bundle con valentía—. ¿Por qué tendría que importarme?

—Pues a mí me molestaría mucho —dijo su padre—. Soñaría cosas raras: manos espectrales y cadenas que entrechocan.

—Bien —observó Bundle—, te olvidas de que mi tía abuela Louisa murió en tu cama. Me pregunto si verás su espíritu inclinado sobre ti.

—Algunas veces sí —asintió lord Caterham con un estremecimiento—, sobre todo después de comer langosta.

—Gracias a Dios, no soy supersticiosa —afirmó Bundle.

Sin embargo, aquella noche, al sentarse ya en pijama frente al fuego de su habitación, sus pensamientos se dirigieron hacia aquel alegre y bobo Gerald Wade. Era imposible creer que alguien tan lleno de ganas de vivir pudiese suicidarse. No, la otra solución debía de ser la correcta. Seguramente tomaba algún somnífero y, sin darse cuenta, ingirió una sobredosis. Eso era posible. Suponer cualquier otra cosa significaba atribuir a Gerry Wade una capacidad intelectual que no tenía.

Su mirada se fijó en la repisa y empezó a pensar en la historia de los despertadores. Su doncella le había hablado extensamente de ello, añadiendo un detalle que, al parecer, Tredwell no había creído digno de mencionar a lord Caterham, pero que excitó la curiosidad de Bundle.

Siete despertadores estaban puestos en hilera en la repisa y el otro se encontró en el césped, donde había sido arrojado desde la ventana.

Bundle meditó sobre dicho detalle, que parecía algo perfectamente inútil y sin sentido. Podía muy bien imaginarse a una de las doncellas recogiendo los relojes y que, más tarde, temiendo verse envuelta en el caso, negara haberlos tocado. Pero seguramente ninguna de ellas hubiera arrojado un reloj al jardín.

¿Lo habría hecho el propio Gerry Wade cuando la campanilla lo despertó? No. También eso era imposible. Bundle recordaba haber oído decir que la muerte de Wade ocurrió a primera hora de la madrugada y que, naturalmente, con anterioridad se produjo el estado comatoso.

Bundle frunció el ceño. Aquel asunto de los relojes era

ciertamente curioso. Tendría que hablar con Bill Eversleigh. Sabía que había sido uno de los invitados.

El pensamiento y la acción eran simultáneos en Bundle. Se dirigió a su pequeño escritorio, que se cerraba mediante una persiana enrollable. Cogió una hoja de papel y escribió:

Querido Bill:

Hizo una pausa para tirar de la bandeja del escritorio. Se había atascado como había sucedido en otras ocasiones. Bundle tiró de ella con impaciencia, pero no se movió. Recordó que, en una ocasión anterior, un sobre fue la causa del atasco. Cogió un cortapapeles, lo insertó en la ranura y lo movió en su interior hasta que asomó la esquina de una hoja de papel. Bundle la sacó. Era la primera página de una carta, algo arrugada.

La fecha le llamó la atención: 21 de septiembre.

—Veintiuno de septiembre —murmuró Bundle con lentitud—. Ese fue seguramente el día...

Calló. Sí, estaba segura de ello. Gerry Wade fue encontrado muerto el día 22. Esta era la carta que estaba escribiendo la víspera de la tragedia.

Bundle alisó el papel y leyó el texto. Estaba incompleto.

Mi querida Loraine:

Llegaré a casa el miércoles. Me siento muy en forma y bastante contento. Será delicioso volverte a ver. Debes olvidar lo que te dije acerca de Las Siete Esferas. Pensé que sería algo chistoso, pero no es así. Siento haberte hablado de ello. No es un asunto en el que muchachas como tú deban mezclarse. Olvídalo, ¿quieres?

Quería decirte algo más, pero tengo tanto sueño que no puedo mantener los ojos abiertos.

En cuanto a Lurcher, creo que...

Aquí terminaba la carta.

Bundle frunció el entrecejo. Las Siete Esferas. ¿Dónde se encontraba aquel lugar? En alguno de los barrios bajos de Londres. Las palabras *Las Siete Esferas* le recordaban algo más, pero, por el momento, no sabía qué. Su atención estaba fija en dos frases: «Me siento muy en forma» y «tengo tanto sueño que no puedo mantener los ojos abiertos».

Eso no encajaba, porque aquella noche Gerry Wade tomó una dosis tan grande de cloral que no volvió a despertar. ¿Y por qué la había tomado si lo que escribió en la carta era verdad?

Bundle meneó la cabeza. Paseó la mirada por la habitación y se estremeció. Acaso Gerry Wade la estaba contemplando en aquel instante. Había muerto en aquella habitación.

Permaneció sentada, sin moverse. Solo el tictac de su pequeño reloj de oro quebraba el silencio. Este sonido era desusadamente fuerte e imponente.

Bundle miró hacia la repisa. Un vívido retrato apareció en su imaginación. El muerto tendido en la cama y siete despertadores dejando oír su tictac en la repisa, con fuerza, ominosamente: tictac, tictac...

Capítulo 5
El hombre de la carretera

—Papá —dijo Bundle, abriendo la puerta del sanctasanctórum de lord Caterham y asomando la cabeza—, me voy a Londres en el Hispano-Suiza. No puedo resistir más la monotonía de este lugar.

—Pero si llegamos ayer —se sorprendió lord Caterham.

—Ya lo sé, pero parece que hace cien años. Había olvidado lo aburrido que puede ser el campo.

—No estoy de acuerdo contigo —objetó lord Caterham—. Es pacífico; eso es, pacífico. Y muy cómodo. Me complace más de lo que puedes imaginar haber regresado a Chimneys y volver a disponer de Tredwell. Ese hombre se desvive por mi comodidad de la manera más extraordinaria. Alguien ha venido esta mañana preguntando si podrían celebrar una convención de muchachas exploradoras en nuestro parque.

—Querrás decir reunión —la interrumpió Bundle.

—Reunión, convención, qué más da. Tener que negarme a ello me habría colocado en una situación muy embarazosa y es probable que hubiese dado mi consentimiento. Pero Tredwell me sacó de esa difícil situación. He olvidado ya lo que dijo. Era algo muy ingenioso que no podía herir los sentimientos de nadie, pero que dejaba la cosa muy clara.

—Yo no me conformo con la comodidad —dijo Bundle—. Quiero emoción.

Lord Caterham se estremeció.

—¿No tuvimos ya bastante hace cuatro años? —preguntó en tono quejumbroso.

—De eso hace ya mucho tiempo —repuso Bundle—. No confío demasiado en encontrar algo más de emoción en Londres, pero, por lo menos, no me dislocaré la mandíbula bostezando.

—Por mi experiencia —arguyó lord Caterham—, la gente que va en busca del peligro acaba encontrándolo. —Y bostezó largamente—. De todos modos —prosiguió—, tampoco me importaría ir a la ciudad.

—Bien, entonces vamos —asintió Bundle—. Pero apresúrate, porque tengo prisa.

Lord Caterham había empezado a levantarse, aunque al oír las palabras de su hija volvió a sentarse.

—¿Dices que tienes prisa? —preguntó con recelo.

—Muchísima —afirmó Bundle.

—Eso lo arregla todo —dijo lord Caterham—. No voy contigo. No es conveniente para un hombre de mi edad viajar contigo en el Hispano-Suiza cuando quieres llegar rápidamente a alguna parte. Me quedaré aquí.

—Como quieras —observó Bundle saliendo de la biblioteca.

Entonces entró Tredwell.

—El vicario desea verle, milord, para hablarle acerca de cierta infortunada controversia que se ha producido respecto al estatuto de la Brigada Juvenil.

Lord Caterham gruñó.

—Me pareció recordar, milord, que le había oído decir durante el desayuno que esta mañana iría paseando hasta el pueblo para hablar con el vicario de este asunto.

—¿Se lo ha dicho usted así? —preguntó lord Caterham con ansiedad en la voz.

—Sí, milord. Espero haber hecho bien.

—Claro que sí, Tredwell. Usted siempre hace las cosas

bien. No podría hacerlas de otra manera aunque se lo propusiera.

Tredwell sonrió benignamente y se retiró.

Entretanto, Bundle hacía sonar la bocina ante la puerta del jardín mientras una niña salía corriendo de la caseta del guarda, apremiada por la voz de su madre.

—Corre, Katie. Debe de ser milady, con tanta prisa como de costumbre.

Era característico de Bundle tener prisa, especialmente cuando estaba sentada al volante de un coche. Era buena conductora y poseía una considerable habilidad y sangre fría. De lo contrario, su temerario modo de conducir hubiera acabado en desastre más de una vez.

Era un fresco día de octubre, con el cielo azul y el sol brillante. Los pinchazos del aire frío hicieron aflorar la sangre a las mejillas de Bundle y la llenaron de ganas de vivir.

Aquella mañana había remitido a Deane Priory la inacabada carta de Gerry Wade a Loraine Wade, incluyendo unas líneas explicativas. La curiosa impresión que la carta le había causado quedaba algo disminuida a la luz del día, pero, sin embargo, seguía creyendo que requería una explicación. Intentaría ver a Bill Eversleigh y obtener de él detalles más completos de aquella tragedia. Entretanto, era una mañana magnífica y el Hispano-Suiza corría como una exhalación.

Apretó el pie contra el acelerador y el Hispano-Suiza respondió enseguida. Las millas pasaban veloces, había poco tráfico y Bundle tenía ante sí una larga recta.

Entonces, sin el menor aviso, un hombre salió tambaleándose de un seto y se metió en la calzada. Era imposible detener el coche a tiempo. Bundle viró rápidamente hacia la derecha. El coche casi volcó en la cuneta. Fue una maniobra peligrosa, aunque tuvo éxito. Bundle tuvo casi la certeza de haber esquivado al hombre, evitando así una catástrofe.

Miró hacia atrás y sintió una desagradable sensación. El coche no lo había atropellado, pero, a pesar de todo, debió de haberle dado de refilón al pasar. Estaba echado boca abajo en la carretera y yacía terriblemente inmóvil.

Bundle saltó del coche y corrió hacia él. Jamás había atropellado con su automóvil algo más importante que alguna gallina vagabunda. Que el accidente no hubiera sido culpa suya no mermaba su ansiedad. El hombre podría estar ebrio, pero ebrio o no, ella lo había matado. Estaba segura de ello. El corazón le latía con fuerza, resonándole en la cabeza.

Se inclinó sobre él y le dio la vuelta. No gruñó ni se quejó. Vio que se trataba de un hombre joven, de rostro agradable, elegantemente vestido y que lucía un pequeño bigote.

No había señal externa de herida alguna, pero tenía la certeza de que había muerto o se estaba muriendo. Los párpados del hombre se movieron. Entreabrió los ojos. Eran lastimeros, como los de un perro. Parecía querer decir algo. Bundle volvió a inclinarse sobre él.

—Sí —dijo ella—. ¿Sí?

Aquel hombre quería hablar, lo deseaba ardientemente y ella nada podía hacer para ayudarlo.

Por fin oyó las palabras, como un susurro.

—Las Siete Esferas... dígale a...

El hombre quería pronunciar un nombre y apelaba para ello a todas sus desfallecidas fuerzas.

—Sí. ¿A quién se lo tengo que decir?

—Dígaselo a... Jimmy Thesiger...

Las palabras salieron de sus labios, y entonces, de pronto, la cabeza cayó hacia atrás y su cuerpo se relajó.

Bundle se sentó sobre sus talones, temblando de pies a cabeza. Jamás hubiera imaginado que podría sucederle algo tan horrible. Estaba muerto y ella lo había matado.

Trató de sobreponerse. ¿Qué debía hacer? Su primer pensamiento fue acudir a un médico. Era posible que aquel hombre solo estuviera desvanecido y no muerto. Su instinto rechazaba esa posibilidad, aunque ella se esforzaba en creerla. De una manera u otra, debía meterlo en el coche y llevarlo al médico más cercano. Aquella zona de la carretera estaba desierta y no había nadie que pudiera ayudarla.

A pesar de su delgadez, Bundle era fuerte y tenía buenos músculos. Acercó el coche lo máximo posible y entonces, haciendo acopio de todas sus fuerzas, arrastró y tiró del cuerpo inanimado hasta meterlo en el vehículo. Fue algo terrible, pero hizo de tripas corazón y al fin lo consiguió.

Entonces se puso al volante. Un par de millas más adelante, llegó a un pueblo y no tardó en encontrar la casa del médico.

El doctor Cassell, un hombre de mediana edad y rostro bondadoso, se sorprendió al entrar en su consultorio y encontrarse con una joven a punto de desmayarse.

Bundle habló con voz entrecortada.

—Creo... creo que he matado a un hombre. Lo he atropellado. Está en el coche. Yo... conducía demasiado deprisa, supongo. Siempre he conducido así.

El doctor la miró con ojo clínico, se dirigió hacia una estantería y vertió algo en un vaso.

—Beba esto —dijo— y se sentirá mejor.

Bundle obedeció y el color volvió a sus mejillas. El doctor asintió.

—Así está mejor. Ahora quiero que se siente tranquilamente aquí. Yo saldré y haré lo que tenga que hacer. Una vez me haya cerciorado de que nada puede hacerse por ese hombre, regresaré y me lo contará todo.

Estuvo ausente largo rato. Bundle miraba el reloj colocado sobre la repisa de la chimenea. Cinco minutos, diez, un cuarto de hora, veinte minutos... ¿El doctor no iba a volver?

La puerta se abrió y el doctor Cassell entró en el consultorio. Tenía un aspecto distinto, según observó Bundle enseguida: estaba más serio y alerta. Había algo en sus maneras que ella no alcanzaba a comprender, como una excitación reprimida.

—Vamos a ver, señorita —dijo—. Cuénteme lo sucedido. Dice que ha atropellado a ese hombre. Dígame exactamente cómo ha ocurrido el accidente.

Bundle se lo explicó lo mejor que pudo. El doctor la escuchaba con atención.

—¿Y el coche no pasó por encima de él?

—No. En realidad, creí que había podido esquivarlo.

—¿Dice que se tambaleaba?

—Sí. Creí que estaba ebrio.

—¿Y salió del seto?

—Había un portalón en el seto. Debió de salir por allí.

El doctor asintió, después se recostó en la silla y se quitó las gafas.

—No me cabe la menor duda de que conduce usted de forma muy arriesgada y que, uno de estos días, quizá atropelle a alguien —dijo—. Sin embargo, hoy no lo ha hecho.

—Pero...

—El coche no lo tocó. Ese hombre ha muerto de un tiro.

Capítulo 6
Otra vez Las Siete Esferas

Bundle lo miró asombrada. Poco a poco, el mundo, que desde hacía tres cuartos de hora estaba al revés, recobró la posición normal. Transcurrieron dos minutos antes de que Bundle hablara, pero cuando lo hizo no era ya aquella muchacha aterrorizada, sino la verdadera Bundle, fría, serena, eficiente y lógica.

—¿Cómo pudo ser herido de un balazo? —preguntó.

—No lo sé —repuso el médico secamente —, pero lo fue. Tiene una bala de fusil en el cuerpo. Tenía una hemorragia interna, por eso usted no descubrió lesión alguna.

Bundle asintió.

—La cuestión es —prosiguió el doctor—: ¿quién disparó contra él? ¿No vio usted a nadie por allí?

Bundle negó con la cabeza.

—Es extraño —observó el médico—. De tratarse de un accidente, lo más natural sería que el causante saliera corriendo para prestar auxilio, a menos, naturalmente, que no supiera lo sucedido.

—No había nadie por allí —afirmó Bundle—. En la carretera, quiero decir.

—Supongo —prosiguió el médico— que ese pobre muchacho debía de estar corriendo y que la bala lo alcanzó cuando cruzaba el portalón, por eso salió a la carretera tambaleándose. ¿No oyó ningún disparo?

Bundle dijo que no con un gesto.

—Es difícil oír nada con el ruido del coche —contestó.

—Tiene razón. ¿No dijo nada al morir?

—Murmuró algunas palabras.

—¿Algo que pueda arrojar alguna luz sobre la tragedia?

—No. Quería que comunicara algo, no sé qué, a un amigo suyo. ¡Ah, sí! Y mencionó Las Siete Esferas.

—¡Aja! —exclamó el doctor—. No es un lugar apropiado para alguien de su clase. Acaso el asaltante proviene de ese barrio. No debemos preocuparnos por esto ahora. Déjelo todo en mis manos. Yo lo notificaré a la policía. Desde luego, tendrá que darme su nombre y dirección, porque la policía probablemente querrá interrogarla. En realidad, quizá fuera mejor que me acompañase a la comisaría ahora. Podrían molestarse conmigo por haberla dejado marchar.

Fueron juntos en el coche de Bundle. El inspector de policía era un hombre de hablar lento. Se sintió abrumado por el nombre de Bundle y su dirección, y tomó nota de su declaración con mucho cuidado.

—¡Chicos! —exclamó—. Ha sido eso. Los chicos practicando. Son unos estúpidos. Disparan a los pájaros sin consideración alguna por quien pueda encontrarse al otro lado de un matorral.

El médico pensó que no era una solución muy lógica, pero comprendió que el caso estaría pronto en mejores manos y no juzgó oportuno hacer objeciones.

—¿Cuál es el nombre del muerto? —preguntó el sargento, humedeciendo la punta del lápiz.

—Llevaba un tarjetero. Al parecer se trata de Mr. Ronald Devereux, con residencia en Albany.

Bundle frunció el ceño. Aquel nombre le recordaba algo. Estaba segura de haberlo oído con anterioridad.

Solo cuando estaba a medio camino de regreso a Chimneys lo recordó. ¡Desde luego! Ronny Devereux, el amigo de Bill en el Foreign Office. Él y Bill, y, eso era, Gerald Wade.

La sorpresa fue tal que Bundle casi se salió de la carretera. Primero, Gerald Wade. Después, Ronny Devereux. La muerte de Gerry Wade pudo deberse a un descuido, pero la de Ronny Devereux tenía sin duda una interpretación más siniestra.

Entonces, Bundle recordó algo más. ¡Las Siete Esferas! Cuando el moribundo lo dijo le resultó familiar. Ahora sabía la razón: Gerald Wade mencionaba Las Siete Esferas en la última carta a su hermana, que había empezado a escribir la víspera de su muerte. Y aquello estaba relacionado con algo cuya comprensión se le escapaba.

Con la mente ocupada en estas cosas, Bundle conducía tan despacio que nadie la hubiera reconocido. Llevó el coche al garaje y fue en busca de su padre.

Lord Caterham estaba muy tranquilo leyendo el catálogo de unas ediciones raras que se ponían próximamente a la venta y se sintió muy asombrado al ver a Bundle.

—Incluso para ti es imposible haber ido a Londres y regresar en tan poco tiempo.

—No he estado en Londres —repuso Bundle—. He atropellado a un hombre.

—¿Cómo?

—Solo que en realidad no lo he hecho. Le dispararon.

—¿Cómo que le dispararon?

—No sé cómo, pero le dispararon.

—¿Por qué disparaste contra él?

—Yo no lo hice.

—No deberías disparar contra la gente —dijo lord Caterham con un suave tono de reproche—. No deberías hacerlo. Me atrevo a decir que muchos se lo merecen, pero hacerlo no te traerá sino disgustos.

—Te digo que no disparé contra él.

—Entonces, ¿quién lo hizo?

—Nadie lo sabe —repuso Bundle.

—¡Tonterías! —exclamó lord Caterham—. No es posible disparar contra un hombre y atropellarlo sin que nadie lo haya hecho.

—No fue atropellado —dijo Bundle.

—Pensaba que tú lo habías hecho.

—Te he dicho que creía haberlo hecho.

—Posiblemente fuera el estallido de un neumático —observó lord Caterham—. A veces suenan como los disparos. Así lo dicen las novelas de detectives.

—Eres verdaderamente imposible, papá. Parece que tengas menos cerebro que un conejo.

—En absoluto —protestó lord Caterham—. Vienes con una absurda historia de un hombre atropellado y con una bala en el cuerpo y no sé cuántas cosas más, y esperas que yo lo comprenda todo por arte de magia.

Bundle suspiró resignada.

—Préstame atención —dijo ella—. Te lo contaré en palabras de una sílaba. —Le relató lo sucedido y al acabar añadió—: Ya está. ¿Lo has comprendido ahora?

—Desde luego. Todo está muy claro. Entiendo que estuvieras agitada, querida. No estaba muy equivocado cuando antes de irte te he dicho que quien busca el peligro acaba por encontrarlo. Me complace mucho —acabó lord Caterham con un ligero temblor— haberme quedado aquí.

Volvió a hojear el catálogo.

—¿Dónde está Las Siete Esferas, papá?

—En alguna parte del East End, supongo. Algunas veces he visto autobuses que van allí. ¿O será, acaso, Las Siete Hermanas? Jamás he estado allí, afortunadamente, porque imagino que es un lugar que no me gustaría. Sin embargo, tengo la curiosa impresión de haber oído hablar de él no hace mucho con relación a algo.

—¿Conoces a Jimmy Thesiger, verdad?

Lord Caterham estaba de nuevo absorto en la lectura

del catálogo. Había hecho un esfuerzo por mostrarse inteligente sobre el asunto de Las Siete Esferas, pero esta vez no lo hizo.

—Thesiger —murmuró vagamente—, Thesiger. ¿Uno de los Thesiger de Yorkshire?

—Es lo que te estoy preguntando. Préstame atención, papá. Es muy importante.

Lord Caterham hizo un desesperado esfuerzo por parecer inteligente sin tener que pensar demasiado en lo que se le preguntaba.

—Hay algunos Thesiger en Yorkshire —dijo animado—. Y si no me equivoco, también los hay en Devonshire. Tu tía abuela Selina se casó con un Thesiger.

—¿Y de qué me sirve eso? —exclamó Bundle.

Lord Caterham soltó una risita.

—De poco le sirvió a ella también, si no recuerdo mal.

—Eres imposible —repitió Bundle levantándose—. Tendré que buscar a Bill.

—Sí, querida —contestó su padre pasando una hoja—. Ciertamente. Por supuesto.

Bundle se levantó con un suspiro de impaciencia.

—Quisiera poder recordar lo que decía aquella carta —murmuró, casi para sí misma—. No la leí con mucha atención. Algo sobre una broma, que Las Siete Esferas no era ningún chiste.

Lord Caterham levantó súbitamente la vista del catálogo.

—¿Las Siete Esferas? —dijo—. Desde luego, ahora lo recuerdo.

—¿Qué recuerdas?

—Por qué me sonaba familiar. George Lomax ha estado aquí. Por una vez, Tredwell ha fallado y lo ha dejado pasar. Iba a la ciudad. Parece que la próxima semana habrá una reunión política en Wyvern Abbey y ha recibido una carta de aviso.

—¿Qué quieres decir con una «carta de aviso»?

—En realidad, no lo sé. No ha entrado en detalles. Creo que decía «Cuidado» y «El peligro amenaza», esas cosas. Pero fue escrita en Las Siete Esferas. Recuerdo claramente que él lo ha dicho. Y que iba a consultar con Scotland Yard. Ya sabes cómo es George.

Bundle asintió. Conocía bien a aquel animoso servidor público, George Lomax, subsecretario permanente de Estado de Su Majestad para Asuntos Exteriores, a quien muchos evitaban debido a su costumbre de recitar en privado sus discursos públicos. A causa de sus ojos saltones, muchas personas, entre las cuales se contaba Bill Eversleigh, lo conocían con el mote del Besugo.

—Dime —preguntó—, ¿el Besugo estaba interesado en la muerte de Gerald Wade?

—Creo que no, aunque bien podía estarlo.

Bundle permaneció en silencio durante algunos minutos. Se esforzaba en recordar con exactitud qué decía la carta que había mandado a Loraine Wade y, al mismo tiempo, imaginarse cómo era la muchacha a la que iba dirigida. ¿Cómo sería aquella chica a la que, al parecer, Gerald Wade quería tanto? Cuanto más pensaba en ella, más le parecía que no era la clase de carta que un hermano escribiría a su hermana.

—¿Dijiste que la chica Wade era solo medio hermana de Gerry? —preguntó súbitamente.

—Bien, desde luego, estrictamente hablando, supongo que no era su hermana en absoluto.

—Pero ¿se llama Wade?

—En realidad, no. No era hija del viejo Wade. Como te he dicho, él se escapó con su segunda esposa, que estaba casada con un sinvergüenza. Supongo que el tribunal le concedería al marido rufián la custodia de la hija, pero él ciertamente no usó ese privilegio. El viejo Wade quería mucho a la niña e insistió en que llevara su apellido.

—Ya comprendo —observó Bundle—. Eso lo explica todo.

—¿Qué es lo que lo explica todo?

—Algo que me extrañó acerca de una carta.

—Creo que es una muchacha bastante bonita —dijo lord Caterham—. O es lo que he oído decir.

Bundle se dirigió a sus habitaciones, pensativa. Tenía varias cosas que hacer. Primero debía encontrar a ese Jimmy Thesiger. Acaso Bill pudiera ayudarla a conseguirlo. Ronny Devereux había sido amigo de Bill. Si Jimmy Thesiger lo era de Ronny, era posible que Bill también lo conociera. Después estaba Loraine Wade, que quizá pudiera arrojar alguna luz sobre la cuestión de Las Siete Esferas. Evidentemente, Gerry Wade le había dicho algo al respecto. Su ansiedad para que lo olvidara tenía un viso trágico y siniestro.

Capítulo 7
Bundle hace una llamada

Encontrar a Bill no ofrecía dificultad alguna. Al día siguiente por la mañana, Bundle fue a Londres con su coche —esta vez sin aventuras por el camino— y lo llamó por teléfono. Bill dio grandes muestras de alegría e hizo varias sugerencias en cuanto a comer, tomar el té, cenar y bailar. Bundle las rechazó todas.

—Dentro de uno o dos días volveré y saldré contigo, pero por ahora estoy muy ocupada.

—¡Oh! —exclamó Bill—. Qué aburrimiento.

—No, no lo es —repuso Bundle—. Es cualquier cosa menos aburrido. ¿Conoces a alguien que se llame Jimmy Thesiger?

—Sí, y también tú.

—No, yo no.

—Claro que sí. Todo el mundo conoce a Jimmy.

—Lo siento —dijo ella—, pero por una vez parece que no soy todo el mundo.

—Seguro que lo conoces —insistió Bill—. Un tipo con la cara rosada. Tiene pinta de lerdo, pero en realidad tiene tanto cerebro como yo.

—¡No me digas! —repuso Bundle—. La cabeza le debe de pesar bastante cuando anda.

—¿Quieres ser sarcástica? —preguntó Bill.

—Hago un débil esfuerzo por serlo. ¿A qué se dedica Jimmy Thesiger?

—¿Qué quieres decir con «a qué se dedica»?

—¿Acaso pertenecer al Foreign Office te impide comprender tu propio idioma?

—¡Ah, ya entiendo! Quieres saber si tiene algún empleo. No. Solo ronda por ahí. ¿Por qué debería trabajar?

—Más dinero que cerebro, ¿eh?

—Yo no diría eso. Te he dicho que tiene más cerebro de lo que parece.

Bundle permaneció en silencio. Dudaba más y más. Aquel joven ocioso no parecía ser un aliado que prometiera mucho. Sin embargo, su nombre había sido lo primero en acudir a los labios del moribundo.

—Ronny aprecia mucho la inteligencia de Jimmy —dijo Bill—. Ya sabes, Ronny Devereux. Thesiger es su mejor amigo.

—Ronny...

Bundle calló, indecisa. Estaba claro que Bill no sabía nada de la muerte de su amigo. Entonces le pareció extraño que los periódicos de la mañana no mencionaran el caso. Era una noticia demasiado jugosa como para pasarla por alto. Solo podía haber una explicación: por razones desconocidas, la policía ocultaba el asunto.

Bill seguía hablando.

—Hace mucho que no veo a Ronny, desde el fin de semana en tu casa, cuando el pobre Gerry Wade murió.

Hizo una pausa y prosiguió:

—Supongo que estarás enterada de eso. ¡Oye, Bundle! ¿Estás ahí todavía?

—Claro que sí.

—No has dicho esta boca es mía en mucho rato. Empezaba a creer que habías colgado.

—No. Estaba pensando en algo.

¿Comunicaría a Bill la muerte de Ronny? Decidió que no era algo que debiera decirse por teléfono. Pero pronto, muy pronto, tendría que reunirse con él. Entretanto...

—Bill...

—Dime.

—Quizá cene contigo mañana.

—¡Magnífico! Y después iremos a bailar. Tengo muchas cosas que contarte. En realidad, he tenido una mala suerte espantosa.

—Mañana me lo cuentas —lo interrumpió Bundle—. ¿Quieres darme ahora la dirección de Jimmy Thesiger?

—¿Jimmy Thesiger?

—Eso es lo que he dicho.

—Vive en Jermyn Street... ¿O es acaso la otra calle?

—Exprímete ese magnífico cerebro que tienes.

—Sí, Jermyn Street. Espera y te daré el número.

Hubo una pausa.

—¿Estás todavía ahí?

—Siempre estoy ahí.

—Uno nunca sabe con estos condenados teléfonos. Es el número ciento tres. ¿Lo tienes?

—Sí. Gracias, Bill.

—Sí, pero ¿para qué lo quieres? Me has dicho que no lo conocías.

—No, aunque dentro de media hora lo conoceré.

—¿Vas a su apartamento?

—Correcto, Sherlock.

—Pero si todavía no se habrá levantado.

—¿No?

—Creo que no. Quiero decir: ¿quién se levanta a esta hora si no tiene por qué hacerlo? Míralo desde este punto de vista. No tienes idea de cuánto me cuesta llegar aquí cada mañana a las once. Cuando me retraso, el Besugo pone el grito en el cielo. No puedes imaginarte lo terrible que es esta vida, Bundle.

—Mañana por la noche me lo contarás todo —dijo Bundle apresuradamente.

La joven colgó el auricular y analizó la situación. Primero consultó la hora. Eran las doce menos veinticinco. A pesar del conocimiento de las costumbres de su amigo que Bill tenía, creyó que Mr. Thesiger estaría ya a aquella hora en situación de recibir visitas y tomó un taxi para dirigirse al número 103 de Jermyn Street.

Le abrió la puerta el ejemplo ideal del mayordomo retirado. Su rostro, cortés y desprovisto de toda expresión, era uno de los muchos que se encontraban por decenas en aquel aristocrático barrio de Londres.

—¿Quiere usted venir por aquí, madame?

La llevó arriba, a un salón extremadamente cómodo, provisto de enormes sillones de piel. Sumida en una de aquellas monstruosidades había otra muchacha más joven que Bundle, pequeña, de cabello rubio, vestida de negro.

—¿A quién debo anunciar, madame?

—No daré mi nombre —dijo Bundle—. Quiero ver a Mr. Thesiger por un asunto importante.

El mayordomo se retiró con una inclinación y cerró la puerta tras de sí.

Hubo una pausa.

—Es un bonito día —dijo la muchacha rubia con timidez.

—Muy bonito —asintió Bundle.

Se produjo otra pausa.

—He venido del campo en coche esta mañana —dijo Bundle iniciando una conversación— y pensé que íbamos a tener una de esas terribles nieblas. Pero no ha sido así.

—No —repuso la otra muchacha—, no lo ha sido. Yo también he venido del campo —prosiguió.

Bundle la miró con mayor atención. Se había sentido ligeramente disgustada al encontrar a aquella chica allí. Ella pertenecía a la clase de personas a quienes les gusta ir directas al grano y pensó que tendría que librarse de la otra antes de poder hablar del asunto que la había llevado allí. No era algo que pudiera ser tratado delante de desconocidos.

Sin embargo, al mirarla atentamente se le ocurrió una idea extraordinaria. ¿Podría ser? La muchacha llevaba luto riguroso. Era algo arriesgado, pero Bundle creyó estar en lo cierto. Se armó de valor.

—Perdone —dijo—. ¿Es usted, por casualidad, Loraine Wade?

La joven la miró asombrada.

—Sí. ¿Cómo ha podido adivinarlo si no nos conocemos?

Bundle hizo un gesto de satisfacción.

—Ayer le escribí. Soy Bundle Brent.

—Fue usted muy amable al mandarme la carta de Gerry —dijo Loraine—. Le he contestado dándole las gracias. Jamás hubiera esperado encontrarla aquí.

—Voy a decirle lo que me ha traído aquí —repuso Bundle—. ¿Conocía usted a Ronny Devereux?

Loraine asintió.

—Estuvo en casa el día en que Gerry... Después ha venido a verme una o dos veces. Era uno de sus mejores amigos.

—Lo sé. Bien, pues ha muerto.

Loraine abrió la boca, sorprendida.

—¡Muerto! Pero si parecía rebosante de salud.

Bundle le contó los sucesos del día anterior lo más brevemente posible. Una expresión de miedo y horror se retrató en el rostro de Loraine.

—Entonces es verdad, es verdad.

—¿Qué es verdad?

—Lo que he pensado, lo que he estado pensando durante estas últimas semanas. Gerald no murió de muerte natural. Fue asesinado.

—¿Usted ha pensado eso?

—Sí. Gerry no hubiera tomado somníferos jamás. —Dejó escapar una breve risa—. Dormía demasiado bien para necesitarlos. Siempre me pareció extraño, y a él también. Yo sé que así lo creía.

—¿Quién?

—Ronny. Y ahora sucede esto y él ha sido asesinado. —Hizo una pausa y continuó—: Por eso he venido aquí hoy. Tan pronto recibí la carta de Gerry que usted me mandó, quise ver a Ronny, pero me dijeron que no estaba. Entonces pensé en venir a ver a Jimmy, que era un buen amigo de Ronny. Creí que quizá él me diría lo que debo hacer.

—Quiere decir... —Bundle hizo una pausa— acerca de Las Siete Esferas.

Loraine asintió. Se disponía a hablar, pero en aquel momento Jimmy Thesiger entró en el salón.

Capítulo 8
Jimmy recibe visitas

Al llegar a este punto, debemos retroceder unos veinte minutos, al momento en que Jimmy Thesiger, que emergía de la niebla del sueño, tuvo conciencia de que una voz conocida le decía palabras extrañas. Su mente intentó hacerse cargo de la situación, pero no lo logró. Bostezó y se dio la vuelta.

—Una señorita desea verlo, señor.

La voz era implacable. Estaba tan dispuesta a repetir aquellas palabras una y otra vez que Jimmy se resignó a lo inevitable. Abrió los ojos y parpadeó.

—¿Qué dice, Stevens? —preguntó—. Repítalo.

—Una señorita desea verlo, señor.

—¡Oh! —Jimmy hizo un esfuerzo para comprender—. ¿Para qué?

—No lo sé, señor.

—No, supongo que no. —Pareció pensar en ello—. No, claro que no.

Stevens recogió la bandeja junto a la cama.

—Le traeré té recién hecho, señor. Este está frío.

—¿Cree usted que debo levantarme y recibir a esa señorita?

Stevens no respondió, pero mantuvo la espalda bien erguida, y Jimmy entendió la señal correctamente.

—Está bien —cedió Jimmy—. Supongo que deberé verla. ¿Ha dado su nombre?

—No, señor.

—¿No será, por casualidad, mi tía Jemima? Porque, si es ella, no me levanto.

—La señorita, señor, no puede ser tía de nadie, a menos que sea el miembro más joven de una familia notablemente numerosa.

—¡Ajá! —reaccionó Jimmy—. Joven y adorable. ¿Cómo es?

—La joven señorita, señor, es indudablemente *comme il faut*, si puedo permitirme emplear esta expresión.

—Puede usarla —dijo Jimmy, condescendiente—. Su pronunciación francesa, Stevens, si me permite decirle, es muy buena. Mucho mejor que la mía.

—Me complace escucharlo, señor. Últimamente he seguido un curso de francés por correspondencia.

—¿De verdad? Es usted maravilloso, Stevens.

Stevens sonrió con aire de superioridad y salió de la habitación.

Jimmy permaneció echado en la cama, tratando de recordar los nombres de las jóvenes adorables, estrictamente *comme il faut*, que pudieran visitarlo en su casa.

El mayordomo regresó con el té recién hecho y Jimmy se lo tomó mientras se sentía picado por una agradable curiosidad.

—Supongo, Stevens, que le habrá facilitado algún periódico para que se entretenga —dijo.

—Sí, señor, el *Morning Post* y el *Punch*, señor.

El timbre de la puerta le hizo salir de nuevo. A los pocos segundos, regresó.

—Otra señorita, señor.

—¿Cómo?

Jimmy se agarró la cabeza con ambas manos.

—Otra señorita, señor. No quiere dar su nombre, pero dice que debe tratar un asunto muy importante.

Jimmy lo miró asombrado.

—Todo eso es muy extraño, Stevens, muy extraño. ¿A qué hora regresé anoche?

—A las cinco, señor.

—¿Y cómo... cómo estaba?

—Algo alegre, señor, solo alegre. Se sentía inclinado a cantar *Rule, Britannia!*

—¡Qué extraordinario! —dijo Jimmy—. *Rule, Britannia!*, ¿eh? No me imagino a mí mismo cantando *Rule, Britannia!* estando sobrio. Algún patriotismo latente sacado a la superficie por el estímulo de un par de copas de más. Estaba celebrando algo en Mustard and Cress,* según recuerdo. No es un sitio tan inocente como su nombre parece indicar, Stevens. —Hizo una pausa—. Me pregunto...

—¿Sí, señor?

—Me pregunto si, estando bajo el influjo de este estímulo, no habré puesto un anuncio en el periódico pidiendo una niñera o algo por el estilo.

Stevens tosió.

—Dos muchachas. Parece raro. En el futuro, tendré que evitar el Mustard and Cress. Es una bonita palabra, Stevens: evitar. El otro día la vi en un crucigrama y me gustó.

Jimmy se vestía rápidamente mientras hablaba. Diez minutos más tarde, estaba preparado para recibir a sus desconocidas visitantes. Al abrir la puerta de la sala, la primera persona a quien vio fue a una chica de cabello oscuro, esbelta, que le era por completo desconocida. Estaba de pie junto a la chimenea. Entonces, sus ojos se dirigieron hacia un enorme sillón de piel y su corazón latió apresuradamente. ¡Loraine!

Ella se levantó y habló primero, con cierto nerviosismo.

—Debes de estar muy sorprendido de verme, pero tenía que venir. Enseguida te explicaré el motivo. Ella es lady Eileen Brent.

* Mostaza y berros. *(N. del T.)*

—Bundle, así es como suelen llamarme. Quizá habrá oído hablar de mí a Bill Eversleigh.

—¡Oh, sí, por supuesto! —repuso Jimmy, tratando de hacerse cargo de la situación—. Siéntense y tomemos un cóctel o lo que sea.

Las dos muchachas declinaron el ofrecimiento.

—En realidad —prosiguió Jimmy—, acabo de levantarme de la cama.

—Eso me dijo Bill —observó Bundle—. Cuando le dije que venía a verle, me aseguró que estaría usted durmiendo aún.

—Pero ahora ya estoy levantado —repuso Jimmy.

—Es sobre Gerry —dijo Loraine—. Y ahora, acerca de Ronny...

—¿Qué quieres decir con ese «ahora, acerca de Ronny»?

—Ayer lo mataron de un tiro.

—¿Qué? —gritó Jimmy.

Bundle repitió el relato por segunda vez.

Jimmy escuchaba como si estuviera soñando.

—El viejo Ronny... muerto —murmuró—. ¿Qué demonios es todo este asunto?

Se sentó en el borde de un sillón, permaneció pensativo durante un par de minutos y después habló con voz queda.

—Hay algo que debería decirles.

—Sí —dijo Bundle animándolo.

—Fue el día en que Gerry Wade murió. Cuando íbamos a tu casa para darte la noticia —dijo, señalando a Loraine con un movimiento de cabeza—, Ronny me contó algo. Es decir, empezó a contármelo. Había algo que quería decirme, pero después dijo que estaba ligado por una promesa y no siguió hablando.

—Ligado por una promesa —repitió Loraine, pensativa.

—Eso dijo. Naturalmente, no insistí. Pero él se comportaba de una manera extraña, muy extraña. Entonces tuve la impresión de que sospechaba algo y creí que se lo diría al doctor, pero ni siquiera lo sugirió. Después pensé que acaso me había equivocado y más tarde todo pareció tan claro que creí que mis sospechas eran totalmente infundadas.

—Pero ¿cree que Ronny seguía sospechando? —preguntó Bundle.

Jimmy asintió.

—Eso pienso ahora. Ninguno de nosotros lo volvió a ver vivo desde entonces. Creo que estaba tratando de averiguar por su cuenta la verdad acerca de la muerte de Gerry. Es más, estoy convencido de que lo averiguó. Por eso lo mataron. Entonces trató de avisarme, pero solo pudo pronunciar esas dos palabras.

—Las Siete Esferas —dijo Bundle estremeciéndose ligeramente.

—Las Siete Esferas —asintió Jimmy con gravedad—. Por lo menos, tenemos eso como punto de partida.

Bundle se volvió hacia Loraine.

—Iba usted a decirme...

—¡Ah, sí! Primero, acerca de la carta. —Se dirigió a Jimmy—. Gerry dejó una carta. Lady Eileen...

—Bundle.

—Bundle la encontró. —Le explicó las circunstancias en pocas palabras.

Jimmy la escuchaba, muy interesado. Era lo primero que sabía acerca de la carta. Loraine la sacó del bolso y se la alargó. Él la leyó y después miró a la muchacha.

—Ahora puedes ayudarnos. ¿Qué es lo que Gerry quería que olvidaras?

Loraine frunció el ceño, perpleja.

—Me resulta muy difícil recordarlo ahora. Por error, abrí una carta de Gerry. Recuerdo que estaba escrita en papel barato y con una letra bastante difícil de leer. La encabezaba una dirección en Las Siete Esferas. Entonces me di cuenta de que no era para mí y volví a meterla en el sobre sin leerla.

—¿Estás segura? —preguntó Jimmy con suavidad.

Loraine rio por vez primera.

—Sé lo que piensas y admito que las mujeres somos curiosas, pero esa carta ni siquiera parecía interesante. Era una lista de nombres y fechas.

—Nombres y fechas —repitió Jimmy pensativo.

—A Gerry no pareció importarle mucho —prosiguió Loraine—. Se rio. Me preguntó si había oído hablar de la mafia alguna vez y entonces comentó que sería curioso que una sociedad así funcionara en Inglaterra, porque los ingleses no eran aficionados a esas cosas secretas. «Nuestros criminales no tienen una imaginación tan pintoresca», observó.

Jimmy silbó por lo bajo.

—Estoy empezando a comprender —dijo—. Las Siete Esferas podría ser el cuartel general de alguna sociedad secreta. Como dice en la carta que estaba escribiéndote, al principio debió de parecerle una broma. Así lo afirma. Y hay algo más: su ansiedad por que olvidaras lo que él te había dicho. Solo puede haber una razón para ello: si esa sociedad sospechara que sabes algo, entonces estarías en peligro. Gerald se dio cuenta y estaba terriblemente preocupado por ti.

Hizo una pausa y luego continuó en voz baja:

—Imagino que todos corremos peligro si decidimos seguir adelante en este asunto.

—¿Si decidimos? —exclamó Bundle indignada.

—Estoy hablando de ustedes dos. Es diferente en lo que a mí respecta. Yo era amigo del pobre Ronny. —Miró a Bundle—. Usted ha cumplido su cometido comunicándome su mensaje. No, por el amor de Dios, usted y Loraine no deben mezclarse en esto.

Bundle interrogó con la mirada a la otra muchacha. Ella ya había decidido, pero evitó dar ninguna pista en aquel momento. No deseaba empujar a Loraine Wade a una misión tan peligrosa como aquella.

Pero el rostro de Loraine brilló de indignación.

—¿Crees por un instante que yo podría mantenerme al margen cuando han matado a Gerry, a mi querido Gerry, el mejor hermano, el más cariñoso y más bondadoso que ninguna chica haya tenido? ¡Era la única persona que tenía en el mundo!

Jimmy se aclaró la garganta, incómodo. Loraine, pensó, era maravillosa, sencillamente maravillosa.

—Mira —dijo vacilante—. No debes decir eso de que te encuentras sola en el mundo. Tienes muchos amigos que estaremos contentos de hacer por ti cuanto podamos. ¿Comprendes lo que quiero decir?

Es posible que ella comprendiera, pues se sonrojó y, para cubrir su azoramiento, empezó a hablar con nerviosismo.

—Está decidido —dijo ella—. Haré cuanto pueda y nadie podrá impedírmelo.

—Y yo también, desde luego —afirmó Bundle.

Ambas miraron a Jimmy.

—Sí —repuso él—. Sí, ya veo.

Una vez más le miraron.

—Estaba pensando —siguió diciendo Jimmy— cómo vamos a empezar.

Capítulo 9
Planes

Las palabras de Jimmy llevaron la discusión a un terreno más práctico.

—En realidad —dijo— no tenemos mucho en qué basarnos. Solo las palabras *Las Siete Esferas*, y ni siquiera sé dónde está ese lugar. No podemos registrar todo aquel barrio, casa por casa.

—Quizá sí —dijo Bundle.

—Quizá podría hacerse, si fuera necesario, aunque no estoy muy seguro de ello. Imagino que debe de tratarse de un barrio muy poblado. No sería sutil.

Esa palabra le recordó a Socks y sonrió.

—Después, claro, tenemos el lugar en el que Ronny fue asesinado. Podríamos investigar por allí, pero la policía seguramente estará ya haciéndolo y, desde luego, mucho mejor que nosotros.

—Lo que me gusta de usted —observó Bundle sarcástica— es su alegre y optimista disposición.

—No le hagas caso, Jimmy —dijo Loraine—. Sigue.

—No sea tan impaciente —repuso Jimmy dirigiéndose a Bundle—. Los mejores investigadores examinan los casos de esta forma, eliminando toda investigación innecesaria. Ahora veamos la tercera alternativa: la muerte de Gerald. Sabemos que fue asesinado... A propósito, ustedes lo creen así, ¿no es verdad?

—Sí —dijo Loraine.

—Sí —dijo Bundle.

—Magnífico. Yo también. Bien, me parece que es ahí donde podemos averiguar algo. Después de todo, si Gerry no tomaba cloral, alguien debió de haber entrado en su habitación, haberlo puesto allí y disuelto en el vaso para que cuando se despertara lo bebiera. Naturalmente, dejó la caja o el frasco vacío. ¿Está de acuerdo conmigo?

—Sí —repuso Bundle despacio—, pero...

—Espere. Y ese alguien debía encontrarse en la casa. No pudo ser alguien del exterior.

—No —concedió Bundle.

—Muy bien. Eso limita el campo considerablemente. Para empezar, supongo que muchos de los criados ya lo eran de su familia.

—Sí —asintió Bundle—. Casi todos ellos se quedaron cuando la casa fue alquilada. Los principales siguen allí todavía. Desde luego, ha habido algunos cambios en cuanto a los menos importantes.

—Exactamente. A eso iba. Usted —se dirigió a Bundle— debe encargarse de este aspecto de la cuestión. Averigüe cuándo se contrataron nuevos criados. ¿Qué hay de los lacayos, por ejemplo?

—Uno de ellos es nuevo. Se llama John.

—Bien, haga averiguaciones sobre John. Y también acerca de cualquier otro que haya sido admitido hace poco tiempo.

—Supongo —dijo Bundle con lentitud— que debió de ser un criado quien lo hiciera. Pero ¿no podría haber sido uno de los invitados?

—No me parece posible.

—¿Quiénes estaban allí?

—Había tres muchachas: Nancy, Helen y Socks...

—¿Socks Daventry? La conozco.

—Acaso fuera ella. Siempre dice que las cosas son sutiles.

—Así es Socks. *Sutil* es una de sus palabras favoritas.

—Y también estábamos Gerry Wade y yo, Bill Eversleigh y Ronny. Y desde luego, sir Oswald y lady Coote. ¡Oh! Y Pongo.

—¿Quién es Pongo?

—Su nombre es Bateman, secretario del viejo Coote. Es un tipo con aire solemne, pero muy concienzudo. Fui al colegio con él.

—No parece haber ningún sospechoso entre los mencionados —observó Loraine.

—No, no lo hay —repuso Bundle—. Como usted dice, habrá que buscar entre los criados. A propósito, ¿cree usted que puede tener alguna importancia el hecho de que uno de los despertadores fuera arrojado por la ventana?

—¿Un despertador arrojado por la ventana? —repitió Jimmy asombrado.

Era la primera vez que tenía noticia de ello.

—No puedo comprender qué relación puede haber —observó Bundle—. Es un hecho raro que parece carecer de sentido.

—Ahora recuerdo —dijo Jimmy hablando lentamente— que entré a ver al pobre Gerry y vi los despertadores alineados en la repisa. Solo había siete, no ocho.

Se estremeció ligeramente e intentó explicarse.

—Lo siento, pero esos despertadores siempre me han dado cierta aprensión. Algunas veces he soñado con ellos. Odiaría tener que entrar en esa habitación de noche y verlos allí alineados.

—No podría verlos en la oscuridad —objetó Bundle con sentido práctico—. A menos que tuvieran esferas luminosas. ¡Oh! —exclamó, afluyéndole la sangre a las mejillas—. ¿No comprenden? ¡Las Siete Esferas!

Los otros la miraron sin comprender, pero ella insistió con creciente vehemencia.

—Debe ser eso. Es imposible que se trate de una coincidencia.

Se produjo una pausa.

—Acaso tenga usted razón —dijo Jimmy Thesiger por fin—. Es... es muy extraño.

Bundle empezó a interrogarle rápidamente.

—¿Quién compró los despertadores?

—Todos nosotros.

—¿De quién fue la idea?

—De todos.

—Tonterías. Alguien debió de pensar en ello primero.

—No sucedió así. Estábamos discutiendo lo que podríamos hacer para obligar a Gerry a levantarse temprano y Pongo habló de un despertador, y alguien dijo que con uno no habría bastante. Y alguien más, creo que fue Bill Eversleigh, preguntó que por qué no una docena. Entonces compramos uno para cada uno y uno más para Pongo y otro para lady Coote, por pura generosidad. No hubo premeditación alguna.

Bundle calló, pero no se dio por vencida.

Jimmy procedió entonces a hacer un resumen metódico.

—Creo que podemos decir que estamos seguros de ciertos hechos. Hay una sociedad secreta que tiene algunas semejanzas con la mafia. Gerry Wade tuvo conocimiento de ella. Al principio trató el asunto como un chiste, como algo absurdo. No podía creer que fuera verdaderamente peligrosa. Pero más tarde sucedió algo que lo convenció de que no era cosa de broma y entonces se sintió alarmado. Me imagino que le dijo algo a Ronny Devereux. Fuera como fuese, cuando Gerry murió, Ronny sospechó algo y encontró una pista. Desgraciadamente, nosotros nos hallamos en plena oscuridad: no sabemos lo que ellos sabían.

—Quizá sea una ventaja —observó Loraine con frialdad—. No sospecharán de nosotros y, por tanto, no intentarán quitarnos de en medio.

—Quisiera estar seguro de esto —dijo Jimmy preocupado—. Ya sabes que el propio Gerry quería alejarte de esto. ¿Crees que podría...?

—No, no podrías —le interrumpió Loraine—. No discutamos más eso. Es una pérdida de tiempo.

Al oír mencionar la palabra *tiempo*, los ojos de Jimmy se posaron en el reloj y lanzó una exclamación de asombro. Se levantó y abrió la puerta.

—Stevens.

—Sí, señor.

—¿Podría preparar algo de comer?

—Me he anticipado a sus deseos, señor. Mrs. Stevens ya lo tiene todo preparado.

—Es usted maravilloso —dijo Jimmy con un suspiro de alivio—. Inteligencia, simple inteligencia —observó dirigiéndose a las dos muchachas—. Sigue cursos por correspondencia. Algunas veces me pregunto si no me convendría a mí también.

—No seas tonto —observó Loraine.

Stevens abrió la puerta y empezó a servir un delicado almuerzo. A la tortilla siguieron unas codornices y los más suaves suflés.

—¿Por qué son tan felices los hombres solteros? —dijo Loraine con voz trágica—. ¿Por qué los cuidan mejor los extraños que nosotras mismas?

—No lo creas —repuso Jimmy—. Quiero decir que no es cierto. ¿Cómo podría serlo? A menudo imagino que...

De pronto, Bundle lanzó un grito y los otros dos la miraron, francamente asombrados.

—¡Qué idiota! —exclamó Bundle—. ¡Qué imbécil! Yo misma, por supuesto. Sabía que había olvidado algo.

—¿Qué?

—¿Conoce usted al Besugo, a George Lomax, quiero decir?

—He oído hablar mucho de él a Bill y a Ronny —repuso Jimmy.

—El Besugo celebrará una reunión la semana próxima y ha recibido una carta de aviso de Las Siete Esferas.

—¿Cómo? —exclamó Jimmy excitado. Acercó la silla—. ¿Es eso cierto?

—Sí. Él mismo se lo contó a papá. ¿Qué cree usted que puede indicar eso?

Jimmy se recostó en su sillón, pensando rápida y lacónicamente. Por fin, habló y sus palabras fueron breves y concisas.

—Algo sucederá en esa reunión.

—Eso mismo creo yo —asintió Bundle.

—Todo encaja —dijo Jimmy.

Se volvió hacia Loraine.

—¿Qué edad tenías durante la guerra? —preguntó inesperadamente.

—Nueve años. No, ocho.

—Y supongo que Gerry tendría unos veinte. La mayor parte de los muchachos de veinte años participaron en la guerra. Gerry, no.

—No —dijo Loraine, después de permanecer pensativa durante algunos segundos—. No, Gerry no estuvo en el ejército; no sé por qué.

—Yo puedo decírtelo —observó Jimmy—. O por lo menos, puedo adivinarlo. Estuvo fuera de Inglaterra de 1915 a 1918. Me he tomado la molestia de averiguarlo. Nadie parece saber dónde estuvo exactamente. Yo creo que estaba en Alemania.

La sangre afluyó a las mejillas de Loraine, que miró a Jimmy con admiración.

—Eres muy inteligente.

—Hablaba el alemán muy bien, ¿no es verdad?

—Oh, sí, como si hubiera vivido toda la vida en Alemania.

—Tengo la convicción de estar en lo cierto. Escuchad: Gerry Wade estaba en el Foreign Office. Parecía ser la misma clase de tonto, y perdona esta palabra, Loraine, pero ya sabes lo que quiero decir, que Bill Eversleigh y Ronny Devereux. Era una superficialidad para la galería. Pero en realidad se trata de algo muy distinto. Gerry Wade era muy inteligente. Nuestro servicio secreto es el mejor del mundo y, en mi opinión, Gerry ocupaba un alto cargo en él. Y eso lo explica todo. Recuerdo haber mencionado al azar aquella noche en Chimneys que Gerry no podía ser tan berzas como aparentaba.

—¿Y si está usted en lo cierto? —preguntó Bundle, práctica como siempre.

—Entonces el asunto es más grave de lo que pensamos. Las Siete Esferas no es solo una organización criminal, sino también internacional. Hay algo imprescindible: alguien tiene que acudir a la reunión en casa de Lomax.

Bundle hizo una mueca.

—Yo conozco bien a George, pero no le caigo bien. Jamás se le ocurriría invitarme a una reunión seria. De todos modos, yo podría...

Permaneció unos momentos sumida en sus pensamientos.

—¿Cree que podría lograrlo yo a través de Bill? —preguntó Jimmy—. Seguramente estará allí, como la mano derecha del Besugo. Puede invitarme con cualquier pretexto.

—No veo por qué no —repuso Bundle—. Tendré que aleccionar a Bill y hacerle decir las cosas necesarias. Es incapaz de pensarlas por sí mismo.

—¿Qué sugiere? —preguntó Jimmy con humildad.

—¡Oh! Es muy fácil. Bill puede describirle como un joven rico, interesado en la política, que desea presentarse como candidato al Parlamento. George morderá el anzuelo enseguida. Ya sabe lo que son los partidos políticos: siempre andan a la caza de jóvenes ricos. Cuanto más rico diga Bill que es usted, más fácil resultará.

—Mientras no me describa como a un Rothschild, lo que se le ocurra —repuso Jimmy.

—Entonces creo que está prácticamente arreglado. Mañana cenaré con Bill y conseguiré la lista de las personas que asistirán. Nos será útil.

—Siento que no pueda estar allí —observó Jimmy—, pero, después de todo, acaso sea mejor así.

—No estoy muy segura de no poder ir —dijo Bundle—. El Besugo me odia como si yo fuera veneno, aunque hay otros medios.

Se interrumpió pensativa.

—¿Y yo? —preguntó Loraine con una vocecita.

—Tú no debes mezclarte en esto —contestó Jimmy en el acto—. Después de todo, necesitamos a alguien fuera para...

—¿Para qué?

Jimmy decidió cambiar de táctica. Se volvió suplicante hacia Bundle.

—¿No cree que Loraine debe permanecer al margen? —preguntó.

—Desde luego.

—Otra vez será —dijo Jimmy bondadosamente.

—¿Y si no hay otra vez? —preguntó Loraine.

—Seguramente la habrá. No lo dudes.

—Comprendo. Debo irme a casa y esperar.

—Eso es —repuso Jimmy aliviado—. Sabía que lo comprenderías.

—Si los tres tratamos de forzar nuestra admisión en la reunión, eso podría dar lugar a sospechas —explicó Bundle—. Y su presencia sería imposible de justificar ¿No lo cree así?

—Sí —asintió Loraine.

—Entonces arreglado. Tú no harás nada —dijo Jimmy.

—No haré nada —repitió Loraine, muy dócil.

Bundle la miró escamada. La docilidad con que la muchacha aceptaba la situación no parecía natural. Loraine le devolvió la mirada. Sus ojos azules parecían inocentes y sostuvieron la de Bundle sin pestañear. Bundle estaba solo parcialmente satisfecha. La docilidad de Loraine Wade le resultaba muy sospechosa.

Capítulo 10
Bundle visita Scotland Yard

Ahora podemos decir que, en la anterior conversación, cada una de las tres personas que tomaron parte en ella dejó algo en reserva. El refrán popular «Nadie lo dice todo» es muy cierto. Puede dudarse, por ejemplo, que Loraine Wade fuera totalmente sincera al explicar los motivos que la indujeron a visitar a Jimmy Thesiger.

Asimismo, Jimmy Thesiger tenía diversas ideas y planes en relación con la próxima reunión en casa de George Lomax que, por ejemplo, no abrigaba la menor intención de revelar a Bundle.

Y la propia Bundle tenía un plan que se proponía poner en práctica inmediatamente y del cual no habló.

Al salir del apartamento de Jimmy Thesiger, la joven se dirigió a Scotland Yard, donde preguntó por el superintendente Battle.

Este era un hombre más bien corpulento que se encargaba casi exclusivamente de casos de delicada naturaleza política. Uno de ellos se produjo en Chimneys hacía cuatro años y Bundle confiaba, francamente, en que él la recordara.

Después de una corta espera, fue conducida a lo largo de varios pasillos hasta llegar al despacho privado de Battle. El superintendente tenía un rostro inexpresivo. Parecía muy poco inteligente y su aspecto era más el de un viajante que el de un detective.

Cuando Bundle entró, estaba de pie junto a la ventana mirando la calle con su inexpresividad habitual.

—Buenas tardes, lady Eileen —saludó—. Tenga la bondad de tomar asiento.

—Gracias —contestó Bundle—. Temí que acaso no me recordara.

—Siempre recuerdo a las personas —repuso él, y añadió—: En mi trabajo, es necesario.

—¡Oh! —exclamó Bundle algo desilusionada.

—¿Qué puedo hacer por usted? —inquirió Battle.

Bundle habló sin rodeos.

—He oído decir que ustedes, en Scotland Yard, tienen listados de las sociedades secretas y organizaciones así que se forman en Londres.

—Tratamos de estar informados —repuso Battle con cautela.

—Supongo que muchas de ellas no son verdaderamente peligrosas.

—Seguimos una regla bastante buena —dijo el superintendente—. Cuanto más hablan, menos daño hacen. Se sorprendería de lo bien que funciona.

—¿Es cierto que algunas veces dejan ustedes que funcionen libremente?

Battle asintió.

—Sí. ¿Por qué no puede un hombre llamarse a sí mismo Hermano de la Libertad y reunirse con otros como él, dos veces por semana, en algún sótano y hablar de ríos de sangre? Eso no le hace daño ni a él ni a nosotros. Y si alguna vez sucede algo, siempre sabemos dónde echarle el guante.

—Pero supongo que, en alguna ocasión, una sociedad puede ser más peligrosa de lo que uno puede imaginar —señaló Bundle.

—Es posible —observó Battle.

—Pero podría suceder —insistió Bundle.

—Claro, podría suceder —admitió el superintendente.

Hubo un corto silencio. Entonces Bundle preguntó con discreción:

—Superintendente Battle, ¿podría darme una lista de las sociedades secretas que tienen su cuartel general en Las Siete Esferas?

El superintendente Battle se vanagloriaba de que era capaz de reprimir siempre sus emociones. Pero Bundle podía haber jurado que, por un instante, sus ojos parpadearon y pareció sorprendido. Solo por un breve instante, desde luego. Cuando habló, era el hombre inexpresivo de siempre.

—Estrictamente hablando, hoy en día no existe un lugar llamado Las Siete Esferas.

—¿No?

—No. La mayor parte ha sido derribado y reconstruido. Antaño fue un barrio de bastante mala nota, pero hoy representa la discreción respetable y de clase alta. Ya no es un lugar romántico donde buscar misteriosas sociedades secretas.

—¡Oh! —exclamó Bundle disgustada.

—De todas formas, me gustaría mucho saber por qué se interesa por ese barrio, lady Eileen.

—¿Debo decírselo?

—Nos evitaría problemas, ¿no? Así sabríamos dónde estamos, por decirlo de alguna manera.

Bundle vaciló un instante.

—Ayer mataron a un hombre de un tiro —dijo lentamente—. Creí que yo lo había atropellado conduciendo mi coche.

—¿Mr. Ronald Devereux?

—Usted lo sabía, desde luego. ¿Por qué no han hablado de ello los periódicos?

—¿Quiere realmente saberlo, lady Eileen?

—Sí, por favor.

—Pensamos que nos vendrían bien veinticuatro horas de discreción. La prensa lo publicará mañana.

—¡Oh! —dijo Bundle sorprendida.

¿Qué se escondía tras aquel inescrutable rostro? ¿Consideraba el asesinato de Ronald Devereux como un crimen vulgar o como algo extraordinario?

—Mencionó Las Siete Esferas mientras se estaba muriendo —dijo Bundle despacio.

—Gracias —dijo Battle—. Tomaré nota de ello.

Escribió una palabra en el secante de la carpeta del escritorio.

Bundle siguió otra táctica.

—Creo que Mr. Lomax vino a verle ayer a causa de una carta amenazadora que había recibido.

—Sí.

—Fue enviada desde Las Siete Esferas.

—Creo que el matasellos era de allí.

Bundle sintió como si estuviera llamando inútilmente a una puerta cerrada.

—Si me permite aconsejarle, lady Eileen...

—Sé lo que va a decir.

—Váyase a su casa y no piense más en estas cosas.

—Y se lo dejo todo a ustedes, ¿no es así?

—Después de todo —respondió el superintendente Battle—, nosotros somos los profesionales.

—Y yo solo una aficionada. Sí, aunque usted olvida algo. Quizá no tenga sus conocimientos y su habilidad, pero poseo una ventaja sobre ustedes: puedo trabajar en la oscuridad.

Le pareció que el superintendente se sorprendía, como si sus palabras hubieran dado en el clavo.

—Desde luego —siguió Bundle—, si no quiere darme una lista de las sociedades secretas...

—No he dicho eso. Le daré una lista completa.

Fue a la puerta, la abrió, pronunció algunas palabras y regresó a su asiento. De pronto, Bundle se quedó perpleja. La facilidad con que había accedido a sus deseos le parecía sospechosa. Battle la estaba contemplando plácidamente.

—¿Recuerda la muerte de Mr. Gerald Wade? —preguntó ella de repente.

—Ocurrida en su casa, ¿verdad? Creo que tomó una sobredosis de somníferos.

—Su hermana afirma que jamás tomaba nada para dormir.

—¡Ah! —exclamó el superintendente—. Se sorprendería usted de las cosas que las hermanas ignoran.

Bundle volvió a asombrarse. Permaneció en silencio hasta que entró un hombre con una hoja de papel escrita a máquina, que entregó al superintendente.

—Aquí tiene —dijo este último cuando el otro se marchó—. Los Hermanos de Sangre de San Sebastián, los Perros Lobos, los Camaradas de la Paz, el Club de los Camaradas, los Amigos de la Opresión, los Hijos de Moscú, los Abanderados Rojos, los Arenques, los Camaradas de los Caídos y media docena más.

Le alargó el papel con un guiño.

—Me la da porque sabe que no me servirá de nada —dijo Bundle—. ¿Quiere que abandone este asunto?

—Lo preferiría —afirmó Battle—. Si mete usted la nariz en estos sitios, nos traerá un montón de problemas.

—¿Cuidando de mí, acaso?

—Cuidando de usted, lady Eileen.

Bundle se había puesto de pie, aunque estaba indecisa. Hasta aquel momento, el superintendente Battle parecía el triunfador. Pero entonces ella recordó un ligero incidente y lo utilizó como su última baza.

—Hace un instante, le he dicho que un aficionado podía hacer algunas cosas imposibles para un profesional. Usted no me ha contradicho. No lo ha hecho porque es un hombre honesto, superintendente Battle. Sabía que yo estaba en lo cierto.

—Siga usted —se apresuró a decir Battle.

—En Chimneys me permitió ayudarle. ¿Por qué no deja que también lo haga ahora?

Battle pareció meditar aquellas palabras. Animada por su silencio, Bundle prosiguió:

—Usted sabe muy bien cómo soy, superintendente Battle. Me meto en todo. No quiero entrometerme en su camino o tratar de hacer lo que usted hace mucho mejor. Pero si hay una oportunidad para un aficionado, démela.

Se produjo otra pausa y entonces el superintendente Battle dijo en voz baja:

—No puede usted haberse expresado con mayor claridad, lady Eileen. Pero voy a decirle algo. Lo que usted propone es peligroso, y cuando digo peligroso significa peligroso.

—Me doy cuenta de ello —repuso Bundle—. No soy tonta.

—No —dijo Battle—. Jamás he conocido a ninguna señorita como usted. Lo que haré por usted, lady Eileen, es lo siguiente. Le daré una pequeña pista, y lo hago porque jamás he creído mucho en la divisa «Seguridad ante todo». En mi opinión, más nos valdría que la mitad de la gente que se pasa la vida evitando ser atropellada por un autobús acabara atropellada. No sirve para nada.

Esta extraordinaria opinión en labios del superintendente Battle dejó a Bundle sin aliento.

—¿Cuál es la pista que va a darme? —preguntó por fin.

—Conoce a Mr. Eversleigh, ¿verdad?

—¿Si conozco a Bill? Desde luego, pero...

—Imagino que él podrá decirle cuanto usted quiera saber acerca de Las Siete Esferas.

—¿Bill lo sabe? ¿Bill?

—Yo no he dicho eso. Pero creo que, siendo usted una señorita tan inteligente, podrá sonsacarle cuanto quiera. Y por ahora —prosiguió el superintendente Battle con firmeza—, no voy a decirle nada más.

Capítulo 11
La cena con Bill

Llena de expectación, Bundle se dispuso a encontrarse con Bill. Este la saludó con visibles muestras de alegría.

«Bill resulta bastante agradable», pensó Bundle. «Es como uno de esos perros grandes y torpes que agitan la cola cuando están contentos de verte.»

El perro grande estaba emitiendo cortos ladridos de comentarios e informaciones.

—Estás maravillosa, Bundle. No puedo decirte cuánto me complace verte. He encargado ostras. Te gustan, ¿verdad? ¿Y cómo está todo? ¿Por qué has estado tanto tiempo en el extranjero? ¿Te has divertido mucho?

—No —repuso Bundle—. Ha sido terrible. Viejos coroneles enfermos arrastrándose al sol, mustias solteronas, directoras de bibliotecas y cofradías...

—A mí dame Inglaterra —dijo Bill—. No me gusta el extranjero, excepto Suiza. Suiza está bien. Estoy pensando en ir allí estas Navidades. ¿Por qué no vienes tú también?

—Lo pensaré —observó Bundle—. ¿Qué has estado haciendo estos últimos tiempos, Bill?

Era una pregunta ingenua, que Bundle hizo solo por cortesía y como preliminar a sus propios tópicos de conversación. Era, sin embargo, lo que Bill estaba esperando.

—Eso es exactamente lo que quería decirte. Tú eres inteligente, Bundle, y quiero tu consejo. ¿Conoces la revista musical *Malditos sean tus ojos*?

—Sí.

—Bueno, pues voy a contarte una de las jugarretas más sucias que puedas imaginarte. ¡Dios mío, esa gente del teatro! Hay una muchacha, una norteamericana, una verdadera preciosidad...

A Bundle se le cayó el alma a los pies. Los agravios de las amigas de Bill eran siempre interminables y no había manera de pararlos.

—Esa chica, Babe St. Maur...

—¿De dónde habrá sacado ese nombre? —preguntó Bundle con sarcasmo.

—Del *Quién es quién*. —Lo abrió y, sin mirar, puso un dedo en una página—. Inteligente, ¿verdad? Su verdadero nombre es Goldschmidt o Abrameier, o algo imposible de pronunciar.

—¡Ah, vaya! —asintió Bundle.

—Bien, pues Babe St. Maur es lista. Y además tiene buenos músculos. Es una de las ocho chicas que hacían el puente viviente...

—Bill —lo interrumpió Bundle desesperada—, ayer por la mañana fui a visitar a Jimmy Thesiger.

—El bueno de Jimmy —observó Bill—. Pues como te decía, Babe es lista. Hay que serlo hoy en día. Si uno quiere sobrevivir, tiene que ser audaz, como dice Babe. Y es guapa. Además, actúa de la forma más maravillosa. No ha tenido mucha suerte en *Malditos sean tus ojos*, donde aparece en un grupo con otras chicas bonitas. Le aconsejé que intentara trabajar en el teatro serio (ya sabes, Tanqueray y esas cosas), pero ella se rio.

—¿Has visto a Jimmy?

—Sí. Esta mañana. ¿Qué te estaba diciendo? ¡Ah, sí! Y todo fueron celos, nada más que celos. La otra chica no se puede comparar con Babe y ella lo sabe. Así que por la espalda, traidoramente...

Bundle se resignó a lo inevitable y escuchó toda la historia de las desgraciadas circunstancias que obligaron a prescindir de Babe St. Maur en el reparto de *Malditos sean tus ojos*. El relato fue largo. Cuando finalmente Bill hizo una pausa para tomar aliento, Bundle habló.

—Tienes razón, Bill, es una vergüenza. Debe de haber muchos celos sueltos.

—Todo el mundo teatral está podrido de ellos.

—Lo creo. ¿Te ha dicho Jimmy algo acerca de ir a Wyvern Abbey la semana próxima?

Por primera vez, Bill prestó atención a las palabras de Bundle.

—Me relató una larga historia que quiere que le cuente al Besugo acerca de afiliarse al partido conservador; pero ya sabes, Bundle, que es muy arriesgado.

—Tonterías —repuso ella—. Si George lo descubre todo, no te echará la culpa a ti. Creerá que te han tomado el pelo, simplemente.

—No es tan sencillo —repuso Bill—. Quiero decir que es muy arriesgado para Jimmy. Antes de que se dé cuenta, lo exhibirán en algún lugar como Tooting East, donde tendrá que besar a los niños y pronunciar discursos. No sabes lo enérgico y meticuloso que es el Besugo.

—Tendremos que arriesgarnos —observó Bundle—. Jimmy deberá cuidar de sí mismo.

—No conoces al Besugo —insistió Bill.

—¿Quiénes acudirán a esa reunión? ¿Se trata de algo muy especial?

—Lo mismo de siempre. Mrs. Macatta será uno de los asistentes.

—¿La parlamentaria?

—Sí. Ya sabes, esa que siempre habla de beneficencia, de leche pura y de salvemos a los niños. Imagínate al pobre Jimmy conversando con ella.

—No te preocupes por Jimmy. Sigue contándome.

—También una señora húngara, de una sociedad o partido llamado Joven Hungría. Es condesa de no sé qué impronunciable.

Tragó saliva, como si se sintiera avergonzado, y Bundle observó que con los dedos desmenuzaba el pan nerviosamente.

—¿Joven y hermosa? —preguntó con delicadeza.

—Más bien.

—No sabía que George se interesara por la belleza femenina.

—¡Oh, no! La condesa tiene a su cargo una organización de alimentación infantil en Budapest. Naturalmente, ella y Mrs. Macatta querían conocerse.

—¿Quién más?

—Sir Stanley Digby.

—¿El ministro de Aviación?

—Sí. Y su secretario, Terence O'Rourke. Era todo un personaje cuando volaba. También un alemán llamado Herr Eberhard. No sé quién es, pero parecen considerarlo mucho. Ya he tenido que llevarlo a comer dos veces y puedo asegurarte que no es broma. No es como la gente de la embajada, que son tipos decentes. Ese hombre sorbe la sopa haciendo un ruido infernal y come los guisantes con cuchillo. Y no solo eso, sino que el muy bruto se muerde las uñas, se las devora.

—¡Qué asco!

—¿Verdad que sí? Creo que se inventa cosas. Bien, eso es todo. ¡Ah! Se me olvidaba: también asistirá lord Oswald Coote.

—¿Y lady Coote?

—Diría que también.

Bundle permaneció absorta en sus pensamientos durante unos momentos. La lista de Bill era sugestiva, pero carecía de tiempo para pensar en sus posibilidades. Debía pasar al punto siguiente.

—¿Qué es todo eso acerca de Las Siete Esferas, Bill? —preguntó.

Bill pareció muy consternado. Parpadeó y evitó su mirada.

—No sé de qué me hablas —contestó.

—No digas tonterías. Me han asegurado que estás totalmente al corriente.

—¿Sobre qué?

La pregunta parecía hecha para ganar tiempo.

—No sé por qué quieres ser tan misterioso —se quejó Bundle cambiando de táctica.

—No soy misterioso en absoluto. Nadie va mucho por allí ahora.

Las palabras de Bill parecían un complicado rompecabezas.

—Una se pierde tantas cosas cuando está fuera... —dijo Bundle con tristeza.

—¡No te has perdido mucho! —repuso Bill—. La gente iba allí solo para poder decir que lo conocía. Era realmente aburrido y la verdad es que el pescado frito puede llegar a cansar.

—¿Dónde iba toda la gente?

—Al club Las Siete Esferas, desde luego —dijo Bill mirándola con asombro—. ¿No era eso lo que me preguntabas?

—No lo conocía por ese nombre —repuso ella.

—Así se llamaba un barrio marginal situado en los alrededores de Tottenham Court Road, pero ya lo han derribado. Sin embargo, el club Las Siete Esferas conserva el viejo ambiente: pescado, patatas fritas y suciedad en general. Es algo así como un East End en miniatura, aunque bastante adecuado para ir allí después del teatro.

—Supongo que será un club nocturno en el que se puede bailar —comentó Bundle.

—Eso sí. Y la clientela es bastante variada. Nada de alto copete. Artistas, toda clase de mujeres raras y algunos de los nuestros. Se dicen muchas cosas de ese club, pero creo que solo es para que no decaiga la clientela.

—¡Magnífico! —exclamó Bundle—. Iremos esta noche.

—No deberíamos hacerlo —dijo Bill volviendo a sentirse consternado—. Está ya muy visto. Nadie importante lo frecuenta ahora.

—Pues nosotros iremos.

—No te gustará, Bundle.

—Me vas a llevar al club Las Siete Esferas o a ninguna parte. Además, me gustaría saber por qué te niegas a complacerme.

—¿Yo?

—Sí. ¿Cuál es tu secreto?

—¿Mi secreto?

—Deja ya de repetir lo que digo. Lo haces para ganar tiempo.

—No es cierto —repuso Bill indignado—. Es solo que...

—Sabía que había algo. No sabes esconder bien las cosas.

—No tengo nada que esconder, es solo que...

—¿Qué?

—Se trata de una historia muy larga. Una noche llevé a Babe St. Maur allí...

—¡Oh! Babe St. Maur otra vez.

—¿Por qué no?

—No sabía que ibas a hablar de ella —repuso Bundle ahogando un bostezo.

—Como te decía, llevé a Babe St. Maur allí. Se le había antojado comer langosta. Yo llevaba una bajo el brazo...

La historia prosiguió. Cuando la langosta fue finalmente desmembrada en el forcejeo entre Bill y un extraño, Bundle le interrumpió.

—Ya veo —dijo—. ¿Hubo una pelea?

—Sí, pero la langosta era mía. Yo la había comprado y pagado. Tenía perfecto derecho...

—Claro que sí —observó Bundle apresuradamente—. Pero estoy segura de que ese incidente ya habrá pasado al olvido. Además, no me interesan las langostas. Así es que vamos a ir allí.

—Puede haber una redada. En la planta de arriba hay una habitación donde se juega al bacarrá.

—Entonces, papá tendrá que venir y pagar la fianza, eso es todo. Vamos ya, Bill.

Bill parecía muy reacio, pero Bundle no cedía y, finalmente, se subieron a un taxi que los condujo a Las Siete Esferas.

Aquel lugar se parecía mucho a la idea que Bundle se había hecho de él. Era una casa alta en una calle estrecha. La joven se fijó en la dirección: Hunstanton Street, número 14.

Un hombre, cuyo rostro le era vagamente familiar, abrió la puerta. Bundle creyó percibir una rápida expresión de asombro cuando la vio, pero saludó con respeto a Bill. Era alto, de cabello rubio, rostro más bien delgado y anémico y algo bizco. Bundle se preguntó dónde lo había visto antes.

Bill había recobrado su compostura y se sintió complacido al actuar como guía. Bailaron en el sótano, que estaba lleno de humo, a través del cual se veía a la gente como sumida en una niebla azulada. El olor a pescado frito era tremendo.

En la pared había varios bocetos al carbón, algunos de ellos verdaderamente buenos. La concurrencia era variopinta. Extranjeros obesos, opulentas judías, algunos miembros de la buena sociedad y varias señoras que pertenecían a la más antigua profesión del mundo.

Pronto Bill llevó a Bundle al piso superior, en el que se encontraba el hombre de la cara anémica, examinando con ojos de lince a cuantos entraban en la sala de juego. Entonces, Bundle lo recordó.

—Claro —dijo—. ¡Qué tonta soy! Es Alfred, era segundo lacayo en Chimneys. ¿Cómo está usted, Alfred?

—Muy bien, gracias, lady Eileen.

—¿Cuándo se marchó de Chimneys, Alfred? ¿Fue antes de que nosotros regresáramos?

—Hace alrededor de un mes, milady. Tuve la oportunidad de mejorar y me pareció absurdo no aprovecharla.

—Supongo que le deben de pagar muy bien aquí —observó Bundle.

—Muy bien, milady.

Bundle entró. Comprendió enseguida que en esa estancia se mostraba la verdadera razón de la existencia del club. Vio que las apuestas eran altas y que las personas reunidas alrededor de las dos mesas, con los ojos hundidos, macilentos, tenían la fiebre del juego en la sangre.

Permanecieron allí una media hora. Entonces, Bill empezó a sentirse inquieto.

—Salgamos de aquí, Bundle, y vamos a bailar.

Bundle asintió. No había nada que ver allí. Bajaron a la pista. Bailaron durante media hora y comieron pescado y patatas fritas, y entonces ella se declaró dispuesta a regresar a casa.

—Es muy temprano —protestó Bill.

—No, ya es tarde. Además, mañana tengo muchas cosas que hacer.

—¿Qué cosas?

—¡Eso depende! —repuso Bundle, misteriosamente—. Pero puedo asegurarte que la hierba no crecerá bajo mis pies.

—Amén —corroboró Mr. Eversleigh.

Capítulo 12
Bundle investiga en Chimneys

Era obvio que Bundle no había heredado el temperamento de su padre, cuya principal característica era una amable y total inercia. Como Bill Eversleigh había apropiadamente observado, la hierba jamás crecía bajo los pies de Bundle.

A la mañana siguiente de la cena con Bill, se levantó llena de energía. Tenía tres planes distintos que quería poner en práctica aquel mismo día, y comprendió que el tiempo y el espacio le impondrían algunas limitaciones.

Afortunadamente, no adolecía del mismo mal que Gerry Wade, Ronny Devereux y Jimmy Thesiger: levantarse tarde por la mañana. El propio sir Oswald Coote no hubiera podido encontrar defecto en ella en lo que a madrugar se refiere. A las ocho y media, Bundle se dirigía a Chimneys en el Hispano-Suiza después de un completo desayuno.

Su padre se mostró complacido al verla.

—Jamás sé cuándo te presentarás —dijo—, pero al venir me evitas tener que telefonear. El coronel Melrose estuvo ayer aquí, debido a la investigación judicial.

El coronel Melrose era el jefe de policía del condado y un viejo amigo de lord Caterham.

—¿Te refieres a la vista sobre la muerte de Ronny Devereux? ¿Cuándo se celebrará?

—Mañana, a las doce. Melrose pasará a recogerte. Tendrás que declarar por haber sido tú quien encontró el cadáver, pero me ha dicho que no debes alarmarte.

—¿Por qué tendría que alarmarme?

—Ya sabes que Melrose es algo anticuado —repuso lord Caterham, en un tono de disculpa.

—A las doce —dijo Bundle—. Bien, aquí me encontrará si todavía estoy viva.

—¿Tienes algún motivo para suponer que puedas no estarlo?

—Una nunca sabe —repuso Bundle—. Es la tensión de la vida moderna, como dicen los periódicos.

—Lo que me recuerda que George Lomax me pidió que fuera a Wyvern Abbey la semana próxima. Naturalmente, me negué.

—Hiciste bien —asintió Bundle—. No queremos verte mezclado en asuntos extraños.

—¿Habrá algún asunto extraño? —preguntó lord Caterham con súbito interés.

—Bien... Cartas amenazadoras y todo eso —repuso Bundle.

—Quizá asesinen a George —comentó lord Caterham esperanzado—. ¿Qué te parece, Bundle? Acaso sea mejor que vaya, después de todo.

—Contén tus sanguinarios instintos y quédate tranquilamente en casa —dijo Bundle—. Voy a hablar con Mrs. Howell.

Mrs. Howell era el ama de llaves, una majestuosa señora que infundía terror en el corazón de lady Coote. No atemorizaba a Bundle, a quien, por cierto, llamaba miss Bundle, reliquia de los tiempos en que fuera una niña traviesa de piernas largas, antes de que su padre heredara el título.

—Vamos a tomar una taza de chocolate juntas —dijo Bundle al ama de llaves— y, entretanto, me contará lo que ha sucedido de nuevo en la casa.

Obtuvo la información que deseaba sin dificultad, tomando notas mentales como sigue:

«Dos fregonas, aldeanas. No parece haber nada ahí.

Una nueva tercera doncella, sobrina de la primera camarera. Conforme. Howell parece haber intimidado mucho a lady Coote. Es propio de ella.»

—Jamás pensé que llegaría el día en que mis ojos vieran Chimneys habitado por extraños, miss Bundle.

—Una debe moverse con los tiempos, Howell —repuso Bundle—. Tendrá suerte si nunca ve esta casa dividida en apartamentos con derecho a los magníficos jardines.

Una sensación de frío recorrió la reaccionaria y aristocrática espina dorsal de Mrs. Howell.

—No he visto nunca a sir Oswald Coote —observó Bundle.

—Sir Oswald Coote es, sin duda, un caballero muy inteligente —dijo Mrs. Howell con una voz distante.

Bundle supuso que la servidumbre no sentía demasiada simpatía por sir Oswald.

—Desde luego, Mr. Bateman se encargaba de todo —prosiguió el ama de llaves—. Es un caballero muy eficiente que, por cierto, sabe cómo deben hacerse las cosas.

Bundle llevó la conversación hacia la muerte de Gerald Wade. Mrs. Howell se mostró muy dispuesta a hablar de ella y prorrumpió en una sarta de lastimeras palabras acerca del pobre caballero, pero Bundle no averiguó nada que no supiera ya. Un rato después, se separó de Mrs. Howell y volvió a la planta baja, donde llamó a Tredwell.

—¿Cuándo se marchó Alfred?

—Hace alrededor de un mes, milady.

—¿Por qué se fue?

—Por su propia voluntad, milady. Creo que se encuentra en Londres. Yo no estaba descontento de él. Espero que John, el nuevo criado, merezca su aprobación. Parece conocer muy bien su trabajo y está siempre dispuesto a complacer.

—¿De dónde vino?

—Sus referencias eran excelentes, milady. Últimamente estuvo con lord Mount Vernon.

—Comprendo —repuso Bundle pensativa.

Acababa de recordar que lord Mount Vernon estaba de cacería en África.

—¿Cuál es su apellido, Tredwell?

—Bower, milady.

Tredwell permaneció en silencio y entonces, al ver que Bundle no deseaba preguntarle nada más, salió silenciosamente de la habitación. La joven estaba sumida en sus pensamientos.

John le había abierto la puerta al llegar por la mañana y ella se había fijado en él con disimulo. Aparentemente era un criado perfecto, bien preparado y con un rostro carente de expresión. Tenía, acaso, un porte algo más militar que la mayoría de los lacayos y había algo raro en la forma de la parte posterior de su cabeza.

Pero aquellos detalles no tenían gran importancia, pensó Bundle. Estaba sentada, con el ceño fruncido, mirando el papel secante que tenía ante sí, y se entretenía escribiendo el nombre Bower una y otra vez.

Súbitamente se le ocurrió una idea y miró con fijeza lo que había escrito. Entonces llamó de nuevo a Tredwell.

—¿Cómo se escribe el apellido Bower, Tredwell?

—B-a-u-e-r, milady.*

—No es un apellido inglés.

—Creo que es de origen suizo, milady.

—¡Ah! Eso es todo, Tredwell. Gracias.

¿De origen suizo? ¡No! Alemán. Aquel porte marcial y la forma de la cabeza. Y había llegado a Chimneys quince días antes de la muerte de Gerry Wade.

Bundle se puso de pie. Había averiguado cuanto podía en Chimneys. Quedaban otras cosas por hacer y fue en busca de su padre.

—Me voy —dijo—. Tengo que ver a tía Marcia.

* Bower y Bauer tienen la misma pronunciación en inglés. *(N. del T.)*

—¿Vas a ver a Marcia? —La voz de lord Caterham estaba henchida de asombro—. ¿Cómo te has dejado enredar, criatura de Dios?

—Por una vez —repuso Bundle— voy a visitarla por propia voluntad.

Lord Caterham la miraba sin salir de su asombro. Era totalmente incomprensible para él que alguien tuviera el deseo de visitar a su temible cuñada. Marcia, marquesa de Caterham, viuda de su difunto hermano Henry, era una personalidad imponente. Lord Caterham admitía que había sido una buena esposa para Henry y que, de no haber sido por ella, su hermano jamás hubiera llegado a ser secretario de Estado de Asuntos Exteriores. Por otra parte, él siempre consideró la muerte de Henry como una misericordiosa liberación.

Le pareció que Bundle estaba metiéndose, tontamente, en la boca del lobo.

—No creo que debas hacerlo —dijo—. No sabes en qué puede acabar.

—Espero saberlo, papá —contestó Bundle—. No te preocupes por mí. Sé cuidarme bien.

Lord Caterham suspiró y se acomodó en su asiento, sumiéndose de nuevo en la lectura de *Field*. Pero un momento después, Bundle volvió a asomar la cabeza.

—Lo siento —dijo—, pero quiero preguntarte otra cosa. ¿Qué es sir Oswald Coote?

—Ya te lo dije: una apisonadora.

—No me refiero a tu impresión personal acerca de él. Quiero saber cómo ha ganado su dinero. ¿Fabrica botones para pantalones, hojas de afeitar o camas de latón?

—Ah, ya veo. Está en el negocio del acero. Tiene las mejores acerías de Inglaterra. Desde luego, ahora no las dirige personalmente. Ha creado una compañía o varias compañías, no estoy muy seguro de ello. Me hizo director de algo. Es muy interesante para mí. Solo tengo que ir a la City una o dos veces al año, a uno de los grandes hoteles de Canon Street o Liverpool Street, y sentarme a una mesa en la cual colocan carpetas con un bonito papel secante. Entonces Coote, o algún otro tipo inteligente, pronuncia un discurso lleno de cifras, al que no debe uno necesariamente prestar atención. Te asombraría saber las magníficas comidas que te ofrecen como almuerzo después de escuchar esas parrafadas.

Bundle no sentía el menor interés por aquellas comidas y salió dejando a su padre con la palabra en la boca. De camino a Londres, trató de analizar los datos averiguados.

Por lo que ella podía ver, el acero y la beneficencia infantil no guardaban relación entre sí. Una de las dos actividades, presumiblemente esta última, era puro relleno. Mrs. Macatta y la condesa húngara podían ser descartadas. No eran sino un camuflaje. El eje de todo aquello parecía ser el poco atractivo Herr Eberhard. No era, con seguridad, la clase de persona a quien George Lomax invitaría normalmente. Este había dicho, de forma harto vaga, que inventaba cosas. Después estaban el ministro de Aviación y sir Oswald Coote, que representaba el acero. Todo ello parecía guardar una profunda relación.

Puesto que era inútil seguir especulando, Bundle se concentró en la inminente visita a lady Caterham.

La dama vivía en un caserón lúgubre, situado en uno de los barrios más lujosos. El interior olía a lacre, alpiste y flores mustias. Lady Caterham era una mujer grande, grande en todos los sentidos. Sus proporciones eran majestuosas. Tenía una enorme nariz ganchuda, usaba gafas con montura de oro y en su labio superior aparecía la ligera insinuación de un bigote.

Se sintió sorprendida al ver a su sobrina, a quien ofreció una gélida mejilla, que Bundle besó debidamente.

—Tu visita constituye para mí un inesperado placer, Eileen —dijo con frialdad.

—Hace poco que hemos regresado, tía Marcia.

—Ya lo sé. ¿Cómo está tu padre? Supongo que como de costumbre.

Había menosprecio en sus palabras. Tenía una pobre opinión de Alastair Edward Brent, noveno marqués de Caterham. De haber conocido la palabra lo habría llamado *panoli*.

—Papá está bien, lo he dejado en Chimneys.

—Sí. Jamás he aprobado que alquilara Chimneys, Eileen. El lugar puede ser considerado, en muchos aspectos, como un monumento histórico. No debe ser profanado.

—Debió de haber sido maravilloso en vida de tío Henry —dijo Bundle con un suspiro.

—Henry sabía cuáles eran sus responsabilidades —repuso su viuda.

—¡Y pensar que los principales estadistas de Europa han sido invitados allí! —exclamó Bundle con éxtasis.

Lady Caterham suspiró.

—Más de una vez se han escrito en esa casa capítulos de la Historia —observó—. Si tu padre tan solo...

Meneó la cabeza con tristeza.

—A papá le aburre la política —dijo Bundle— y, sin embargo, esta constituye el más fascinante objeto de estudio que existe, especialmente cuando se la conoce desde dentro.

Hizo esta extravagante y falsa manifestación de sus sentimientos sin sonrojarse lo más mínimo. Su tía la miró sorprendida.

—Me complace oírte hablar así —observó—. Siempre imaginé que solo te interesaba esa moderna persecución del placer.

—Eso era antes —repuso Bundle.

—Es cierto que eres todavía muy joven —musitó lady Caterham pensativa—. Pero, dada tu posición social y mediante un matrimonio conveniente, podrías convertirte en una de las más importantes anfitrionas políticas.

Bundle se sintió ligeramente alarmada. Por un momento, temió que su tía le hubiera ya escogido un marido.

—Pero me siento tan ignorante —dijo Bundle—, quiero decir que sé tan poco.

—Eso puede remediarse fácilmente —repuso lady Caterham con vivacidad—. Puedo prestarte cuantos libros sean necesarios para mejorar tus conocimientos.

—Gracias, tía Marcia —contestó Bundle, y se apresuró a pasar a su segunda línea de ataque—. ¿Conoces a Mrs. Macatta?

—Claro que sí. Es una estimable señora de privilegiado talento. Por regla general, no me parece bien que las mujeres se presenten a las elecciones. Pueden hacer sentir su influencia de una manera más femenina.

La dama hizo una pausa para recordar, sin duda, la forma femenina en que obligó a su renuente marido a dedicarse a la política y el maravilloso éxito que coronó sus esfuerzos.

—Pero los tiempos cambian y la obra que Mrs. Macatta lleva a cabo es de indudable interés nacional y de gran valor para todas las mujeres. Sería muy conveniente que la conocieras.

Bundle suspiró desconsolada.

—Asistirá a una reunión en casa de George Lomax la semana próxima —dijo—. George invitó a papá, quien naturalmente no quiere ir, pero no se le ocurrió invitarme a mí. Supongo que me cree muy tonta.

Lady Caterham pensó que su sobrina estaba muy cambiada. ¿Se debía, acaso, a unos amores desgraciados? En su opinión, un desengaño amoroso es muy conveniente para las jovencitas. Las obliga a tomarse la vida en serio.

—Imagino que George no se habrá dado cuenta todavía de que tú, ¿cómo diría yo?, has crecido —observó lady Caterham—. Querida Eileen, hablaré con él.

—No le gusto —afirmó Bundle— y no me invitará.

—¡Tonterías! —dijo tía Marcia—. Insistiré en que lo

haga. Conozco a George Lomax desde que era así de alto. —Señaló una altura imposible en un niño—. Estará encantado de complacerme. Y le haré ver que es de vital importancia que las jóvenes de nuestra clase sientan un inteligente interés por el bienestar y la prosperidad de su país.

Bundle estuvo a punto de decir: «Espera, espera», pero se contuvo.

—Te buscaré algunos libros interesantes —dijo lady Caterham levantándose—. ¡Miss Connor! —llamó con voz aguda.

Una secretaria de expresión asustada se presentó corriendo. Lady Caterham le dio diversas instrucciones.

Un rato después, Bundle conducía su coche hacia Brook Street con un montón de volúmenes de ciencias políticas.

Su próximo paso fue llamar inmediatamente a Jimmy Thesiger.

—¡Lo he arreglado! —exclamó Jimmy con voz triunfante—. Tuve bastante dificultad con Bill, pero por fin lo convencí. Se le había metido en la cabeza que yo sería un cordero rodeado de lobos. Estoy estudiando una cantidad enorme de folletos y libros de todos los colores: el libro blanco de aquí, el libro rojo de allá... A propósito, ¿ha oído alguna vez hablar de la disputa fronteriza de Santa Fe?

—Jamás —repuso Bundle.

—Lo he escogido como tema principal. Duró años y fue muy complicada. Hoy en día es necesario especializarse en algo.

—Yo también tengo libros de la misma clase —dijo Bundle—. Tía Marcia me los ha dado.

—¿Tía qué?

—Tía Marcia, la cuñada de papá. Está muy metida en política. En realidad, hará que George Lomax me invite a la reunión.

—No me diga. ¡Eso es fantástico! —exclamó Jimmy.

Tras una ligera pausa, prosiguió:

—Creo que será mejor que no digamos nada de esto a Loraine, ¿no le parece?

—Desde luego.

—Quizá no le guste que la dejemos fuera de este asunto, pero creo que debemos evitar que se mezcle en él.

—Tiene razón.

—Quiero decir que no podemos permitir de ninguna manera que una muchacha como ella corra peligro alguno.

Bundle pensó que el tacto de Mr. Thesiger dejaba algo que desear. La posibilidad de que ella, Bundle, corriera peligro, no le preocupaba en absoluto.

—¿Está usted ahí todavía? —preguntó Jimmy.

—Sí. Estaba pensando.

—Ya veo. ¿Irá a la vista mañana?

—Sí. ¿Y usted?

—También. A propósito, la noticia aparece en los periódicos de la tarde, perdida en un rincón. Creía que le iban a dar mayor relieve.

—Sí. Yo también.

—Bien —dijo Jimmy—, debo proseguir con mi tarea. Estoy en el momento en que Bolivia nos mandó una nota de protesta.

—Supongo que debo hacer lo mismo —afirmó Bundle—. ¿Va a dedicar toda la noche a eso?

—Creo que sí. ¿Y usted?

—Probablemente también. Adiós.

Ambos eran unos embusteros redomados. Jimmy Thesiger sabía perfectamente que había invitado a Loraine Wade a cenar.

En cuanto a Bundle, apenas colgó el auricular, procedió a vestirse con diversas prendas que, en realidad, pertenecían a su doncella. Una vez vestida, salió pensando en cuál de los dos medios populares de transporte, el autobús o el metro, sería más adecuado para ir al club Las Siete Esferas.

Capítulo 13
El club Las Siete Esferas

Alrededor de las seis de la tarde, Bundle llegó al número 14 de Hunstanton Street. En aquel momento, como había supuesto, no había nadie en el club Las Siete Esferas. Su objetivo era sencillo: quería ver a Alfred, el anterior lacayo. Estaba convencida de que, una vez hubiese hablado con él, todo resultaría fácil. Bundle tenía un sencillo sistema autocrático de tratar a los criados que no acostumbraba a fallar, y no veía ningún motivo para que lo hiciese ahora.

Lo único de lo que no estaba segura era del número de personas que vivían en la casa. Naturalmente, deseaba que su presencia allí fuera conocida por el menor número posible de curiosos.

Mientras pensaba en cuál sería su mejor plan de ataque, el problema se resolvió fácilmente de manera singular. La puerta del número 14 se abrió y Alfred apareció en el umbral.

—Buenas tardes, Alfred —dijo Bundle con voz agradable.

Este se sobresaltó.

—¡Oh! Buenas tardes, milady. No la había reconocido —repuso.

Rindiendo tributo mental a los vestidos de su doncella, Bundle fue directamente al asunto que le interesaba.

—Quiero hablar con usted, Alfred. ¿Dónde puedo hacerlo?

—Bien... Realmente, milady..., no sé... Este barrio no es muy...

Bundle le interrumpió.

—¿Quién hay en el club ahora?

—Nadie, milady.

—Pues vamos allí.

Alfred sacó una llave y abrió la puerta. Bundle entró. El hombre, preocupado y obediente, la siguió. Ella tomó asiento y miró al desconcertado exlacayo.

—Supongo que sabe que lo que está usted haciendo aquí es contrario a la ley —empezó.

Alfred se movió intranquilo, pasando el peso del cuerpo de una pierna a otra.

—Es cierto que la policía ha registrado el club en dos ocasiones —admitió—, pero no encontraron nada comprometedor debido a la forma en que Mr. Mosgorovsky hace las cosas.

—No me refiero solo al juego —dijo Bundle—. Hay algo más, aparte de eso, que probablemente usted no sabe. Voy a hacerle una pregunta y quisiera que me contestara la verdad. ¿Cuánto le pagaron para que dejara su empleo en Chimneys?

Alfred miró a un lado y a otro como si buscase inspiración, tragó saliva tres o cuatro veces y entonces siguió el curso inevitable de una voluntad débil frente a una fuerte.

—Así fue, milady. Mr. Mosgorovsky vino a Chimneys con un grupo de visitantes en una ocasión en que la casa estaba abierta al público. Mr. Tredwell se sentía indispuesto y me correspondió a mí acompañar a las visitas. Después de recorrer las dependencias, Mr. Mosgorovsky se retrasó y, tras darme una buena propina, empezó a hablarme.

—Sí —dijo Bundle animándolo a proseguir.

—En resumidas cuentas —siguió diciendo Alfred, dando ímpetu a su relato—, me ofreció cien libras si dejaba mi trabajo en aquel momento y venía aquí para encargarme del club. Quería a alguien que estuviese acostumbrado a servir a personas de la alta sociedad para darle tono al club, según me dijo. Me pareció absurdo desaprovechar tan buena oportunidad, teniendo en cuenta que, además, me ofreció un sueldo tres veces mayor que el que estaba ganando.

—Cien libras —murmuró Bundle—. Es una cantidad apreciable, Alfred. ¿Se mencionó algo acerca de quién habría de sustituirlo en el cargo que ocupaba en Chimneys?

—Puse algunas objeciones en cuanto a dejar mi trabajo en el acto. Indiqué que no era correcto hacerlo puesto que podría causar algunos inconvenientes, pero Mr. Mosgorovsky dijo que conocía a un joven que había hecho esa clase de trabajo que podría reemplazarme al momento. Entonces hablé con Mr. Tredwell y todo se arregló satisfactoriamente.

Bundle asintió. Sus sospechas habían sido correctas y el *modus operandi* fue como ella había intuido. Siguió preguntando:

—¿Quién es Mr. Mosgorovsky?

—El caballero que dirige este club. Es un caballero ruso muy inteligente.

Bundle no siguió pidiendo información por el momento y habló de otros asuntos.

—Cien libras es una considerable suma de dinero, Alfred.

—Mayor que cualquiera que jamás haya poseído, milady —repuso Alfred con candidez.

—¿No sospechó jamás que podía tratarse de algo turbio?

—¿Turbio, milady?

—Sí. No hablo del juego, sino de algo mucho más grave. Supongo que no querrá ir a parar a la cárcel, ¿verdad, Alfred?

—¡Oh, Dios mío, milady! ¿Habla usted en serio?

—Estuve en Scotland Yard anteayer —prosiguió Bundle en tono grandilocuente— y oí algunas cosas curiosas. Quiero que usted me ayude, Alfred, y si algo sucede, si el asunto toma mal cariz, intentaré que no le pase nada.

—Estoy dispuesto a hacer cuanto pueda por usted, milady.

—Perfecto —dijo Bundle—. Ante todo, quiero recorrer el club hasta el último rincón.

La joven, acompañada del atemorizado Alfred, llevó a cabo una cuidadosa inspección sin encontrar nada que le llamara la atención, hasta llegar a la sala de juego. Allí observó una puerta en un rincón, cerrada con llave.

Alfred habló rápidamente.

—Es una puerta para escapar, milady. Tras ella hay una habitación con una salida que da a una escalera que llega a la calle vecina. Por ahí se marchan los caballeros cuando viene la policía.

—¿Y la policía no se ha dado nunca cuenta de esto?

—Está muy bien disimulada, milady. Parece un aparador.

Bundle se sintió excitada.

—Debo entrar ahí —dijo.

Alfred negó con la cabeza.

—No es posible, milady. Mr. Mosgorovsky tiene la llave.

—Bueno —observó Bundle—. Hay otras llaves.

Observó que la cerradura era corriente y que, con toda probabilidad, podría ser abierta fácilmente. Alfred, un tanto preocupado, obedeció la orden de Bundle de traer todas las llaves de la casa. La cuarta que probaron abrió la puerta.

Bundle se encontró en una habitación pequeña y deslustrada, en cuyo centro había una mesa rodeada de sillas. No se veían otros muebles. A cada lado de la chimenea, había un aparador incrustado en la pared. Alfred señaló el más cercano con una inclinación de cabeza.

—Ese es —dijo.

Bundle trató de abrirlo, pero estaba cerrado y observó que la cerradura era de una clase que solo podría abrirse con su propia llave.

—Es muy ingenioso —explicó Alfred—. Cuando está abierta, la puerta queda muy disimulada con estanterías.

Nadie sospecharía nada, pero al apretar en cierto lugar, todo el aparador gira sobre unos goznes.

Bundle estaba examinando la habitación con sumo cuidado. Observó que la puerta por la que había entrado estaba forrada para aislar la habitación de ruidos. Entonces sus ojos se posaron en las sillas. Eran siete en total, tres a cada lado de la mesa y una mayor bien centrada en la cabecera.

Los ojos de Bundle brillaron. Había encontrado lo que estaba buscando. Estaba segura de que aquel lugar era el punto de reunión de la organización secreta. Era perfecto. Se llegaba allí por la sala de juego o por la entrada secreta, y todas aquellas precauciones quedaban fácilmente explicadas por el juego de la habitación vecina.

Estaba pensando en todo ello cuando, inadvertidamente, pasó la mano por la repisa de la chimenea. Alfred interpretó erróneamente aquel movimiento.

—Está limpia, milady —dijo—. Mr. Mosgorovsky ha ordenado esta mañana que se arreglara esta habitación y yo lo he hecho mientras él estaba aquí.

—¡Oh! —exclamó Bundle reflexionando—. Esta mañana, ¿eh?

—Algunas veces hay que hacerlo —dijo Alfred—. Aunque esta habitación no se usa casi nunca.

Un instante después recibió una desconcertante sorpresa.

—Alfred —dijo Bundle—, tiene que encontrarme un sitio en esta habitación en el que pueda esconderme.

El hombre la miró con expresión desmayada.

—Es imposible, milady. Me buscará usted un disgusto y hará que pierda mi empleo.

—Lo perderá de todos modos cuando vaya a la cárcel —dijo Bundle seria—. Pero, en realidad, no debe asustarse, pues nadie se enterará.

—No hay ningún sitio en el que pueda esconderse —gimoteó Alfred—. Véalo usted misma si no me cree, milady.

Bundle se vio obligada a admitir que la afirmación de Alfred era cierta, pero estaba poseída por el verdadero espíritu de la aventura.

—¡Pamplinas! —exclamó—. Tiene que haber uno.

—Pero no lo hay —replicó Alfred.

Jamás habitación alguna pareció menos apropiada para esconderse en ella. Los cristales de las ventanas estaban cubiertos por descoloridos visillos y no había cortinas en la puerta ni en lugar alguno. El alféizar de la ventana tenía en su parte exterior solo cuatro pulgadas de anchura. En el interior de la habitación solamente estaba la mesa, las sillas y los aparadores.

El segundo aparador tenía la llave puesta. Bundle se dirigió hasta él y lo abrió, revelándose su interior lleno de vasos y piezas de vajilla.

—Es cristalería y loza de repuesto que no usamos —explicó Alfred—. Usted misma puede ver, milady, que no hay sitio para esconder ni un gato.

Pero Bundle estaba examinando las estanterías.

—¿Hay algún sitio abajo donde poder guardar todo esto? —preguntó señalando el contenido del aparador—. ¿Sí? ¡Magnífico! Entonces traiga una bandeja y empiece a trasladarlo todo. Deprisa, no hay tiempo que perder.

—Es imposible, milady. Además, se está haciendo tarde. Los cocineros llegarán enseguida.

—Ese Mr. Mosgo no sé cuántos no vendrá hasta más tarde, supongo.

—No suele aparecer antes de medianoche. Pero, milady...

—No hable tanto, Alfred —le interrumpió Bundle—. Tráigame esa bandeja. Si sigue aquí remoloneando, se buscará un disgusto.

Alfred salió de la habitación haciendo lo que comúnmente se conoce como retorcerse las manos. No tardó en regresar con una bandeja y, comprendiendo que era inútil discutir con Bundle, empezó a trabajar con energía.

Como ella imaginaba, los estantes fueron fáciles de quitar. Los amontonó junto al aparador y entró en su interior.

—¡Ajá! —observó—. Es bastante estrecho. Cierre la puerta con cuidado, Alfred. Así. Sí, puede hacerse. Ahora quiero una barrena.

—¿Una barrena, milady?

—Eso he dicho.

—No creo...

—Debe haber una en la casa. Quizá tengan también un berbiquí. Si no hay, tendrá que ir a comprar uno, así que espabile y búsquelo.

Alfred salió y regresó pocos minutos después provisto de una buena colección de herramientas. Bundle encontró lo que quería y procedió rápidamente a taladrar un agujero al nivel de su ojo derecho. Lo hizo desde el exterior, para que fuera menos visible, y no se atrevió a perforarlo demasiado grande para evitar llamar la atención.

—Ya está —dijo cuando acabó.

—¡Oh, pero, milady...! Milady...

—¿Qué?

—La encontrarán si abren la puerta.

—No la abrirán —repuso Bundle— porque usted la cerrará y se llevará la llave.

—¿Y si Mr. Mosgorovsky, por casualidad, la pidiera?

—Dígale que se ha perdido —contestó Bundle—. Pero nadie se preocupará por este aparador. Solo está aquí para hacer pareja con el otro. Ahora váyase, Alfred. Alguien puede llegar en cualquier momento. Enciérreme en el aparador y sáqueme cuando todo el mundo se haya ido.

—Se sentirá usted mal ahí, milady. Se desmayará...

—No me desmayo nunca —repuso Bundle—. Pero podría usted traerme un cóctel. Lo necesito. Después, cierre la puerta de la habitación también y devuelva las llaves a su sitio. Y, Alfred, no sea tan gallina. Recuerde que si las cosas van mal yo le ayudaré.

«Y ahora, a esperar lo que ocurra», se dijo Bundle cuando, tras traerle Alfred el cóctel, se encontró encerrada en el aparador.

No temía que el criado la traicionara. Sabía que su miedo era demasiado grande para hacerlo. Además, su práctica como sirviente le ayudaba a esconder sus emociones.

A Bundle solo le preocupaba una cosa. Quizá interpretase erróneamente el significado de la limpieza llevada a cabo aquella mañana en la habitación. Si así fuera... Bundle suspiró en la estrechez del aparador. El pensamiento de que debería permanecer encerrada en él varias horas no era ni mucho menos atractivo.

Capítulo 14
La reunión de Las Siete Esferas

Será mejor pasar lo más rápido posible sobre los sufrimientos de Bundle durante las siguientes cuatro horas. Encontró que su posición era extremadamente incómoda. Había calculado que la reunión, si iba a celebrarse alguna, tendría lugar cuando el club se encontrara en el momento de mayor ajetreo, probablemente entre medianoche y las dos de la madrugada.

Ya pensaba que serían las seis de la mañana cuando un agradable sonido, producido por una puerta al abrirse, llegó hasta sus oídos.

Un instante después, se encendió la luz. El murmullo de voces que había oído durante unos segundos cesó tan súbitamente como había empezado. Bundle oyó cerrarse un cerrojo. No cabía duda de que alguien había entrado procedente de la sala de juego, y ella dio gracias por que la puerta de comunicación fuera a prueba de ruidos.

Unos segundos después, aquella persona se puso en su línea de visión, bastante restringida ciertamente, aunque cumplía su objetivo. Era un hombre alto, de anchos hombros y aspecto fornido, con barba negra. Bundle recordó haberlo visto en una de las mesas de bacarrá la noche anterior.

Ese debía de ser, pues, el misterioso caballero ruso propietario del club: el siniestro Mr. Mosgorovsky. El corazón de Bundle latió acelerado. Se parecía tan poco a su padre que en esos instantes disfrutaba con la estrechez del escondrijo.

El ruso permaneció unos momentos junto a la mesa, acariciándose la barba. Después, sacó un reloj de bolsillo y consultó la hora. Movió la cabeza en señal de satisfacción y, metiéndose la mano en el bolsillo, sacó algo que Bundle no pudo ver. Luego desapareció de su vista.

Cuando reapareció, la joven casi no logró reprimir una exclamación de asombro.

Su rostro estaba cubierto por una máscara, pero no una máscara de las convencionales. No tenía la forma de la cara. Era un simple pedazo de tela que le cubría las facciones como una cortina, con dos agujeros correspondientes a los ojos. Era redonda y en ella se había pintado una esfera de reloj, con las manecillas señalando las seis.

«¡Las Siete Esferas!», se dijo Bundle.

Y en aquel instante oyó un nuevo ruido: siete golpes en la puerta.

Mosgorovsky se dirigió al lugar en el que Bundle sabía que se encontraba el otro aparador. Oyó un chasquido y unas voces que hablaban en un idioma extranjero.

Poco después, tuvo a los recién llegados ante su vista. También llevaban máscaras con esferas pintadas, pero las manecillas no señalaban las seis sino las cinco y las cuatro, respectivamente. Ambos hombres vestían de etiqueta, aunque había una considerable diferencia. Uno de ellos era un joven alto, vestido con un traje de corte exquisito. La gracia de sus movimientos lo hacía parecer extranjero más que inglés. El otro podría ser descrito como fuerte y delgado. La ropa le caía bien, pero nada más, y Bundle adivinó su nacionalidad incluso antes de que hablara.

—Veo que somos los primeros en llegar —dijo con una voz agradable y un fuerte acento norteamericano en el que se advertía un ligero deje irlandés.

El joven elegante habló en buen inglés, aunque algo afectado.

—He tenido muchas dificultades para venir esta noche. Estas cosas no se arreglan siempre satisfactoriamente. Al contrario que el número cuatro aquí presente, no soy dueño de mi tiempo.

Bundle trató de adivinar su nacionalidad. Antes de que hablara lo había creído francés, pero su acento no correspondía al del vecino país. Pensó que podía ser austríaco o húngaro, o incluso ruso.

El americano se dirigió al otro lado de la mesa y Bundle oyó el ruido de una silla al ser arrastrada.

—La una en punto está siendo un gran éxito —dijo—. Le felicito por haberse arriesgado tanto.

El cinco se encogió de hombros.

—A menos que uno se arriesgue... —dijo sin concluir la frase.

Se oyeron siete golpes y Mosgorovsky se dirigió hacia la puerta secreta.

Durante algunos momentos Bundle no vio nada, puesto que se encontraban fuera de su vista, pero después escuchó la voz del ruso.

—¿Empezamos la reunión?

El hombre rodeó la mesa dirigiéndose hacia la cabecera y tomó asiento junto a la silla allí dispuesta, situada frente al aparador en el que se encontraba Bundle. El elegante cinco se sentó a su lado; la tercera silla estaba fuera de la vista de la joven, pero el americano, cuyas manecillas señalaban las cuatro, permaneció frente al agujero unos instantes antes de dirigirse a su asiento.

Bundle solo podía ver dos sillas en el lado más cercano de la mesa y, mientras ella miraba, una mano inclinó la segunda, que era, en realidad, la del medio. Y entonces, moviéndose rápidamente, uno de los recién llegados pasó junto al aparador y se sentó frente a Mosgorovsky, de espaldas a Bundle, naturalmente. Y era esa espalda lo que ella miraba con interés, pues correspondía a una hermosa dama muy escotada.

Fue esta la primera en hablar. Su voz era musical, extranjera, con un tono seductor. Miraba hacia la silla vacía de la cabecera de la mesa.

—¿Tampoco esta noche veremos al número siete? —preguntó—. Díganme, amigos míos, ¿lo veremos alguna vez?

—Eso no es bueno, nada bueno —dijo el americano—. En cuanto al siete, estoy empezando a creer que no existe tal persona.

—Le aconsejo que no piense eso, amigo mío —repuso el ruso con voz agradable.

Se produjo un silencio que a Bundle le pareció incómodo.

Seguía mirando, fascinada, la hermosa espalda situada ante su ojo. Debajo del hombro derecho había un pequeño lunar que hacía resaltar la blancura de la piel. Bundle sintió en aquel momento que la expresión *hermosa aventurera* adquiría significado. Poseía la certeza de que aquella mujer tenía un rostro hermoso: un rostro eslavo con ojos apasionados.

La voz del ruso, quien parecía actuar de maestro de ceremonias, la sacó de su abstracción.

—¿Les parece que empecemos?

Hizo un curioso gesto con la mano hacia la silla inclinada junto a la mujer, que los demás imitaron.

—Quisiera que el número dos estuviera con nosotros esta noche —continuó—. Quedan muchas cosas por hacer. Se han presentado dificultades insospechadas y debemos ocuparnos de ellas.

—¿Ha recibido usted su informe? —preguntó el americano.

—Hasta ahora, no sé nada de él. —Se produjo una pausa—. No puedo comprenderlo.

—¿Cree que está... descarriado?

—Es una posibilidad.

—En otras palabras —dijo el número cinco con suavidad—, hay peligro.

Pronunció la palabra con delicadeza y un regusto de placer.

El ruso asintió enfáticamente.

—Sí, lo hay. Se está hablando demasiado acerca de nosotros y de este lugar. Conozco a varias personas que sospechan. —Añadió con frialdad—: Deben ser silenciadas.

Bundle sintió que un frío temblor le recorría la espina dorsal. ¿Sería ella silenciada si la encontraban allí? Una palabra pronunciada en la habitación la devolvió a la realidad.

—¿No se ha aclarado nada de lo sucedido en Chimneys?

Mosgorovsky negó.

—Nada.

El número cinco se inclinó de pronto hacia delante.

—Yo estoy de acuerdo con Anna. ¿Dónde está nuestro presidente, el número siete? ¿No lo veremos jamás? Eso me intriga.

—El número siete trabaja a su manera —repuso el ruso.

—Eso es lo que usted siempre nos dice.

—No diré nada más —siguió Mosgorovsky—. ¡Ay del hombre o la mujer que se enfrente a él!

Siguió un extraño silencio.

—Debemos seguir con nuestros negocios —añadió Mosgorovsky con tranquilidad—. ¿Tiene usted los planos de Wyvern Abbey, número tres?

Bundle aguzó el oído. Hasta entonces no había visto ni oído al número tres. Le oyó entonces y en su tono agradable e indistinto reconoció su voz como la de un inglés educado.

—Los tengo aquí, señor.

Unos papeles fueron depositados encima de la mesa.

Todos se inclinaron hacia delante. Poco después, Mosgorovsky levantó la cabeza.

—¿Y la lista de invitados?

—Aquí está.

El ruso la leyó.

—Sir Stanley Digby, Mr. Terence O'Rourke, sir Oswald y lady Coote, Mr. Bateman, condesa Anna Radzky, Mrs. Macatta, Mr. James Thesiger... —Hizo una pausa y después preguntó tajante—: ¿Quién es Mr. James Thesiger?

El americano rio.

—Creo que no debe usted preocuparse por él. Es uno de esos idiotas modernos.

—Herr Eberhard y Mr. Eversleigh. Eso completa la lista.

«¿Ah, sí? ¿Y qué hay de la encantadora lady Eileen Brent?», pensó Bundle.

—En efecto, no parece haber por ahora nada que pueda preocuparnos —dijo Mosgorovsky. Luego miró a los reunidos—. Supongo que no habrá duda alguna en cuanto al valor del invento de Eberhard.

El hombre cuya esfera señalaba las tres replicó con un típico laconismo británico:

—Ninguna.

—Comercialmente debe valer millones —prosiguió el ruso—. E internacionalmente, todos sabemos demasiado de la ambición de algunas naciones.

Bundle tuvo la idea de que, tras su máscara, sonreía de modo desagradable.

—Sí —prosiguió—. Una mina de oro.

—Que bien vale algunas vidas —observó el número cinco, con una risa cínica.

—Pero ya saben ustedes cómo son los inventores —dijo el americano—. Algunas veces los frutos de su ingenio no dan resultado.

—Un hombre como sir Oswald Coote no se habrá equivocado —objetó Mosgorovsky.

—En mi calidad de aviador —interpuso el americano—, creo que es perfectamente factible. Se ha hablado de ello durante varios años, pero ha sido necesario el genio de Eberhard para llevarlo a buen fin.

—Bien —dijo Mosgorovsky—. No creo que debamos discutir más este asunto. Todos ustedes han visto los planos. No me parece que nuestro plan original pueda ser mejorado. A propósito, he oído decir que se encontró una carta de Gerald Wade en la que se menciona esta organización. ¿Quién la encontró?

—Lady Eileen Brent, la hija del aristócrata lord Caterham.

—Bauer debió haber sido más precavido —dijo Mosgorovsky—. Fue un descuido por su parte. ¿A quién estaba dirigida la carta?

—Creo que a su hermana —contestó el tres.

—Es un incidente desgraciado —observó Mosgorovsky—, pero nada puede hacerse respecto a él. Mañana se celebra la vista sobre la muerte de Ronald Devereux. ¿Han sido tomadas las medidas necesarias?

—Por todas partes han surgido comentarios acerca de muchachos que estaban disparando sus rifles al azar —dijo el americano.

—Entonces todo irá bien. Creo que no hay nada más que decir y que todos debemos felicitar al número uno y desearle suerte en el papel que debe representar.

—¡Hurra! —gritó el número cinco—. ¡Por Anna!

Las manos de los reunidos se levantaron en el gesto que Bundle había observado antes.

—¡Por Anna!

El número uno dio las gracias con un típico gesto extranjero. Después, se puso en pie y los demás la imitaron. Por primera vez, Bundle vio al número tres cuando ayudó a Anna a ponerse la capa: era un hombre alto y de constitución fuerte.

Entonces los reunidos salieron por la puerta secreta, que Mosgorovsky cerró tras ellos. Esperó unos momentos y Bundle le oyó abrir la otra puerta y salir por ella después de apagar la luz.

Dos horas más tarde Alfred, pálido y ansioso, abrió el aparador en el que Bundle estaba escondida. Ella casi cayó en sus brazos y el criado se vio obligado a sostenerla.

—No es nada —dijo Bundle—. Tengo las piernas doloridas, eso es todo. Déjeme sentar unos minutos.

—¡Oh, Dios mío, milady! Ha sido terrible.

—¡No tanto! —repuso Bundle—. Todo ha salido muy bien. No se asuste ahora, todo ha pasado. Pudo haber salido mal, pero a Dios gracias no ha sido así.

—Por fortuna, milady. He estado temblando toda la noche. Es una gente muy rara, milady.

—Puede usted asegurarlo, Alfred —comentó Bundle, frotándose vigorosamente brazos y piernas—. En realidad, hasta esta noche había creído que gente de esa clase solo existía en las novelas. En esta vida, Alfred, siempre se aprende algo.

Capítulo 15
La vista

Eran alrededor de las seis de la mañana cuando Bundle llegó a su casa. A las nueve y media estaba ya levantada y vestida, y llamó a Jimmy Thesiger por teléfono.

La rapidez con que contestó le causó alguna sorpresa, que se disipó cuando le explicó que asistiría a la vista.

—Yo también —dijo Bundle—. Y tengo muchas cosas que contarle.

—¿Quiere que pase a recogerla y así hablamos por el camino?

—Muy bien, pero hágalo con tiempo suficiente para pasar por Chimneys, el jefe de policía avisó de que iría a buscarme.

—¿Por qué lo hace?

—Porque es un hombre muy bondadoso.

—También lo soy yo —observó Jimmy—. Muy bondadoso.

—¡Oh! Usted... usted es un idiota —dijo Bundle—. Anoche oí a alguien que lo dijo.

—¿Quién fue?

—Un judío ruso. No, no fue él, sino...

Pero una indignada protesta la acalló.

—Quizá sea un idiota —dijo Jimmy—. Incluso creo que lo soy, pero no estoy dispuesto a consentir que un judío ruso diga eso de mí. ¿Qué hizo usted anoche?

—Eso es lo que le contaré después —contestó Bundle—. Hasta luego.

Colgó el auricular de una manera tan encantadora que dejó a Jimmy agradablemente perplejo. Tenía la mejor opinión de la capacidad de Bundle, aunque no había nada más en sus sentimientos hacia ella.

«Ha estado haciendo algo», pensó mientras apuraba apresuradamente su taza de café. «Estoy seguro.»

Veinte minutos después, su pequeño coche de dos plazas se detuvo frente a la casa de Brook Street y Bundle, que lo estaba esperando, bajó rápidamente. Jimmy no era, por regla general, un muchacho muy observador, pero notó las ojeras que le circundaban los ojos, que delataban que se había acostado muy tarde.

—Vamos a ver —dijo mientras se dirigían hacia los suburbios—. ¿Qué ha estado haciendo?

—Ahora se lo contaré todo —repuso Bundle—, pero no me interrumpa hasta que haya acabado.

El relato fue bastante largo y Jimmy no podía apartar los ojos del camino para evitar tener un accidente. Suspiró cuando Bundle terminó. Entonces la miró pensativo.

—Bundle.

—Sí.

—¿No me habrá estado tomando el pelo?

—¿Qué quiere decir?

—Lo siento —se excusó Jimmy—, pero me parece haber oído eso antes en un sueño, ¿sabe?

—Lo sé —repuso Bundle comprensiva.

—Es posible —dijo Jimmy expresando sus pensamientos en voz alta—. La hermosa aventurera extranjera, la banda internacional, el misterioso número siete cuya identidad nadie conoce... He leído esas cosas muchas veces en las novelas.

—Claro que sí, y yo también, pero ese no es motivo para que no sucedan realmente.

—Supongo que no —admitió Jimmy.

—Después de todo, la ficción se basa en hechos reales.

Quiero decir que si las cosas no sucedieran, la gente no podría pensar en ellas.

—Sus razonamientos son lógicos —asintió Jimmy—. Pero de todos modos no puedo evitar pellizcarme para comprobar si estoy despierto.

—Yo también tuve esa impresión.

Jimmy suspiró profundamente.

—Bien, supongo que estamos despiertos. Déjeme ver: un ruso, un americano, un inglés, un posible austríaco o húngaro y una dama, que puede ser de cualquier nacionalidad, por ejemplo, rusa o polaca. Es un grupo muy representativo.

—Y un alemán —dijo Bundle—. Ha olvidado usted al alemán.

—¡Oh! —exclamó Jimmy—. Usted cree...

—El número dos, que estaba ausente, es Bauer, nuestro lacayo. Me parece bastante claro por lo que dijeron acerca de esperar un informe que no había llegado, aunque no alcanzo a imaginar qué puede hacer en Chimneys que pueda proporcionarle información.

—Debe de tratarse de algún asunto relacionado con la muerte de Gerry Wade —repuso Jimmy—. Hay algo ahí en lo que aún no hemos profundizado. ¿Dice usted que mencionaron a Bauer por su nombre?

Bundle asintió.

—Le reprocharon que no hubiese encontrado esa carta.

—Bien, las cosas están más claras. Tendrá que perdonar mi incredulidad, Bundle, pero su historia parecía muy extraña. ¿Dice usted que ellos saben que iré a Wyvern Abbey la semana próxima?

—Sí. Entonces fue cuando el americano (fue él, no el ruso) dijo que no había necesidad de preocuparse, que usted era un idiota.

—¡Ah! —exclamó Jimmy. Pisó a fondo el acelerador y el coche salió disparado—. Me complace que me haya contado esto, pues eso me hace interesarme en el asunto.

Permaneció en silencio unos segundos y prosiguió:

—¿Dice que el nombre del inventor alemán es Eberhard?

—Sí. ¿Por qué?

—Espere un momento. Estoy recordando algo. Eberhard, Eberhard... Sí, tengo la certeza de que ese era el nombre.

—Cuénteme.

—Eberhard es un individuo que está en posesión de un sistema para templar el acero. No puedo explicarlo detalladamente porque carezco de conocimientos científicos, pero sé que lo endurece de tal forma que un alambre tiene tanta resistencia como una barra. Eberhard estaba relacionado con la aviación y su idea consistió en que, de reducirse el peso de los aviones, la aviación viviría una revolución. Quiero decir que el coste de fabricación quedaría muy reducido. Creo que ofreció el invento al gobierno alemán y se lo rechazaron, alegando que tenía algunos defectos, aunque lo hicieron con bastante grosería. Entonces se puso a trabajar arduamente y logró corregir los fallos, pero se sentía ofendido por la actitud del gobierno y juró que no les daría su invento. Siempre creí que se trataba de un bulo. Sin embargo, ahora toma un cariz distinto.

—Eso es —asintió Bundle animada—. Creo que tiene usted razón. Eberhard debe de haber ofrecido su invento a nuestro gobierno, que ha pedido, o pedirá, la opinión de un experto como sir Oswald Coote, para lo cual sir Oswald, George, el ministro de Aviación y Eberhard celebrarán una reunión en Wyvern Abbey. Eberhard llevará consigo los planos, o la fórmula, o como se llame...

—Fórmula —sugirió Jimmy—. Me parece que esa es la palabra adecuada.

—Llevará la fórmula consigo, y las Siete Esferas quieren robarla. Recuerdo perfectamente que el ruso dijo que valía millones.

—Supongo que debe ser así —asintió Jimmy.

—Y unas cuantas vidas, dijo otro de ellos.

—Parece que ya las ha estado contando —observó Jimmy, cuyo rostro se ensombreció—. Fíjese en la vista de hoy. ¿Está segura de que Ronny no dijo nada más?

—No —repuso ella—. Solo «Las Siete Esferas... Dígaselo a Jimmy Thesiger». Eso es todo cuanto alcanzó a decir, pobre muchacho.

—Ojalá supiéramos lo que había averiguado —dijo Jimmy—. Pero sabemos algo. Me parece casi evidente que Bauer, el criado, es responsable de la muerte de Gerry. ¿Sabe una cosa, Bundle?

—¿Sí?

—A veces me siento angustiado y me pregunto quién será la próxima víctima. No es la clase de asunto en que una joven debe mezclarse.

Bundle sonrió. Se le ocurrió que Jimmy había necesitado mucho tiempo para clasificarla en la misma categoría que a Loraine Wade.

—Es más probable que el próximo en caer sea usted —comentó alegremente.

—¿Por qué no piensa en algo más alegre, como, por ejemplo, en que haya alguna víctima en el otro lado? —preguntó Jimmy—. Esta mañana me siento bastante sanguinario. ¿Reconocería usted a algunos de los miembros de la banda si los volviera a ver?

Bundle vaciló.

—Creo que al número cinco —dijo finalmente—. Habla de una manera algo rara, como con un ceceo.

—¿Y el inglés?

Bundle negó con la cabeza.

—Fue al que menos vi, apenas un atisbo, y tiene una voz corriente. Excepto que es un hombre corpulento, no sé nada más.

—Está la mujer, desde luego —continuó Jimmy—. Debería ser más fácil de identificar. Seguramente hace el trabajo sucio, dejándose invitar a cenar por enamoradizos ministros y sonsacándoles secretos de Estado cuando han bebido un par de copas. Por lo menos, así es como sucede en las novelas. Pero en realidad, el único ministro a quien conozco solo bebe limonada.

—Piense en George Lomax —dijo Bundle riendo—. ¿Puede imaginárselo enamorándose de hermosas mujeres extranjeras?

Jimmy estuvo de acuerdo con ella.

—En cuanto al misterioso número siete —prosiguió Jimmy—, ¿tiene usted alguna idea de quién puede ser?

—Ninguna en absoluto.

—Si nos guiamos por las novelas, debe de tratarse de alguien a quien todos conocemos. ¿Será acaso el propio George Lomax?

Bundle no estuvo de acuerdo.

—Sería el jefe perfecto en una novela —dijo—, pero conociendo al Besugo... —Y estalló en una fuerte carcajada—. ¡El Besugo, el gran criminal! —exclamó entre espasmos de risa—. ¿No sería maravilloso?

Él asintió. Su conversación duraba ya algún rato y, sin darse cuenta, Jimmy había aminorado la velocidad del coche. Cuando llegaron a Chimneys, el coronel Melrose estaba allí. Jimmy le fue presentado y los tres se dirigieron juntos a la vista.

Como predijera el coronel Melrose, el procedimiento fue muy sencillo. Bundle declaró y también el doctor. Se mencionaron las prácticas de tiro en la vecindad y, tras una breve deliberación, se dio el veredicto de muerte por accidente.

Una vez finalizada la actuación judicial, el coronel Melrose se ofreció para llevar a Bundle a Chimneys y Jimmy Thesiger regresó a Londres.

A pesar de su aspecto indiferente, el relato de Bundle le había impresionado profundamente y apretó los labios con fuerza.

—Ronny, amigo mío —murmuró—, voy a vengarte y tú no estarás aquí para tomar parte en el juego.

Un pensamiento acudió a su mente. ¡Loraine! ¿Estaría ella en peligro?

Después de vacilar durante algunos segundos, se dirigió al teléfono y la llamó.

—Soy yo, Jimmy. Pensé que te gustaría saber el resultado de la vista. Muerte por accidente. Y nada más.

—¡Oh! Pero...

—Sí, también yo creo que algo se esconde detrás de todo eso. Probablemente, el juez haya recibido alguna indicación. Creo que alguien trabaja para que no se remueva el caso. Oye, Loraine...

—¿Sí?

—Creo... creo que están sucediendo algunas cosas muy raras. Tendrás cuidado, ¿verdad? Hazlo por mí.

Jimmy percibió la nota de alarma en su voz.

—Entonces, Jimmy, también es peligroso para ti. Tengo mucho miedo.

Él se rio.

—¡Oh! Eso no importa. Tengo siete vidas, como los gatos. Adiós, pequeña.

Colgó y permaneció ensimismado durante unos momentos. Después llamó a Stevens.

—¿Sabe dónde podría adquirir una buena pistola, Stevens?

—¿Una pistola, señor?

Stevens, como buen mayordomo, no demostró sorpresa alguna.

—¿Qué clase de pistola necesita, señor?

—De esas que cuando aprietas el gatillo siguen disparando hasta que quitas el dedo.

—Una automática, señor.

—Eso es —asintió Jimmy—, una automática. Y me gustaría que tuviera el cañón pavonado. En las novelas americanas, el bueno siempre saca una pistola pavonada del bolsillo trasero del pantalón.

Stevens se permitió sonreír discretamente.

—La mayor parte de los caballeros americanos a quienes he conocido llevan algo muy distinto en ese bolsillo —observó.

Jimmy Thesiger se rio.

Capítulo 16
Reunión en Wyvern Abbey

Bundle llegó a Wyvern Abbey el viernes a tiempo de tomar el té. George Lomax salió a recibirla con considerable *empressement*.

—Mi querida Eileen —exclamó—, no sabe cuánto me complace verla aquí. Debe perdonarme que no la invitara junto con su padre, pero, a decir verdad, jamás imaginé que una reunión de esta clase pudiera interesarle. Me sentí... ah... sorprendido, así como... ah... encantado cuando lord Caterham me habló de su... ah... interés por... ah... la política.

—Deseaba tanto venir —señaló Bundle con voz ingenua.

—Mrs. Macatta llegará en el último tren —explicó George—. Anoche dio una conferencia en Manchester. ¿Conoce a Thesiger? Es un hombre joven, pero con notables conocimientos de política exterior. Claro que por su aspecto nadie lo diría.

—Conozco a Mr. Thesiger —dijo Bundle antes de estrechar con solemnidad la mano de Jimmy, que se había peinado con la raya en medio para dar mayor énfasis a su expresión.

—Oiga —dijo Jimmy apresuradamente en voz baja cuando George se separó de ellos—, no se enfade, pero le he hablado a Bill de nuestros planes.

—¿A Bill? —preguntó Bundle, enfadada.

—Después de todo —se disculpó él—, es uno de los nuestros. Tanto Ronny como Gerry eran amigos suyos.

—Ya lo sé —admitió la joven.

—¿Cree que es un error? Lo siento.

—Bill es un buen chico, desde luego. No se trata de eso —explicó Bundle—, sino de que es torpe de nacimiento.

—¿Quiere decir que no es mentalmente muy ágil? —preguntó Jimmy—. Sin embargo olvida usted algo: Bill tiene unos puños muy fuertes. Y tengo la impresión de que unos puños fuertes podrían llegar a ser muy útiles.

—Quizá tenga razón. ¿Cómo reaccionó?

—Me costó algo hacérselo comprender y tuve que repetírselo varias veces para que se le metiera en la cabeza. Naturalmente, está con nosotros en cuerpo y alma.

George reapareció de pronto.

—Quiero presentarle a algunas personas, Eileen. Este es sir Stanley Digby. Lady Eileen Brent. Mr. O'Rourke...

El ministro de Aviación era un hombre bajo y sonriente. Mr. O'Rourke, alto, de expresivos ojos azules y rostro típicamente irlandés, saludó a Bundle con entusiasmo.

—¡Y yo que creía que se trataba de una aburrida reunión política! —susurró con picardía.

—No siga —repuso Bundle—. Me interesa la política... mucho.

—Supongo que conoce a sir Oswald y a lady Coote —prosiguió George.

—No, no había tenido el placer de conocerlos —dijo Bundle sonriendo y aplaudiendo mentalmente el poder descriptivo de su padre.

Sir Oswald estrechó la mano de Bundle con fuerza, haciéndola contraerse ligeramente de dolor.

Después de un saludo un tanto triste, lady Coote se volvió hacia Jimmy Thesiger y evidenció algo similar al placer. A pesar de su mala costumbre de levantarse tan tarde para el desayuno, a lady Coote le gustaba aquel joven amable y sonrosado. Su aire de incontenible buen carácter la fascinaba. Sentía un deseo maternal de quitarle sus malas costumbres y convertirlo en uno de los muchos trabajadores del mundo. Jamás se había preguntado si, una vez formado, seguiría siendo tan atractivo. En aquel momento, empezó a describirle un doloroso accidente automovilístico sufrido por una de sus amigas.

—Mr. Bateman —dijo George brevemente, como si deseara pasar a temas más importantes.

Un joven de aspecto serio y cara pálida se inclinó.

—Y ahora —continuó George—, quiero presentarle a la condesa Radzky.

La condesa Radzky había estado conversando con Mr. Bateman. Reclinada en el sofá y con las piernas cruzadas de forma bastante atrevida, fumaba un cigarrillo en una boquilla increíblemente larga y con incrustaciones de turquesa.

Bundle se dijo que era una de las mujeres más hermosas que había visto jamás. Sus ojos eran muy grandes y azules, su cabello tenía el color del carbón, su cutis era suave y delicado, y su cuerpo esbelto y sinuoso. Bundle tuvo la certeza de que en Wyvern Abbey jamás se habían visto unos labios tan rojos como los de la condesa.

—Es Mrs. Macatta, ¿verdad? —dijo la dama con cierta impaciencia.

George respondió que no y al presentarle a Bundle, la condesa la saludó con un ligero movimiento de cabeza y prosiguió su conversación con el serio Mr. Bateman.

Bundle oyó la voz de Jimmy, que murmuraba algo a su oído.

—Pongo está totalmente fascinado por la adorable eslava —dijo—. ¿No le parece patético? Venga, vamos a tomar una taza de té.

Una vez más, se acercaron al lugar donde se encontraba sir Oswald Coote.

—Su residencia de Chimneys es magnífica —comentó el gran hombre.

—Me complace que le gustara —respondió Bundle con modestia.

—Necesita tuberías nuevas —observó sir Oswald—. Modernizarla, ya sabe.

Permaneció pensativo durante algunos segundos.

—He alquilado la residencia del duque de Alton durante tres años mientras busco una para comprar. Supongo que su padre no podría vender Chimneys aunque quisiera, ¿verdad?

Bundle sintió que le faltaba el aliento. Tuvo una horrible visión de Inglaterra con innumerables sir Oswald Coote residiendo en innumerables Chimneys, todos ellos desde luego con tuberías nuevas.

Sintió un súbito y violento resentimiento que, se dijo, era absurdo. Sir Oswald poseía una de esas poderosas personalidades que hacen palidecer a cuantos se encuentran a su alrededor. Como lord Caterham había dicho, era una apisonadora humana. Y sin embargo, en muchos sentidos resultaba estúpido. Dejando aparte los conocimientos que tenía de su industria, probablemente era muy ignorante. Aquellos cien delicados placeres de la vida de que lord Caterham sabía gozar eran un libro cerrado para sir Oswald.

Mientras reflexionaba en estos términos, Bundle seguía charlando agradablemente. Supo que Herr Eberhard había llegado, pero que se había ido a la cama con dolor de cabeza. Esta información le fue dada por Mr. O'Rourke, que se las apañó para encontrar un sitio a su lado y conservarlo.

Bundle fue a vestirse para la cena, sintiendo una agradable expectación, así como cierto nervioso temor cuando pensaba en la inminente llegada de Mrs. Macatta. Barruntó que conversar con ella no sería un camino de rosas.

Recibió la primera sorpresa cuando bajó, elegantemente vestida con un traje negro, y cruzó el vestíbulo. Un lacayo estaba de pie allí, o por lo menos, un hombre vestido de lacayo. Pero aquel cuerpo grande y fuerte no se prestaba a error. Bundle se detuvo y lo miró fijamente.

—Superintendente Battle —susurró.

—Sí, lady Eileen.

—¡Oh! —exclamó Bundle vacilando—. ¿Está usted aquí para... para...?

—Para vigilar.

—Comprendo.

—Aquella carta amenazadora preocupó bastante a Mr. Lomax, que insistió en que viniera para evitar cualquier acontecimiento desagradable —dijo el superintendente.

—Pero ¿no cree usted...? —empezó a decir Bundle, y se interrumpió. No osaba sugerirle al superintendente que su disfraz no era demasiado bueno. Era como si las palabras *agente de policía* estuvieran escritas en él, lo cual, creyó ella, no dejaría de ser advertido por el menos desconfiado criminal.

—¿Usted cree que me reconocerán? —preguntó el superintendente.

—Yo... oh... creo que sí —admitió Bundle.

Algo parecido a una sonrisa distendió el rostro del superintendente Battle.

—Los pondré en guardia, ¿eh? Bien, lady Eileen, ¿por qué no?

—¿Por qué no? —repitió Bundle, en su opinión como una estúpida.

El superintendente asentía lentamente.

—No queremos que suceda nada desagradable, ¿verdad? —dijo—. No tenemos que ser demasiado listos y solo debemos mostrar a quienes puedan tener malos deseos que hay alguien vigilando.

Bundle lo miró con admiración. Comprendió que la súbita aparición de un personaje tan importante como el superintendente Battle podía tener un efecto disuasorio sobre los planes que quizá alguien se hubiera forjado.

—Es un considerable error ser demasiado inteligente —repetía el superintendente Battle—. Lo importante es que nada desagradable suceda este fin de semana.

Bundle se separó del superintendente pensando en cuántos de los invitados habían reconocido, o reconocerían, al detective de Scotland Yard. Encontró a George en el salón, con el ceño fruncido y un sobre amarillo en la mano.

—Muy desagradable —dijo—. Es un telegrama de Mrs. Macatta diciendo que no podrá venir porque tiene a sus hijos con paperas.

Bundle sintió un considerable alivio.

—Lo siento por usted, Eileen —afirmó George bondadosamente—. Sé del interés que tenía por conocerla. También la condesa se sentirá muy desilusionada.

—No importa —dijo Bundle—. Me molestaría mucho que, por haber venido, me contagiara las paperas.

—Una enfermedad muy desagradable —asintió George—. Pero no creo que la infección se transmita así. Mrs. Macatta jamás hubiera querido correr un riesgo de esas características. Es una mujer de muy nobles sentimientos, con un verdadero sentido de la responsabilidad para con la comunidad. En estos días de interés nacional, todos debemos tener en cuenta que...

Estaba a punto de empezar un discurso, pero se contuvo a tiempo.

—Afortunadamente —dijo—, no hay prisa en su caso. Aunque, por desgracia, la condesa estará poco tiempo en nuestro país.

—Creo que es húngara, ¿no es así? —comentó Bundle, que sentía mucha curiosidad por ella.

—Sí. Seguramente habrá usted oído hablar del partido de la Joven Hungría. La condesa es una de sus líderes. Esa mujer de gran riqueza, que enviudó muy joven, ha puesto su dinero y su talento al servicio de su pueblo. Siente especial inclinación por el problema de la mortalidad infantil, terrible en Hungría en la actualidad. Yo... ¡Ah! Aquí está Herr Eberhard.

El inventor alemán era más joven de lo que Bundle había imaginado y posiblemente no tenía más de treinta y tres o treinta y cuatro años. Era tosco y no parecía encontrarse a gusto, pero no dejaba de ser agradable. Sus ojos azules eran más tímidos que esquivos, y su característica más desagradable, el comerse las uñas que tanto había molestado a Bill, surgía a su juicio de un temperamento nervioso. Era delgado como un junco y tenía el semblante típico de una persona anémica.

Habló algo torpemente con Bundle en un inglés pomposo y ambos agradecieron la interrupción del alegre Mr. O'Rourke. Poco después apareció Bill, que enseguida se dirigió hacia donde se encontraba Bundle. Parecía perplejo y atribulado.

—Hola, Bundle. Oí que habías llegado. He tenido que trabajar toda la tarde. De lo contrario, hubiera venido a saludarte antes.

—¿Han sido pesadas las tareas de Estado esta noche? —preguntó O'Rourke con conmiseración.

—No sé cómo es tu jefe —se quejó—. Parece buena persona, pero el Besugo es absolutamente imposible. Trabajar, trabajar y trabajar de la mañana a la noche. Todo lo que uno hace está mal hecho y todo lo que dejas por hacer hay que hacerlo.

—Parece que cites frases de tu libro de oraciones —observó Jimmy, que se reunía con ellos en aquel momento.

Bill lo miró con reproche.

—Nadie sabe lo que tengo que soportar —dijo con un tono patético.

—Agasajando a la condesa, ¿verdad? —sugirió Jimmy—.

Pobre Bill, ha debido de ser un esfuerzo considerable para ti, que odias a las mujeres.

—¿Qué significa eso? —preguntó Bundle.

—Después del té —explicó Jimmy sonriendo—, la condesa le pidió a Bill que le hiciese de cicerone.

—No pude negarme, ¿no os parece? —replicó Bill, rojo como un tomate.

Bundle se sintió inquieta. Conocía muy bien lo susceptible que era Bill a los encantos femeninos. Mr. William Eversleigh sería como cera blanda en manos de la condesa. Una vez más, se preguntó si Jimmy Thesiger había hecho bien confiando en Bill.

—La condesa —dijo Bill— es una mujer encantadora y muy inteligente. Tendrías que haberla visto mientras recorríamos la casa. No hacía sino preguntar cosas.

—¿Qué clase de cosas? —inquirió Bundle.

Bill fue vago en su contestación.

—¡Oh, no sé! Acerca de su historia, los muebles... y toda clase de detalles.

En ese preciso instante, la condesa entró en el salón. Parecía faltarle el aliento. Con un ceñido vestido de terciopelo negro, tenía un aspecto majestuoso. Bundle observó que Bill gravitaba inmediatamente cerca de ella y que el serio joven de las gafas se unía a él.

—Bill y Pongo están prendados de ella —observó Jimmy Thesiger riendo.

Bundle no estaba muy segura de que aquello pudiera tomarse a risa.

Capítulo 17
Después de la cena

George no creía en las innovaciones modernas y Wyvern Abbey desconocía algo tan usual como la calefacción central. En consecuencia, cuando las señoras entraron en el salón después de la cena, la temperatura carecía allí de los grados necesarios para llevar sin riesgo los modernos vestidos de noche. El fuego que ardía en la chimenea fue como un imán y las tres mujeres se apiñaron junto a él.

—¡Brrrrr! —dijo la condesa, emitiendo un exótico y coqueto sonido extranjero.

—Se acorta el día —observó lady Coote, echándose sobre los hombros un horrible chal.

—¿Por qué demonios George no tiene la casa adecuadamente caldeada? —preguntó Bundle.

—Ustedes, los ingleses, nunca calientan sus casas —dijo la condesa.

Sacó su larga boquilla y empezó a fumar.

—Ese hogar está anticuado —señaló lady Coote—. El calor se escapa por la chimenea en lugar de extenderse por el salón.

—¡Oh! —exclamó la condesa.

Se produjo una pausa. La condesa estaba tan claramente aburrida que la conversación se hacía difícil.

—Es curioso que los niños de Mrs. Macatta tengan paperas —dijo lady Coote rompiendo el silencio—. Bueno, no quiero decir exactamente curioso...

—¿Qué son paperas? —preguntó la condesa.

Bundle y lady Coote empezaron a explicárselo a la vez. Finalmente, entre las dos lograron que comprendiera.

—Supongo que los niños húngaros también las tienen —observó lady Coote.

—¿Padecen también paperas los niños húngaros?

—No lo sé —repuso la condesa—. ¿Por qué debería saberlo?

Lady Coote la miró sorprendida.

—Pero yo creía que usted se dedicaba a...

—¡Oh, eso!

La condesa descruzó las piernas, se quitó la boquilla de la boca y empezó a hablar rápidamente.

—Les contaré algunos horrores —dijo—. Horrores que yo he presenciado y que ustedes se resistirán a creer.

Cumplió su palabra. Habló fluidamente y con una gráfica fuerza descriptiva. Contó a sus oyentes increíbles escenas de hambre y miseria. Habló de Budapest poco después de la guerra y de sus vicisitudes hasta aquel momento. Era dramática y también, en opinión de Bundle, como un disco de gramófono. No faltaba más que darle cuerda. Y después, con la misma brusquedad, se detendría.

Lady Coote parecía conmovida hasta los tuétanos. Permanecía sentada con la boca entreabierta y no apartaba sus grandes, oscuros y tristes ojos del rostro de la condesa. De vez en cuando colaba algún comentario.

—Los tres hijos de una prima mía sufrieron quemaduras tan graves que murieron.

La condesa no le prestó atención. Seguía hablando sin cesar. Y de repente se calló, tan súbitamente como había empezado.

—Ya se lo he explicado —dijo—. Tenemos dinero, pero nos falta organización.

Lady Coote suspiró.

—Muchas veces he oído decir a mi esposo que nada se puede hacer sin métodos regulares. A ello atribuye él su propio éxito. Afirma que no habría prosperado sin ellos.

Volvió a suspirar. Por un momento, se imaginó a un sir Oswald que no había existido. Un sir Oswald que hubiera conservado, en lo esencial, los atributos de aquel alegre joven del taller de bicicletas. Y pensó en lo mucho más agradable que habría podido ser la vida para ella si sir Oswald no hubiera tenido métodos para todo.

Por una muy comprensible asociación de ideas, lady Coote se volvió hacia Bundle.

—Dígame, lady Eileen —dijo—, ¿le gusta su jardinero jefe?

—¿MacDonald? Pues... —Bundle vaciló—. No creo que a nadie pueda gustarle MacDonald —explicó—, pero es un magnífico jardinero.

—En efecto, lo es —asintió lady Coote.

—Aunque hay que mantenerlo en su sitio —dijo Bundle.

—Supongo que sí —murmuró lady Coote.

Lady Coote miró con envidia a Bundle, que parecía considerar muy tranquilamente la forma de poner a MacDonald en su lugar.

—Adoro los jardines hermosos —suspiró la condesa.

Bundle la miró con atención, pero en aquel momento se presentó Jimmy Thesiger, que le dijo con voz extraña y mucha prisa:

—¿Quiere venir a ver aquellos grabados? La están esperando.

Bundle salió precipitadamente con Jimmy pegado a sus talones.

—¿Qué grabados? —preguntó la joven al cerrarse la puerta tras ella.

—Ninguno —repuso Jimmy—. Tenía que buscar cualquier pretexto. Vamos, Bill nos espera en la biblioteca. No hay nadie allí.

Bill se paseaba a grandes zancadas por la habitación hondamente agitado.

—Esto no me gusta nada —dijo.

—¿Qué es lo que no te gusta nada?

—Que te mezcles en esto. Apuesto diez contra uno a que habrá alguna pelea y entonces...

La miró con cierto patético desmayo, que proporcionó a Bundle un cálido sentimiento de agrado.

—Debe permanecer fuera de esto, ¿no te parece, Jimmy? —dijo apelando al otro.

—Ya se lo he dicho —repuso Jimmy.

—Pero, Bundle —suplicó Bill—, alguien puede resultar herido.

Ella se volvió hacia Jimmy.

—¿Qué le ha dicho usted?

—Todo.

—No lo acabo de entender —confesó Bill—. Quiero decir, lo de esconderte en el club Las Siete Esferas y todo eso. —La miró con tristeza—. Bundle, escúchame, quisiera que no lo hicieras.

—¿Que no hiciera qué?

—Mezclarte en esta clase de cosas.

—¿Por qué no? —objetó Bundle—. Son emocionantes.

—Oh, sí, emocionantes, pero pueden ser terriblemente peligrosas. Recuerda lo que le sucedió al pobre Ronny.

—Sí —asintió Bundle—. De no haber sido por tu amigo Ronny, jamás me hubiera mezclado en esto. Pero ya lo estoy y de nada sirve que protestes.

—Ya sé que tú eres encantadora, Bundle, pero...

—Déjate de cumplidos y hagamos nuestros planes.

Vio con alivio que Bill reaccionaba favorablemente a su insinuación.

—Tienes razón acerca de la fórmula —dijo—. Eberhard lleva algunos planos consigo, o quizá sea sir Oswald. Se han hecho pruebas en sus acerías, muy en secreto, desde luego. Eberhard ha estado allí con él. Ahora están todos en el gabinete.

—¿Cuánto tiempo permanecerá aquí sir Stanley Digby? —preguntó Jimmy.

—Mañana regresará a la ciudad.

—¡Ajá! —dijo Jimmy—. Entonces algo está completamente claro. Sí como supongo sir Stanley se lleva la fórmula mañana, cualquier intento de apoderarse de ella tendrá lugar esta noche.

—Supongo que sí.

—No lo dudéis. Eso hace que la situación sea favorable para nosotros. Quienes intenten hacerlo deberán desplegar toda su inteligencia. Entremos en detalles. Ante todo ¿dónde estará la fórmula sagrada esta noche? ¿La tendrá Eberhard o la tendrá sir Oswald Coote?

—Ninguno de los dos. Tengo entendido que esta noche le será entregada al ministro de Aviación para que la lleve a Londres mañana. En tal caso, O'Rourke la tendrá en su poder. Estoy casi seguro.

—Bien, solo cabe hacer una cosa. Si pensamos que alguien intentará apoderarse de ella esta noche, debemos montar guardia, mi querido amigo Bill.

Bundle abrió la boca como si fuera a protestar, pero la cerró sin decir nada.

—A propósito —prosiguió Jimmy—, ¿se trata de un vendedor de Harrods o es nuestro amigo Lestrade de Scotland Yard a quien he visto esta noche en el vestíbulo?

—Muy inteligente, Watson —dijo Bill.

—Supongo que nos estamos metiendo en su terreno —observó Jimmy.

—No podemos evitarlo —repuso Bill— si queremos seguir nuestros planes hasta el final.

—Entonces estamos de acuerdo —dijo Jimmy—. Dividamos la noche en dos guardias.

Nuevamente, Bundle abrió la boca y también esta vez la cerró sin decir nada.

—Desde luego —asintió Bill—. ¿Quién hará el primer turno?

—¿Lo echamos a suertes?

—Como quieras.

—Muy bien. Si sale cara, tú harás el primer turno y yo el segundo. Y si sale cruz, será al revés.

Bill asintió. La moneda fue lanzada al aire y Jimmy se inclinó para mirarla cuando cayó al suelo.

—Cruz —dijo.

—¡Maldita sea! —exclamó Bill—. Te toca el primer turno y, a buen seguro, toda la diversión.

—Eso nunca se sabe —repuso Jimmy—. Los criminales son imprevisibles. ¿A qué hora quieres que te despierte? ¿Te parece bien a las tres?

—Bueno.

En aquel momento, Bundle consiguió intervenir.

—¿Y qué papel tengo yo en todo esto? —preguntó.

—Ninguno. Se irá a la cama y se acostará como una buena chica.

—¡Oh! —exclamó ella—. Eso no es nada divertido.

—No lo asegure todavía —observó Jimmy—. A lo mejor, la asesinan mientras duerme, y en cambio Bill y yo nos libramos.

—Es una probabilidad —comentó Bundle—. Oiga, Jimmy, esa condesa no me gusta nada. Sospecho de ella.

—No digas tonterías —dijo Bill acaloradamente—. Está por encima de toda sospecha.

—¿Cómo lo sabes? —replicó Bundle.

—Porque sí. Uno de los funcionarios de la embajada húngara lo garantiza.

—¡Oh! —exclamó Bundle, momentáneamente sorprendida por el fervor de Bill.

—Las mujeres sois todas iguales —gruñó Bill—. Solo porque es hermosa...

Bundle estaba familiarizada con ese injusto argumento masculino.

—Bueno, pero no le murmures confidencias a su sonrosada oreja —observó—. Me voy a la cama. Estaba aburrida como una ostra en el salón y no quiero regresar allí.

Salió de la biblioteca. Bill miró a Jimmy.

—Es una buena muchacha —dijo—. Temí que pudiera ser más difícil de manejar. Ya sabes lo dispuesta que siempre está para participar en todo. Creo que lo ha aceptado muy bien.

—Yo también —asintió Jimmy—, me ha sorprendido.

—Tiene sentido común. Sabe cuándo una cosa es imposible para ella. A propósito, ¿no te parece que deberíamos contar con un arma?

—Tengo una automática pavonada —repuso Jimmy con cierto orgullo—. Pesa varias libras y tiene un aspecto que impresiona. Te la prestaré cuando llegue tu turno.

Bill lo miró con expresión de respeto y envidia.

—¿Qué te hizo pensar en traerla? —preguntó.

—No lo sé. Simplemente, se me ocurrió, eso es todo.

—Espero que no disparemos contra quien no debamos —observó Bill con ansiedad.

—Sería muy lamentable —repuso Jimmy gravemente.

Capítulo 18
Las aventuras de Jimmy

Nuestra crónica debe dividirse ahora en tres partes distintas. La noche tenía que ser pródiga en sucesos y cada una de las tres personas involucradas en ella la percibió desde su punto de vista particular. Empezaremos con ese agradable y simpático joven, Mr. Jimmy Thesiger, en el momento en que se despide del otro conspirador, Bill Eversleigh.

—No te olvides de llamarme a las tres —dijo Bill—. Es decir, si aún estás vivo —añadió con amabilidad.

—Puedo ser un idiota —repuso Jimmy al recordar, irritado, la observación que Bundle le había repetido—, pero no tanto como parezco.

—Eso mismo dijiste de Gerry Wade, ¿recuerdas? —observó Bill lentamente—. Y aquella misma noche ocurrió...

—¡Cállate, estúpido! —le interrumpió Jimmy—. ¿No tienes ninguna delicadeza?

—Claro que tengo delicadeza —contestó Bill—. Soy un incipiente diplomático y todos los diplomáticos la tienen.

—¡Ah! —exclamó Jimmy—. Pues debes de estar en lo que llaman estado larvario.

—No acabo de comprender a Bundle —dijo Bill, volviendo a un tópico tratado anteriormente—. Creía que iba a ocasionarnos alguna dificultad, pero veo que ha mejorado mucho.

—Eso mismo decía tu jefe —comentó Jimmy—. Dijo que se sentía agradablemente sorprendido.

—Me ha parecido que Bundle estaba exagerando algo —repuso Bill—, pero el Besugo es tan animal que es capaz de creer cualquier cosa. Creo que te costará despertarme cuando me llegue el turno, no te acobardes si me cuesta abrir los ojos.

—No me servirá de mucho zarandearte si has tomado una dosis de lo que ingirió Gerry Wade —dijo Jimmy con malicia.

—Vamos a ver —observó Bill—. ¿Qué sacas con ponerme nervioso?

—Te estoy devolviendo la pelota. Vamos, vete ya a dormir.

Pero Bill permaneció con Jimmy un rato más, balanceando el cuerpo sobre un pie y después en el otro.

—Oye —dijo.

—¿Sí?

—Quiero decir que..., bueno, supongo que no te pasará nada. Está muy bien bromear, pero cuando pienso en el pobre Gerry... y después en el pobre Ronny...

Jimmy lo miró exasperado. Bill era de esas personas que no tienen sino buenas intenciones, pero el resultado de sus esfuerzos a veces es algo descorazonador.

—Veo que tendré que presentarte a Leopold —repuso Jimmy.

Metió la mano en un bolsillo de su traje azul oscuro, que se había puesto poco antes, y sacó algo que mostró a Bill.

—Una genuina pistola automática pavonada —dijo con modesto orgullo.

—No me digas —repuso Bill—. ¿Es de verdad?

Era indudable que se sentía impresionado.

—Stevens, mi mayordomo, la compró para mí. No tienes más que apretar el gatillo y mi Leopold hace lo demás.

—¡Oh! —exclamó Bill—. Oye, Jimmy.

—¿Sí?

—Tendrás cuidado, ¿verdad? Quiero decir, espero que no empieces a disparar contra la gente. Sería muy desagradable que le pegaras un tiro al viejo Digby mientras camina sonámbulo.

—No te preocupes —dijo Jimmy—. Desde luego, quiero sacar todo el provecho posible de Leopold puesto que la he comprado, pero refrenaré mis instintos sanguinarios tanto como me sea posible.

—Bueno, hasta luego —dijo Bill por enésima vez.

Jimmy se quedó solo, montando su guardia.

Sir Stanley Digby ocupaba una habitación en un extremo del ala occidental. A un lado de la misma había un cuarto de baño y, al otro, estaba el dormitorio, más pequeño, destinado a Mr. Terence O'Rourke, que comunicaba a través de una puerta con el de su jefe. Las puertas de las tres habitaciones daban a un pasillo corto. La tarea de la persona que vigilara sería bien sencilla. Sentada en una silla colocada a la sombra de un armario de roble, en el lugar en que el pasillo desembocaba en la galería principal, gozaba de una posición ventajosa. Aquella galería era el único camino por el que podía llegarse al ala occidental. Una luz seguía encendida.

Jimmy se sentó cómodamente, cruzó las piernas y esperó. Tenía a Leopold preparada sobre sus rodillas.

Consultó su reloj. Faltaban veinte minutos para la una. Solo hacía una hora que los invitados se habían retirado a descansar. Ningún ruido quebraba el silencio de la noche, excepto el lejano tictac de un reloj.

Aquel sonido no le gustaba a Jimmy. Le recordaba cosas. Gerald Wade y los siete despertadores en la repisa. ¿Quién los había colocado allí y por qué? Un estremecimiento lo recorrió de pies a cabeza.

Aquella espera era siniestra. No le extrañó que en las sesiones espiritistas ocurrieran cosas extrañas. Sentado en la penumbra, la ansiedad se apoderaba de uno, haciéndole saltar al menor ruido. Y los pensamientos desagradables se sucedían.

¡Ronny Devereux! ¡Ronny Devereux y Gerry Wade! Ambos jóvenes, llenos de vida y energía; hombres alegres y saludables. Y ahora, ¿dónde estaban? Bajo tierra, comidos por los gusanos... ¡Puaj! ¿Por qué no podía apartar de su mente aquellos horribles pensamientos?

Volvió a consultar el reloj. Tan solo la una y veinte. ¡Qué despacio transcurría el tiempo!

¡Extraordinaria chica, Bundle! Había tenido el valor de esconderse en el club Las Siete Esferas. ¿Por qué no tuvo él el atrevimiento y la iniciativa de pensar en ello? Supuso que era debido a que se trataba de algo demasiado fantástico.

El número siete. ¿Quién diantres podía ser? ¿Se encontraba, acaso, en la casa ahora mismo? Quizá disfrazado de criado. Seguramente, no se trataba de uno de los invitados. No, eso era imposible. Pero todo el asunto parecía imposible. Si no hubiera creído en la sinceridad de Bundle, habría pensado que ella se había inventado toda la historia.

Bostezó. Era curioso tener sueño y, al mismo tiempo, estar nervioso. Volvió a mirar el reloj. Las dos menos diez. Ya faltaba menos.

Entonces, súbitamente, contuvo la respiración y se inclinó hacia delante, aguzando el oído. Había oído algo.

Los minutos pasaban. Ahí estaba otra vez. Una tabla crujía, pero el ruido provenía de abajo. ¡Otra vez! Era un crujido suave, ominoso. Alguien se movía con cautela por la casa.

Jimmy se puso de pie y se dirigió sin hacer ruido hacia la escalera. Todo parecía estar tranquilo. Sin embargo, tenía la certeza de haber oído aquel furtivo ruido. No eran imaginaciones suyas.

Bajó con lentitud, empuñando con fuerza la pistola en la mano derecha. Ningún sonido en el gran vestíbulo. Sí, había estado en lo cierto al suponer que el ruido llegaba desde debajo del lugar en que se encontraba... Entonces había sido en la biblioteca.

Jimmy se acercó de puntillas a la puerta, aguzó el oído, pero no oyó nada. Entonces, la abrió de golpe y encendió las luces.

¡Nada! La habitación estaba inundada de luz, aunque vacía.

Jimmy frunció el entrecejo.

—Habría jurado... —murmuró.

La biblioteca ocupaba una gran habitación con tres puertas cristaleras que daban a la terraza. Jimmy avanzó decidido. La ventana central no estaba cerrada con llave. La abrió, salió al exterior y miró a uno y otro lado. ¡Nada!

«¡Parece que todo está en orden!», se dijo. Y sin embargo...

Permaneció un minuto sumido en sus pensamientos. Entonces regresó a la biblioteca, cruzó la habitación y cerró la puerta con la llave, que se guardó en el bolsillo. Después apagó la luz. Permaneció oído alerta durante algunos segundos y se dirigió a la puerta cristalera abierta, con la pistola preparada en la mano.

¿Era un suave ruido de pasos lo que se oía en la terraza? No. Su imaginación lo engañaba. Apretó la mano en torno a la culata de la pistola y permaneció escuchando.

En la distancia, un reloj dio las dos.

Capítulo 19
Las aventuras de Bundle

Bundle Brent era una muchacha con recursos y también con imaginación. Había previsto que Bill, y acaso Jimmy, se negarían a que ella participase en los posibles peligros de aquella noche. No deseaba perder tiempo discutiendo. Tenía sus propios planes y se había planteado algunos arreglos personales. La mirada que echó desde la ventana de su habitación poco antes de cenar fue muy satisfactoria. Así comprobó que las grises paredes de Wyvern Abbey estaban cubiertas de hiedra y que la que estaba junto a su ventana tenía un aspecto particularmente resistente y no presentaría dificultad alguna a sus habilidades atléticas.

Nada tenía que objetar a los arreglos que Jimmy y Bill habían hecho. Pero, en su opinión, no eran suficientes. No los criticó porque pensaba hacer por sí misma lo que ellos no habían previsto. En pocas palabras, mientras Jimmy y Bill se ocupaban del interior de la mansión, ella prestó atención al exterior.

Su manso asentimiento a lo dispuesto por Bill y Jimmy le causaba gran placer, aunque se preguntaba, burlonamente, cómo habían podido ambos dejarse engañar con tanta facilidad. Desde luego, Bill jamás se había distinguido por su agilidad mental. Por otra parte, él conocía o debía conocer a Bundle. Y consideraba que Jimmy Thesiger, a pesar del poco tiempo que hacía que se conocían, debió haber supuesto que ella no podría ser descartada de aquella forma.

Una vez en la intimidad de su habitación, Bundle se preparó rápidamente. Se quitó su traje de noche y las escasas prendas interiores y empezó a vestirse, por decirlo así, desde el principio. Bundle no se había hecho acompañar por su doncella y había preparado ella misma su maleta. De lo contrario, la asombrada francesa se hubiera preguntado por qué razón su señorita se llevaba unos pantalones de montar y ninguna otra pieza del equipo de amazona.

Ataviada con pantalones de montar, zapatos con suela de goma y un jersey oscuro, Bundle estaba preparada para la pelea. Miró la hora en su reloj: las doce y media. Era demasiado temprano. Los ocupantes de la casa deberían estar, antes de ocurrir algo, entregados al sueño. Bundle fijó la una y media como el momento para comenzar las operaciones.

Apagó la luz y se sentó junto a la ventana. Se levantó puntualmente a la hora fijada, apartó las cortinas y pasó una pierna por el alféizar de la ventana. La noche era hermosa, fría y quieta. Brillaban las estrellas, aunque no había luna.

El descenso fue fácil. Bundle y sus dos hermanas habían correteado por el parque de Chimneys cuando eran niñas y trepaban como gatos a los árboles. La joven cayó de pie sobre un macizo de flores, respirando algo afanosamente pero ilesa.

Se detuvo allí un minuto para repasar sus planes. Sabía que las habitaciones ocupadas por el ministro de Aviación y su secretario se encontraban en el ala occidental, que estaba en el lado opuesto a aquel en el que ella se hallaba entonces. Una terraza rodeaba los lados sur y oeste de la casa y terminaba al llegar al muro de un huerto de árboles frutales.

Bundle salió del macizo de flores y dobló la esquina de la casa en el lugar en que la terraza empezaba en el lado sur. La recorrió en silencio, sin apartarse de la sombra proyectada por el edificio. Pero al llegar a la segunda esquina se llevó un susto: un hombre estaba allí plantado, con la clara intención de impedirle el paso.

Lo reconoció al instante.

—¡Superintendente Battle! ¡Qué susto me ha dado!

—Para eso estoy aquí —dijo el policía con amabilidad.

Bundle lo miró. En aquel momento, al igual que antes, le llamó la atención que no procurase ocultar su identidad. Era un hombre alto y fuerte, bien visible. En cierto modo, era muy inglés. Pero de algo estaba bien segura: el superintendente Battle no era tonto.

—¿Qué hace usted? —preguntó Bundle en un susurro.

—Simplemente, cuidando de que nadie que no deba hacerlo pasee por aquí —repuso Battle.

—¡Oh! —exclamó ella sorprendida.

—Usted, por ejemplo, lady Eileen. No creo que acostumbre a dar un paseo a estas horas de la noche.

—¿Quiere decir que desea que vuelva a mi habitación?

El superintendente asintió con un gesto.

—Es usted muy avispada, lady Eileen. Ese es exactamente el significado de mis palabras. ¿Ha salido usted por la puerta o por la ventana?

—Por la ventana. Bajar por la hiedra es lo más fácil del mundo.

El superintendente Battle miró la pared, pensativo.

—Sí —dijo—. Debe de ser muy fácil.

—¿Y quiere que vuelva a mi cuarto? —repitió Bundle—. Yo deseaba ir hasta la terraza del ala oeste.

—Acaso no sea usted la única persona que quiera hacerlo —observó Battle.

—Nadie dejará de verle —repuso Bundle irritada.

El superintendente pareció complacido.

—Espero que así sea —dijo—. No quiero que suceda nada desagradable. Y si me permite decírselo, lady Eileen, creo que es hora de que regrese a su cama.

La firmeza de su tono no admitía réplica. Alicaída, Bundle regresó sobre sus pasos. Estaba ya subiendo por la hiedra cuando se le ocurrió algo que casi le hizo soltar las manos.

¿Y si el superintendente Battle sospechaba ahora de ella?

Había algo en su forma de hablar que lo sugería vagamente. No pudo evitar reírse cuando entró en su habitación por la ventana.

Aunque había obedecido las órdenes del superintendente de regresar a su dormitorio, Bundle no tenía la menor intención de acostarse y dormir, ni tampoco creía que Battle verdaderamente lo desease. No era un hombre capaz de esperar lo imposible. Y permanecer quieta cuando algo excitante iba a suceder era imposible para Bundle.

Consultó su reloj: eran las dos menos diez minutos. Tras unos segundos de vacilación, abrió la puerta con cautela. No se oía ruido alguno, todo estaba quieto y tranquilo. Se deslizó con precaución por el pasillo.

Se detuvo una vez, creyendo haber oído crujir una tabla, pero se convenció de que se había equivocado y siguió andando. Se encontraba en el pasillo principal, dirigiéndose hacia el ala oeste. Llegó al ángulo de intersección, miró con sigilo y se detuvo sorprendida.

Jimmy Thesiger no se encontraba en su puesto de guardia.

Bundle se sintió desconcertada. ¿Qué había sucedido? ¿Por qué había Jimmy abandonado su puesto? ¿Qué significaba aquello?

Entonces oyó que un reloj daba las dos.

Se encontraba todavía allí, pensando en lo que debería hacer a continuación, cuando el corazón le dio un vuelco. El pomo de la puerta de la habitación de Terence O'Rourke giraba lentamente.

Bundle lo miraba, fascinada. Pero la puerta no se abrió. El pomo volvió, despacio, a su posición original. ¿Qué significaba aquello? Era ciertamente misterioso.

De repente, Bundle se decidió. Por alguna razón desconocida, Jimmy había abandonado su puesto. Tenía que hablar con Bill. Entró poco ceremoniosamente en la habitación ocupada por este.

—¡Despierta, Bill! ¡Despierta!

Habló en un susurro, pero no obtuvo respuesta alguna.

—¡Bill! —llamó.

Impaciente, encendió la luz y se quedó paralizada por la sorpresa.

La habitación estaba vacía y nadie había dormido en la cama.

¿Dónde estaba Bill?

Contuvo el aliento. Aquella no era la habitación de Bill. El delicado salto de cama arrojado sobre una silla, los objetos femeninos en el tocador, el vestido de noche de terciopelo negro tirado de cualquier manera sobre una silla... Desde luego, con las prisas se había confundido de puerta. Aquella era la habitación de la hermosa condesa Radzky.

Pero ¿dónde estaba la condesa?

Mientras Bundle se hacía esta pregunta, un ruido insólito quebró el silencio de la noche de una forma muy clara.

El estrépito llegaba de la planta baja. Bundle salió corriendo de la habitación de la condesa y descendió no menos apresuradamente la escalera. El ruido llegaba de la biblioteca, donde parecía que arrojaran las sillas y volcaran los muebles.

Bundle golpeó en vano la puerta. Estaba cerrada con llave, pero escuchaba claramente la pelea que se llevaba a cabo en el interior, la respiración agitada, los pies golpeando el suelo con fuerza, maldiciones y juramentos en diversos tonos, el estrépito ocasional cuando algún mueble se interponía en la línea de batalla.

Y entonces, siniestros y claros, quebrando definitivamente la paz de la noche de una vez por todas, sonaron dos disparos en rápida sucesión.

Capítulo 20
Las aventuras de Loraine

Loraine Wade se sentó en la cama y encendió la luz.

Eran exactamente la una menos diez. Se había acostado temprano, a las nueve y media. Poseía el don de despertarse por sí misma a la hora que deseara y así pudo gozar de algunas horas de reconfortante sueño.

Dos perros dormían con ella en la habitación. Uno de los canes levantó la cabeza y la miró interrogativamente.

—Quieto, Lurcher —le dijo Loraine, y el perro agachó la cabeza obediente y miró a su ama con los párpados entornados.

Es cierto que Bundle había sospechado en cierta ocasión de la mansedumbre de Loraine, pero aquel breve instante de sospecha ya había pasado. Loraine había parecido tan razonable, tan dispuesta a permanecer apartada de todo.

Sin embargo, al estudiar la cara de la muchacha, se veía la fuerza de voluntad en su pequeña barbilla y en los labios, que se cerraban con severa firmeza.

Loraine se levantó y se vistió con una falda y una chaqueta de mezclilla, en uno de cuyos bolsillos guardó una linterna. Después, abrió el cajón de su tocador y sacó una pequeña pistola con las cachas de nácar que parecía un juguete. La había comprado el día antes en Harrods y se sentía muy complacida por su adquisición.

Dio una ojeada final a la habitación para cerciorarse de

que no se olvidaba nada y entonces el perro se levantó y se acercó a ella, con ojos suplicantes y meneando la cola.

Loraine movió la cabeza.

—No, Lurcher. No puedes venir. No puedo llevarte. Quédate aquí y pórtate bien.

Besó la cabeza del animal, le hizo echarse de nuevo sobre la alfombra y se escabulló en silencio de la habitación, tras cerrar la puerta.

Salió de la casa por una puerta lateral y se dirigió al garaje, donde guardaba su coche de dos plazas. El camino era ligeramente en pendiente y dejó que el vehículo se deslizara sin poner en marcha el motor hasta que estuvo a cierta distancia de la casa. A continuación, consultó la hora en su reloj y pisó el acelerador a fondo.

Aparcó en un lugar que había elegido de antemano. Allí había una abertura en un seto por la que podía fácilmente entrar. Unos instantes después, Loraine, algo sucia de barro, estaba en los terrenos de Wyvern Abbey.

Tan silenciosamente como le fue posible, se dirigió hacia el venerable edificio cubierto de hiedra. A lo lejos, un reloj dejó oír dos campanadas.

El corazón de la joven latió más apresuradamente al acercarse a la terraza. No se veía a nadie, no había señal alguna de vida. Todo parecía tranquilo y silencioso. Llegó a la terraza y se detuvo, mirando a su alrededor.

De pronto, algo cayó a sus pies con un ruido sordo. Loraine se agachó para recogerlo. Era un paquete envuelto en papel de embalar. Con él en las manos, miró hacia arriba.

Sobre su cabeza había una ventana abierta. Una pierna cruzó el alféizar y un hombre empezó a deslizarse por la hiedra.

Loraine no esperó más. Dio media vuelta y corrió, agarrando con fuerza el paquete.

A sus espaldas, se oyó el rumor de una pelea.

—Suélteme —decía una voz ronca.

—Eso quieres, ¿eh? —repuso otra voz, que ella conocía muy bien.

Loraine siguió corriendo a ciegas, presa del pánico, hasta doblar la esquina de la casa, para encontrarse de golpe entre los brazos de un hombre alto y fuerte.

—Vamos, vamos —dijo el superintendente Battle con amabilidad.

Loraine pugnaba por hablar.

—¡Deprisa! ¡Deprisa! ¡Se están matando! ¡Corra!

Sonó un disparo de pistola y después otro.

El superintendente Battle echó a correr. Loraine le siguió por la terraza hasta la puerta cristalera de la biblioteca. Estaba abierta.

Battle se agachó y alumbró con una linterna. La joven estaba detrás de él, mirando por encima de su hombro, y de su garganta salió un sollozo.

Jimmy Thesiger yacía en el umbral de la puerta, caído sobre lo que parecía un charco de sangre. Su brazo derecho pendía en una curiosa posición.

Loraine dejó escapar un grito.

—Está muerto —gimoteó—. ¡Oh, Jimmy! ¡Jimmy está muerto!

—Vamos, vamos —dijo el superintendente Battle queriendo calmarla—. No se lo tome así. No tema, no está muerto. Procure encontrar el interruptor de la luz y enciéndala.

Loraine obedeció. Cruzó tambaleándose la biblioteca, encontró el interruptor junto a la puerta y lo apretó. La habitación se inundó de luz y el superintendente Battle suspiró aliviado.

—Está bien. Solo tiene una herida en el brazo derecho. Se ha desmayado por la pérdida de sangre. Venga y ayúdeme.

Alguien aporreaba la puerta de la biblioteca.

Loraine miró a Battle, vacilante.

—¿Quiere que...?

—No hay prisa. Ya entrarán después. Ahora, ayúdeme.

Loraine obedeció. El superintendente había sacado su pañuelo y con él vendó el brazo del herido. Ella lo ayudaba.

—No es nada —dijo el policía—. No se preocupe. Estos jóvenes tienen siete vidas como los gatos. No ha sido la pérdida de sangre lo que le ha hecho perder el conocimiento. Debe de haberse golpeado la cabeza contra el suelo al caer.

Los golpes en la puerta de la habitación eran cada vez más estruendosos. La voz de George Lomax, furiosa, chillona, sonaba con toda claridad.

—¿Quién está ahí? ¡Abran enseguida!

El superintendente Battle suspiró.

—Supongo que tendremos que abrir —dijo—. Es una lástima.

Miró a su alrededor. Junto a Jimmy había una pistola automática. El superintendente la recogió y, sosteniéndola con cuidado, la examinó. Gruñó algo y la dejó encima de la mesa. Cruzó la habitación y abrió la puerta.

Varias personas entraron atropelladamente. Casi todas hablaban a la vez. George Lomax intentaba pronunciar palabras que se negaban a salir de sus labios con coherencia.

—¿Qué... qué significa esto? ¡Ah! Es usted, superintendente. ¿Qué ha sucedido? ¿Qué... qué ha pasado?

—¡Oh, Dios mío! —exclamó Bill Eversleigh con la mirada en el cuerpo caído—. ¡Jimmy!

Lady Coote, vestida con un resplandeciente salto de cama color púrpura, gritó: «¡Pobre muchacho!», y pasó junto al superintendente Battle para inclinarse sobre el postrado Jimmy con aire maternal.

—¡Loraine! —exclamó Bundle.

—*Gott im Himmel!* —interpuso Herr Eberhard, pronunciando a continuación otras palabras de la misma naturaleza.

—¿Qué es eso? —preguntó, consternado, sir Stanley Digby.

—Miren la sangre —observó una doncella con excitación y placer morboso.

—¡Señor! —gimió un lacayo.

El mayordomo intervino entonces, con mayor serenidad que la que había demostrado pocos minutos antes.

—¡Todos a sus habitaciones! —ordenó dirigiéndose a la servidumbre.

El eficiente Mr. Rupert Bateman le dijo a George:

—¿Nos libramos de algunas de estas personas, señor?

Entonces todos hicieron una pausa para respirar.

—¡Es increíble! —dijo Lomax—. ¿Qué ha sucedido, Battle?

El superintendente lo miró y George recobró sus discretas maneras.

—Vuelvan a la cama, por favor —suplicó—. Se ha producido un... ah...

—Un pequeño accidente —le ayudó el superintendente Battle.

—Sí, un accidente —repitió George—. Les agradeceré que tengan la bondad de regresar a sus habitaciones.

Pero todos parecían dispuestos a quedarse allí.

—Lady Coote, por favor...

—¡Pobre muchacho! —dijo esta con tono maternal.

Se levantó con desgana del lado de Jimmy y, mientras lo hacía, Jimmy recobró el conocimiento.

—¡Hola! —dijo con voz vacilante—. ¿Qué ha pasado?

Miró a su alrededor con ojos asombrados y entonces recuperó la normalidad.

—¿Lo han cogido? —preguntó con ansia.

—¿A quién?

—Al hombre. Bajaba por la hiedra. Yo estaba junto a la puerta cristalera. Nos enzarzamos en una pelea.

—Alguno de esos terribles ladrones nocturnos, ¿verdad? —murmuro lady Coote—. Pobre muchacho.

Jimmy seguía mirando a su alrededor.

—Temo... temo que hayamos armado un buen estropicio. Ese individuo era fuerte como un toro y nos zurramos de lo lindo.

El estado de la habitación era una clara prueba de lo que decía. Todo cuanto de fácil y quebradizo había en un radio de tres metros estaba roto.

—¿Qué ha sucedido?

Pero Jimmy buscaba algo.

—¿Dónde está mi Leopold, el orgullo de las pistolas automáticas?

Battle señaló el arma encima de la mesa.

—¿Es suya, Mr. Thesiger?

—Sí. Es mi pequeña Leopold. ¿Cuántos tiros ha disparado?

—Uno.

Jimmy pareció mortificado.

—Me siento desilusionado —murmuró—. No habré apretado el gatillo debidamente, pues de lo contrario habría seguido disparando.

—¿Quién lo hizo primero?

—Yo —dijo Jimmy—. El hombre logró zafarse. Vi que se dirigía hacia la puerta cristalera, apreté el gatillo de Leopold y disparé. Entonces se volvió y disparó contra mí. Supongo que después de eso me desmayé.

Se rascó la cabeza.

Pero de pronto sir Stanley Digby manifestó su alarma.

—¿Bajando por la hiedra, dice? ¡Dios mío, Lomax! ¿Cree que los habrán robado?

Salió corriendo de la habitación. Por alguna curiosa razón, nadie habló durante su ausencia. Pocos minutos después, sir Stanley regresó. Su cara redonda y regordeta estaba pálida como la muerte.

—Oh, Dios mío, Battle —murmuró—. Los han robado. O'Rourke está dormido como un tronco, drogado. No puedo despertarlo. Y los documentos han desaparecido.

Capítulo 21
La recuperación de la fórmula

—*Der liebe Gott!* —dijo Herr Eberhard en un susurro. Su cara tenía el color de la cera.

George miró a Battle con reproche.

—¿Es cierto, Battle? Lo dejé todo en sus manos.

La calidad pétrea del superintendente se hizo evidente. Ni un solo músculo de su rostro se contrajo.

—A los mejores a veces también nos ganan, señor —repuso quedamente.

—Entonces, ¿quiere decir... quiere realmente decir que los documentos han desaparecido?

Pero, ante la sorpresa general, el superintendente Battle negó con la cabeza.

—No, Mr. Lomax. La situación no es tan mala como usted cree. Todo está en orden, pero no debe agradecérmelo a mí. Tiene que darle las gracias a esta joven. —Señaló a Loraine, que lo miraba sorprendida. Battle se dirigió hacia ella y tomó el paquete envuelto en papel marrón que esta aún sostenía sin darse cuenta—. Creo, Mr. Lomax, que aquí encontrará lo que desea.

Sir Stanley Digby, más rápido que George, cogió el paquete, lo abrió y examinó rápidamente su contenido. Un suspiro de alivio escapó de sus labios y se pasó la mano por la frente. Herr Eberhard se lanzó sobre el fruto de su ingenio y lo apretó contra su corazón, mientras una sarta de frases en alemán salía de su boca.

Sir Stanley se volvió a Loraine y le estrechó la mano con vigor.

—Mi estimada señorita —le dijo—, le estamos todos infinitamente agradecidos.

—Sí, desde luego —dijo George—. Aunque...

Se calló, perplejo, con los ojos fijos en aquella joven que le era absolutamente desconocida.

Loraine miraba suplicante a Jimmy, que acudió en su ayuda.

—Es miss Wade —anunció—, la hermana de Gerry Wade.

—¡Oh, sí! —exclamó George, cogiéndola de la mano calurosamente—. Mi querida miss Wade, quiero expresarle mi profunda gratitud por lo que ha hecho. Aunque debo admitir que no entiendo cómo...

Hizo una pausa y cuatro de las personas allí presentes sintieron que las explicaciones serían fraguadas con mucha lentitud. El superintendente Battle acudió en su ayuda.

—Acaso sea mejor que no entremos en detalles ahora, señor —sugirió con tacto.

El eficiente Mr. Bateman creó otra distracción.

—¿No sería conveniente que alguien viera a O'Rourke? ¿No le parece, señor, que debemos mandar a buscar al médico?

—Naturalmente —repuso George—. Debíamos haber pensado en ello antes. —Miró a Bill—. Llame al doctor Cartwright por teléfono y pídale que venga. Dígale que conviene guardar discreción.

Bill partió en busca del teléfono.

—Subiré con usted, Digby —dijo George—. Quizá podamos hacer algo mientras llega el médico.

Miró desolado a Rupert Bateman. La eficiencia siempre se hace sentir y Pongo dominaba la situación.

—¿Quiere que suba con usted, señor?

George, aliviado, aceptó el ofrecimiento. Veía en aquel

joven a alguien con quien podía contar plenamente. Experimentaba esa sensación de completa confianza en la eficacia de Mr. Bateman que experimentaban todos los que conocían a tan excelente joven.

Los tres hombres salieron juntos de la biblioteca. Lady Coote, sin dejar de murmurar con una voz llena de sentimiento: «Pobre muchacho. Quizá pueda ayudar en algo», se fue con ellos.

—Es una señora muy maternal —observó el superintendente Battle pensativo—. Muy maternal. Aunque yo me pregunto...

Tres pares de ojos se posaron en él inquisitivamente.

—Me pregunto —prosiguió el superintendente con lentitud— dónde puede encontrarse sir Oswald Coote.

—¡Oh! —exclamó Loraine—. ¿Cree que lo han asesinado?

Battle meneó la cabeza con aire de reproche.

—No hay que pensar en cosas tan melodramáticas. No, más bien imagino...

Hizo una pausa, inclinando la cabeza para escuchar y levantando la mano para pedir silencio.

Un instante después, los demás oyeron lo que su agudo oído había ya percibido. Alguien caminaba por la terraza. Los pasos sonaban con fuerza, sin ninguna pretensión de disimulo. A los pocos segundos, una corpulenta figura apareció en la puerta cristalera. Permaneció allí mirándolos y dando la sensación de que dominaba la situación.

Sir Oswald, pues era él, pasó la mirada lentamente de una cara a otra. Sus agudos ojos lo examinaron todo con detalle. Jimmy, con el brazo toscamente vendado; Bundle, aún con su extraña vestimenta; Loraine, una perfecta desconocida para él... Sus ojos se posaron finalmente en el superintendente Battle.

—¿Qué ha sucedido aquí, superintendente? —preguntó con voz seca.

—Robo frustrado, señor.

—¿Frustrado de verdad?

—Gracias a esta joven, miss Wade, los ladrones no han logrado su propósito.

—¡Ah! —dijo acabado su escrutinio—. Y ahora, superintendente, ¿qué me dice de esto?

Sostuvo en alto una pequeña pistola Mauser que sujetaba con mucha delicadeza por la culata.

—¿Dónde la ha encontrado, sir Oswald?

—En el césped. Supongo que uno de los ladrones la tiró al huir. He tenido cuidado al cogerla por si desea usted buscar huellas dactilares.

—Piensa usted en todo, sir Oswald —opinó Battle.

Cogió la pistola con igual cuidado y la colocó encima de la mesa, junto a la Colt de Jimmy.

—Y ahora, si me hace el favor —añadió sir Oswald—, me gustaría saber exactamente qué ha sucedido.

El superintendente Battle hizo un breve resumen de los sucesos de la noche y sir Oswald frunció el ceño, pensativo.

—Ya comprendo —dijo—. Después de herir e inutilizar a Mr. Thesiger, el individuo huyó arrojando la pistola. Sin embargo, no alcanzo a comprender por qué nadie lo persiguió.

—Solo supimos que había alguien a quien perseguir cuando Mr. Thesiger nos lo contó —observó el superintendente de forma seca.

—¿No lo vio usted al doblar la esquina de la terraza?

—No. Debe de habérseme escapado por unos cuarenta segundos. No hay luna y sería invisible en la oscuridad tan pronto saliera de la terraza. Debió desaparecer inmediatamente después de disparar.

—Sin embargo —observó sir Oswald—, sigo creyendo que hubiera debido organizarse una búsqueda. Alguien más debió haber estado vigilando.

—Tres de mis hombres están vigilando —le interrumpió el superintendente con voz queda.

—¡Oh! —Sir Oswald pareció sorprendido.

—Les encargué que detuvieran a quien intentara salir de aquí.

—¿Y, pese a ello, no lo han hecho?

—Y, pese a ello, no lo han hecho —asintió Battle con gravedad.

Sir Oswald lo miró como si algo en sus palabras le asombrara.

—¿Me está usted diciendo cuanto sabe, superintendente Battle? —preguntó tajante.

—Todo cuanto sé, sir Oswald. En cuanto a lo que pienso, eso es distinto. Quizá imagino algunas cosas curiosas, pero hasta que mis pensamientos se confirmen no vale la pena hablar de ello.

—Sin embargo —repuso sir Oswald—, me gustaría conocerlos, superintendente.

—Por una parte, pienso que hay demasiada hiedra en este lugar. Excúseme, señor, pero tiene un poco de ella en la chaqueta. Sí, demasiada hiedra. Complica las cosas.

Sir Oswald lo miró fijamente, pero la contestación que tenía en los labios murió al entrar Rupert Bateman.

—Ah, está usted aquí, sir Oswald. Al no verle por ninguna parte, lady Coote creía que había sido usted asesinado por los ladrones. Creo que haría usted bien en ir a su lado. Está terriblemente asustada.

—Maria es una mujer increíblemente tonta —observó sir Oswald—. ¿Por qué habría yo de ser asesinado? Acompáñeme, Bateman.

Salió de la biblioteca junto con su secretario.

—He aquí un joven muy eficiente —comentó Battle—. ¿Cómo se llama?

—Bateman, Rupert Bateman —dijo Jimmy—, comúnmente conocido como Pongo. Estudiamos juntos en el colegio.

—Esto es muy interesante, Mr. Thesiger. Dígame, ¿qué opinión tenía usted de él en sus tiempos escolares?

—Era la misma clase de penco que ahora.

—Jamás se me hubiera ocurrido considerarlo un penco —señaló Battle con voz suave.

—Ya sabe lo que quiero decir. Desde luego, no lo era en realidad. Muy inteligente y siempre empollando, pero terriblemente serio y sin sentido del humor.

—Es una lástima —observó el superintendente—. Los caballeros que carecen de sentido del humor suelen tomarse a sí mismos demasiado en serio, y eso lleva por malos caminos.

—No puedo imaginarme a Pongo por ningún mal camino —dijo Jimmy—. Ha logrado situarse muy bien como secretario particular del viejo Coote, y creo que el puesto será permanente.

—Superintendente Battle... —dijo Bundle.

—¿Sí, lady Eileen?

—¿No le parece muy raro que sir Oswald no haya dicho qué estaba haciendo en el jardín a estas horas de la noche?

—¡Ah! —exclamó Battle—. Sir Oswald es un hombre muy importante y los hombres importantes jamás dan una explicación a menos que se les pida. Apresurarse a dar explicaciones y excusas constituye un signo de debilidad, y sir Oswald lo sabe tan bien como yo. No solo no está dispuesto a explicarse, sino que me pide explicaciones a mí. Sir Oswald es un hombre muy importante, desde luego.

A la vista de la cálida admiración manifestada por el superintendente, Bundle no insistió más en el asunto.

—Y ahora —dijo Battle mirando a su alrededor con cierto brillo en los ojos—, ahora que estamos solos y en amable compañía, me gustaría saber por qué llegó miss Wade tan a tiempo.

—Deberías estar avergonzada de ti misma por engañarnos a todos así —comentó Jimmy.

—¿Por qué tenía que ser relegada de esa forma? —gritó Loraine apasionadamente—. Jamás pensé permanecer al margen. No, ni siquiera aquel día en tu apartamento, cuando ambos explicasteis que lo mejor que podía hacer era permanecer en casa y alejarme de todo peligro. Entonces no dije nada, pero después de pensarlo tomé una decisión.

—Así lo sospeché —dijo Bundle—. Se mostró usted demasiado mansa.

—Yo creí que actuabas de manera muy sensata —observó Jimmy Thesiger.

—Fue muy fácil engañarte, querido Jimmy —repuso Loraine.

—Gracias por estas palabras —dijo él—. Sigue hablando y no te preocupes por mí.

—Cuando telefoneaste y dijiste que podía haber peligro, me sentí más dispuesta que nunca —prosiguió Loraine—. Entonces fui a Harrods y compré una pistola. Aquí está.

Sacó la pequeña arma, que el superintendente cogió y examinó.

—Es un juguete mortífero, miss Wade —dijo—. ¿Tiene usted mucha práctica con él?

—Ninguna en absoluto —repuso Loraine—. Pero pensé que si la llevaba conmigo me sentiría más segura y tranquila.

—Comprendo —asintió Battle gravemente.

—Mi idea era venir aquí y ver lo que estaba sucediendo. Dejé el coche en la carretera, atravesé el seto y llegué a la terraza. Estaba mirando a mi alrededor cuando, de pronto, algo cayó junto a mí. Lo recogí y entonces levanté la mirada para ver de dónde había caído. Vi al hombre que bajaba por la hiedra y salí corriendo.

—Ya —dijo Battle—. ¿Puede usted describir a ese hombre, miss Wade?

La muchacha negó con la cabeza.

—Estaba demasiado oscuro para ver con claridad. Creo que se trataba de un hombre grueso. No pude observar nada más.

—Ahora usted, Mr. Thesiger. —Battle se volvió hacia Jimmy—. Usted luchó con ese hombre. ¿Puede decirme algo de él?

—Era bastante fornido, eso es cuanto puedo decir. Gruñó algo con voz ronca cuando le cogí por el cuello. Dijo: «Suélteme, patrón», o algo así.

—¿Un hombre inculto?

—Supongo que sí. Hablaba como si lo fuera.

—Todavía no llego a comprender lo del paquete —intervino Loraine—. ¿Por qué lo tiró a la terraza? ¿Acaso le molestaba para bajar por la hiedra?

—No —repuso Battle—. Tengo otra teoría acerca de esto. Este paquete le fue deliberadamente arrojado a usted, por lo menos, así lo creo.

—¿A mí?

—Digamos que a la persona que el ladrón creyó que era usted.

—Eso se complica —murmuró Jimmy.

—¿Encendió la luz cuando entró en esta habitación, Mr. Thesiger?

—Sí.

—¿No había nadie en ella?

—Nadie.

—Pero anteriormente le pareció oír un ruido, como si alguien anduviese por aquí, ¿no es así?

—Sí.

—¿Apagó usted la luz después de acercarse a la puerta cristalera y cerró la puerta que da al vestíbulo?

Jimmy asintió.

El superintendente Battle paseó la mirada lentamente a su alrededor y la detuvo en un gran biombo de cuero que había cerca de una de las estanterías.

Súbitamente, cruzó la habitación y miró detrás del biombo. Lanzó una brusca exclamación y los tres jóvenes se acercaron a toda prisa.

Tendida en el suelo, en posición fetal y desmayada, se encontraba la condesa Radzky.

Capítulo 22
El relato de la condesa Radzky

La vuelta en sí de la condesa fue mucho más prolongada e infinitamente más artística que la de Jimmy Thesiger.

Artística era una de las palabras de Bundle. Le había administrado con celo sus cuidados, que consistieron sobre todo en una generosa aplicación de agua fría, a la que la condesa respondió rápidamente, pasándose la mano blanca y lánguida por la frente y murmurando con un soplo de aliento.

Fue entonces cuando Bill, relevado ya de sus deberes con el teléfono y los médicos, entró en la habitación y procedió, en opinión de Bundle, a hacer el idiota de una manera muy notable.

Se inclinó sobre la condesa con la preocupación y la ansiedad retratadas en el rostro, haciéndole varias estúpidas observaciones.

—Todo va bien, condesa. Todo va bien. No intente hablar, no le conviene. Permanezca quieta. Dentro de un minuto se sentirá mejor y lo recordará todo. No diga nada hasta que esté completamente recuperada. Tómese todo el tiempo que quiera. Quédese echada y cierre los ojos. Lo recordará todo enseguida. Tome otro sorbo de agua. Un poquito de coñac. Eso es. Bundle, ¿no crees que un poco de coñac...?

—Por el amor de Dios, Bill, déjala tranquila —contestó Bundle harta—. Enseguida estará bien.

Con mano experta, volcó una buena dosis de agua fría en el exquisito maquillaje de la cara de la condesa. Esta se estremeció y se sentó. Parecía mucho más despierta.

—¡Ah! —murmuró—. Estoy aquí. Sí, estoy aquí.

—Tómese su tiempo —dijo Bill—. No hable hasta que se sienta bien del todo.

La condesa se arrebujó entre los pliegues de su muy transparente salto de cama.

—Ya recuerdo —susurró—. Sí, ya recuerdo.

Posó la mirada en el pequeño grupo que la rodeaba. Quizá algo en una de aquellas caras no le pareció agradable. De todos modos, sonrió con intención a aquel rostro que reflejaba una muy opuesta emoción.

—Ah, mi gran inglés —dijo muy suavemente—, no se apene. Ya estoy bien.

—¿Está usted segura? —preguntó Bill con ansiedad.

—Sí —repuso sonriéndole—. Los húngaros tenemos nervios de acero.

La cara de Bill reflejó el alivio que sentía, una expresión reemplazada de inmediato por otra muy fatua.

A Bundle le entraron ganas de darle un puntapié.

—Beba un poco de agua —dijo con un tono desabrido.

La condesa negó con la cabeza. Jimmy, más sensible ante la belleza en desgracia, propuso un cóctel y ella reaccionó favorablemente a esa invitación. Así pues, lo tomó y miró a su alrededor, esta vez más animada.

—¿Qué ha sucedido? —preguntó vivamente.

—Esperábamos que usted pudiera contárnoslo —replicó el superintendente Battle.

La condesa lo miró alerta y pareció darse cuenta por primera vez de la presencia de aquel hombre.

—Fui a su habitación —dijo Bundle—. La cama estaba intacta y usted no se encontraba en ella.

Hizo una pausa, mirándola con ojos acusadores. La condesa cerró los suyos y asintió.

—Sí, sí. Ahora lo recuerdo todo. ¡Fue horrible! —Se estremeció—. ¿Quieren que se lo cuente?

—Si nos hace usted el favor —asintió el superintendente Battle.

—No lo haga si no se siente lo bastante bien para ello —observó Bill al mismo tiempo.

La condesa pasó la mirada de uno a otro, pero fue el tranquilo y reposado superintendente quien venció.

—No podía dormir —empezó a decir—. La casa parecía oprimirme. Estaba muy nerviosa y sabía que era inútil que me metiera en la cama, pues no dormiría. Paseé por mi habitación. Después leí, pero los libros que había no me interesaban. Entonces decidí bajar a la biblioteca y buscar algo más interesante.

—Es muy natural —observó Bill.

—Creo que es algo bastante corriente —dijo Battle.

—Así pues, tan pronto se me ocurrió hacerlo, salí de mi habitación y bajé. La casa estaba silenciosa y...

—Perdóneme —la interrumpió el superintendente Battle—. ¿Puede darme una idea de la hora que era entonces?

—Nunca sé la hora —repuso la condesa majestuosamente y continuó su relato—. La casa estaba en silencio. Se habrían podido oír las pisadas de una ratita de haberlas habido aquí. Bajé las escaleras muy silenciosamente.

—¿Muy silenciosamente?

—Sí. No quería despertar a nadie —observó con un deje de reproche en la voz—. Vine aquí, a este rincón, y busqué en las estanterías un libro que me interesara.

—Naturalmente, después de haber encendido primero la luz.

—No, no encendí la luz. Llevaba una pequeña linterna y me serví de ella para examinar los libros.

—¡Ah! —exclamó el superintendente.

—De pronto —prosiguió dramatizando—, oigo algo, un ruido furtivo, una pisada ahogada. Apago la linterna y escucho. Los pasos se acercan, furtivos y horribles pasos. Me escondo detrás del biombo. Poco después, se abre la puerta y alguien enciende la luz. El hombre, el ladrón, entra en la biblioteca.

—Pero... —empezó a decir Mr. Thesiger.

Un pie grande se posó sobre el suyo. Dándose cuenta de que el superintendente le estaba dando una indicación, Jimmy se calló.

—Casi me muero de miedo —continuó relatando la condesa—. Intento no respirar. El hombre espera un momento, escuchando. Entonces, aún con esos pasos horribles y furtivos...

De nuevo Jimmy volvió a abrir la boca para protestar y volvió a cerrarla otra vez sin haberlo hecho.

—... se dirige a la puerta cristalera y mira al exterior. Permanece allí un minuto o dos. Luego vuelve a cruzar la habitación, apaga la luz y cierra la puerta con llave. Me siento atemorizada. Está en la habitación, moviéndose furtivamente en la oscuridad. ¡Es horrible! Temo que dé conmigo. Unos instantes después, lo oigo de nuevo junto a la puerta cristalera. Silencio. Espero que haya salido por ella. Al transcurrir algunos minutos y no oír ningún otro ruido, estoy casi segura de que lo ha hecho. Voy a encender la linterna cuando, *prestissimo*, todo empieza.

—¿Sí?

—¡Fue terrible! ¡Jamás podré olvidarlo! Dos hombres trataban de matarse. ¡Qué horror! Se tambaleaban por la habitación y destrozaban muebles al golpearse. Me pareció oír gritar a una mujer, pero no fue en la biblioteca, sino fuera. El criminal tenía una voz ruda. Gruñía más que hablaba. «Suélteme, suélteme», decía. El otro era un caballero. Tenía una voz inglesa muy culta.

Jimmy la miró, agradecido.

—Solo juraba —prosiguió la condesa.

—Era claramente un caballero —asintió Battle.

—Y en aquel momento —siguió diciendo la condesa—, se produjo un fogonazo seguido de una detonación. La bala dio en la estantería junto a mí. Entonces debí de desmayarme.

Miró a Bill, que le cogió la mano y se la acarició.

—¡Pobrecilla! —dijo compungido—. ¡Cómo debió de sufrir!

«¡Idiota!», pensó Battle.

El superintendente se dirigió a la estantería situada algo a la derecha del biombo y se inclinó, buscando. Poco después, recogió algo.

—No fue la bala, condesa —dijo—, sino el casquillo. ¿Dónde estaba usted cuando disparó, Mr. Thesiger?

Jimmy se colocó junto a la puerta cristalera.

—Creo que aquí, más o menos.

El superintendente fue a aquel lugar.

—Sí —asintió—. El casquillo hubiera ido a parar allí. Es del calibre 455. No me extraña que la condesa creyera que se trataba de una bala. Golpeó la estantería a un pie de donde ella se encontraba. La bala rozó el marco de la puerta cristalera. Mañana la encontraremos, a menos que el asaltante la lleve en el cuerpo.

Jimmy meneó la cabeza, pesaroso.

—Temo que mi Leopold no se haya cubierto de gloria —observó.

La condesa lo miraba con expresión halagadora.

—¡Su brazo! —exclamó—. ¡Está vendado! Entonces fue usted...

Jimmy hizo una cómica reverencia.

—Me complace tener una voz culta —dijo—, y le aseguro que no se me hubiera ocurrido emplear ese lenguaje de haber sabido que estaba presente una dama.

—No lo comprendí todo —se apresuró a explicar la condesa—. Aunque de pequeña tuve una niñera inglesa...

—No eran palabras que ella hubiese podido enseñarle

—dijo Jimmy—. Seguramente, la tenía ocupada con aquello de la pluma de mi tío, el paraguas de la sobrina del jardinero y otras zarandajas.

—Pero ¿qué ha ocurrido? —preguntó la condesa—. Eso es lo que quiero saber. Exijo saber lo que ha pasado.

Se produjo un corto silencio, durante el cual todos miraron al superintendente Battle.

—Es muy sencillo —explicó este con suavidad—. Un robo frustrado. Los ladrones casi consiguieron escapar llevándose unos documentos políticos de sir Stanley Digby, pero gracias a esta señorita —señaló a Loraine—, no lo lograron.

La condesa miró a la muchacha. Había algo extraño en sus ojos.

—¡Ah! —exclamó con frialdad.

—Por una afortunada coincidencia, ella se encontraba aquí —dijo el superintendente sonriendo.

La condesa suspiró levemente y entornó los párpados.

—Es absurdo, pero me siento muy débil —murmuró.

—Es normal —exclamó Bill—. Déjeme acompañarla a su habitación. Bundle también vendrá.

—Lady Eileen es muy amable —repuso la condesa—, pero prefiero estar sola. Estoy bien, de verdad. ¿Quiere ayudarme a subir las escaleras?

Se levantó, aceptó el brazo de Bill y, apoyándose en él, salió de la habitación. Bundle los siguió hasta el vestíbulo, pero la condesa le reiteró con un leve tono agrio que estaba bien, y la joven tuvo que desistir de acompañarlos hasta el piso de arriba.

Mientras observaba cómo la condesa, ayudada por Bill, subía lentamente las escaleras, su cuerpo se puso rígido. Como ya se ha mencionado, el salto de cama de la condesa era muy transparente: un simple velo de gasa color naranja. A través de él, Bundle vio con claridad, debajo del hombro derecho, un pequeño lunar.

Conteniendo una exclamación de sorpresa, esta se dirigió impetuosamente hacia la biblioteca, de la cual salía Battle. Jimmy y Loraine le habían precedido.

—He cerrado la puerta cristalera y he dejado a un hombre de guardia junto a ella, y ahora cerraré esta puerta y me llevaré la llave. Por la mañana, haremos lo que los franceses llaman *reconstrucción del crimen* —dijo—. Sí, lady Eileen, ¿quiere usted algo?

—Debo hablar con usted enseguida, superintendente.

—Desde luego, yo...

En aquel momento apareció George Lomax acompañado del doctor Cartwright.

—¡Ah, está usted aquí, Battle! Le complacerá saber que O'Rourke no corre peligro alguno.

—Jamás pensé que lo corriera —comentó el superintendente.

—Se le ha administrado una fuerte dosis de sedante —dijo el médico—. Por la mañana, se despertará como si nada le hubiera ocurrido. Quizá tenga la cabeza algo pesada, o tal vez no. Y ahora, joven, examinemos esa herida de bala.

—Vamos, enfermera —dijo Jimmy a Loraine—. Ven, cógeme de la mano y contemplarás la agonía de un hombre fuerte.

Jimmy, Loraine y el doctor salieron juntos; Bundle siguió mirando con ansiedad al superintendente Battle, al que George tenía arrinconado.

El superintendente esperó con paciencia hasta que se produjo una pausa en la locuacidad de George y entonces supo valerse hábilmente de ella.

—Desearía hablar en privado con sir Stanley. ¿Podríamos hacerlo en aquel gabinete?

—Claro —dijo George—. Voy a avisar a sir Stanley.

Subió apresuradamente al piso de arriba. Battle llevó a Bundle al salón y cerró la puerta.

—¿De qué se trata, lady Eileen?

—Se lo explicaré lo más deprisa que pueda, pero es algo largo y complicado.

Bundle relató concisamente su incursión en el club Las Siete Esferas y sus subsiguientes aventuras allí. Cuando hubo terminado, el superintendente Battle suspiró. Por una vez, su rostro perdía su impasibilidad.

—¡Asombroso! —exclamó—. Francamente asombroso. Jamás habría creído que alguien pudiese hacerlo, ni siquiera usted, lady Eileen. Debí haber sido menos confiado.

—Pero usted me dio una pista. Dijo que le preguntara a Bill.

—Es peligroso dar pistas a personas como usted, lady Eileen. Jamás creí que haría usted lo que hizo.

—Ya está hecho, superintendente, y por otra parte, no es usted responsable de mi muerte.

—No todavía, desde luego —afirmó Battle muy serio.

Permaneció pensativo mientras repasaba los hechos.

—No alcanzo a comprender cómo pudo Mr. Thesiger permitir que corriera semejante peligro —observó.

—No lo supo hasta después —dijo Bundle—. No soy ninguna niña tonta, superintendente Battle, y además Jimmy está ocupado cuidando a miss Wade.

—¿Sí? —dijo el policía—. ¡Ah!

Hizo un pequeño guiño.

—Tendré que encargarle a Mr. Eversleigh que cuide de usted, lady Eileen.

—¡Bill! —atajó Bundle despectivamente—. Pero no ha oído usted el final de mi historia: la mujer a quien vi allí, Anna, la número uno, es la condesa Radzky.

Y rápidamente procedió a describir cómo la había identificado por el lunar.

Ante su sorpresa, Battle vacilaba y dudaba.

—Un lunar es muy poca cosa para sostener una afirmación tan grave, lady Eileen. Es muy posible que dos mujeres tengan un lunar en el mismo lugar de su cuerpo. Debe usted recordar que la condesa Radzky es muy conocida en Hungría.

—Entonces esta no es la verdadera condesa. Le aseguro que se trata de la misma mujer a quien vi allí. Y fíjese en qué estado la hemos encontrado esta noche. No creo siquiera que estuviera desmayada.

—Yo no diría eso, lady Eileen. El rebote del casquillo en la estantería, en tales circunstancias, habría asustado terriblemente a cualquier mujer.

—¿Por qué estaba ella allí, superintendente? No se va a buscar un libro con una linterna.

—Voy a depositar mi confianza en usted, lady Eileen. La conducta de la condesa es verdaderamente sospechosa. Lo sé tan bien como usted. Es muy sospechosa, pero tenemos que ir con pies de plomo. No queremos incidentes desagradables con las embajadas. Primero, debemos asegurarnos.

—Ya comprendo. Si usted estuviera seguro...

—Hay algo más. Durante la guerra, la gente protestaba porque había espías alemanes por todas partes y decían que no hacíamos nada contra ellos. No prestamos atención a esas manifestaciones, de las que los periódicos se hicieron eco. Dejamos que los espías de poca monta siguieran sus andanzas. ¿Por qué? Porque a través de ellos, antes o después, pillamos al tipo importante, el que estaba en la cúspide.

—¿Quiere usted decir...?

—No se preocupe por el significado de mis palabras, lady Eileen. Pero recuerde esto: sé todo cuanto hay que saber acerca de la condesa, y quiero que se la deje en paz. Y ahora —añadió el superintendente—, tengo que pensar en algo que contarle a sir Stanley Digby.

Capítulo 23
El superintendente Battle actúa

Eran las diez de la mañana siguiente. El sol entraba a raudales por las puertas cristaleras de la biblioteca, donde el superintendente estaba trabajando desde las seis. En respuesta a su llamada, George Lomax, sir Oswald Coote y Jimmy Thesiger acababan de entrar en la habitación después de haberse recuperado de las fatigas pasadas con un suculento desayuno. Jimmy llevaba el brazo en cabestrillo, única señal de los sucesos de la noche anterior.

El superintendente los miró con benevolencia, con el aspecto de un bondadoso conservador de museo mostrándoselo a unos muchachos. Junto a él, encima de una mesa, había varios objetos, cada uno de los cuales ostentaba una etiqueta. Jimmy reconoció su pistola entre ellos.

—Estoy ansioso por conocer cuáles han sido sus progresos, superintendente —dijo George Lomax—. ¿Ha sido detenido el hombre?

—Nos costará mucho hacerlo —repuso el superintendente, sin que su fracaso a ese respecto pareciera importarle demasiado.

George Lomax no pareció muy complacido. Detestaba cualquier ligereza.

—Tengo todos los objetos bien clasificados —prosiguió el detective—. Aquí tenemos dos balas —añadió cogiendo dos objetos de la mesa—: la mayor es del calibre 455 y fue disparada por la pistola automática Colt de Mr. Thesiger. Rozó el marco del ventanal y la encontré incrustada en el tronco de un árbol. Esta más pequeña fue disparada por la Mauser del 25. Después de atravesar el brazo de Mr. Thesiger, se incrustó en este sillón. En cuanto a la pistola...

—¿Ha encontrado algunas huellas? —preguntó vivamente sir Oswald.

Battle meneó la cabeza.

—El hombre que la disparó llevaba guantes —dijo.

—Es una lástima —observó sir Oswald.

—Es natural que los llevara si conocía su oficio. ¿Estoy en lo cierto, sir Oswald, al creer que encontró la pistola a unos veinte metros del final de los escalones que conducen a la terraza?

Sir Oswald se dirigió hacia la puerta cristalera.

—Casi exactamente a esa distancia —dijo.

—No quiero criticarlo, pero creo que habría sido preferible que la hubiera dejado donde la encontró, señor.

—Lo siento —repuso sir Oswald fríamente.

—Ahora eso no importa. He podido reconstruir las cosas. Allí estaban las huellas de sus pisadas, que empezaban al pie de los escalones y llegaban hasta el lugar donde claramente se detuvo y se agachó. Además, el césped presentaba una marca muy sugestiva. A propósito, señor, ¿cuál es su teoría acerca de la pistola que encontró?

—Supongo que el hombre debió de dejarla caer en su huida.

Battle negó con la cabeza.

—No la dejó caer, sir Oswald. Hay dos pistas que indican lo contrario. En primer lugar, allí solo se ven unas huellas: las de usted.

—Comprendo —repuso sir Oswald pensativo.

—¿Está seguro de lo que dice, Battle? —preguntó George.

—Completamente, señor. Hay otras pisadas que cruzan el césped, pero son las de miss Wade y están bastante hacia la izquierda. —Hizo una pausa y prosiguió—: Además, tenemos la señal en el césped. La pistola cayó con bastante fuerza. Todo indica que fue arrojada allí.

—¿Y por qué no? —objetó sir Oswald—. Digamos que el hombre huyó por el sendero de la izquierda. No dejaría huellas de ninguna clase. Y entonces, debió de arrojar la pistola al césped. ¿No lo cree usted así, Lomax?

George asintió.

—Ciertamente, no dejaría huellas en el sendero —admitió Battle—, pero por la forma de la marca en el suelo y en el césped, no creo que fuera arrojada desde esa dirección, sino desde la terraza.

—Es muy posible que así haya sido —dijo sir Oswald—. ¿Cree usted que eso puede tener alguna importancia?

—Sí, Battle —intervino George—. ¿Es... esteee... estrictamente importante?

—Quizá no, Mr. Lomax, pero nos gusta saber cómo ocurren exactamente las cosas. Les agradecería que uno de ustedes, caballeros, cogiera esta pistola y la arrojara. ¿Quiere hacerlo usted, sir Oswald? Es usted muy amable. Sitúese aquí, junto a la puerta cristalera. Ahora arrójela al césped.

Sir Oswald obedeció y tiró la pistola con un poderoso impulso. Jimmy Thesiger se acercó a él con evidente interés. El superintendente fue a buscarla y regresó sonriente.

—Eso es, señor. Exactamente la misma clase de señal. Aunque, por cierto, la ha mandado sus buenos diez metros más lejos. Pero hay que tener en cuenta que su constitución es muy robusta. Perdóneme, pero creo haber oído un ruido junto a la puerta.

El oído del superintendente debía de ser mucho más agudo que el de los demás. Nadie había oído nada, pero Battle tenía razón, pues lady Coote estaba en el vestíbulo con un vaso en la mano.

—Tu medicina, Oswald —dijo al entrar en la habitación—. Te has olvidado tomarla después del desayuno.

—Estoy muy ocupado, Maria —repuso sir Oswald—. No quiero la medicina ahora.

—Nunca la tomarías si no fuera por mí —prosiguió su esposa, sin hacerle mucho caso—. Eres como un niño pequeño. Vamos, tómatela.

Humilde y obediente, el gran magnate del acero se bebió el contenido del vaso.

Lady Coote sonrió y se dirigió a todos con dulzura.

—¿Les interrumpo? ¿Están muy ocupados? ¡Oh, esos revólveres! ¡Qué aspecto tan siniestro tienen! Y pensar, Oswald, que el ladrón pudo haberte matado anoche.

—Debió usted de alarmarse al no verlo, lady Coote —observó Battle.

—Al principio, no me asusté —admitió lady Coote—. Este pobre joven —señaló a Jimmy— con una herida de bala en el brazo y todo tan terrible, pero tan excitante también. Solo cuando Mr. Bateman me preguntó dónde estaba sir Oswald recordé que había salido a dar un paseo media hora antes.

—¿No podía usted dormir, sir Oswald? —preguntó el superintendente.

—Por lo general, duermo sin problemas —contestó sir Oswald—. Pero confieso que anoche me sentía muy inquieto. Pensé que el aire de la noche me haría bien.

—Supongo que salió por este ventanal.

¿Era imaginación suya o sir Oswald realmente vaciló antes de contestar?

—Sí.

—Y en zapatillas —observó lady Coote—, en lugar de ponerse los zapatos. ¿Qué sería de ti si no me tuvieras para cuidarte?

Lady Coote meneó la cabeza tristemente.

—Creo que deberías dejarnos ahora, Maria. Tenemos mucho de que tratar todavía.

—Ya me voy, querido.

Lady Coote se retiró, llevándose el vaso como si se tratara de un cubilete con el que hubiera administrado una dosis mortífera.

—Bien, Battle —dijo George Lomax—, creo que todo está muy claro. Sí, perfectamente claro. El hombre dispara contra Mr. Thesiger, inutilizándolo, arroja el arma, sale corriendo por la ventana y sale al sendero.

—Donde mis hombres lo hubieran detenido —observó Battle.

—Sus hombres, Battle, me parecen singularmente negligentes. No vieron entrar a miss Wade y pudieron muy bien no ver tampoco al ladrón al huir.

El superintendente abrió la boca para hablar, pero pareció pensarlo mejor y se calló. Jimmy Thesiger lo miró con curiosidad. Hubiera dado lo que fuera por saber lo que Battle estaba pensando.

—Debe de tratarse de un campeón de atletismo —fue cuanto el hombre de Scotland Yard se limitó a decir.

—¿Qué significan sus palabras, Battle?

—Ni más ni menos que lo que he dicho, Mr. Lomax. Yo doblé la esquina de la terraza no más de cincuenta segundos después de que el disparo fuera realizado. Y un hombre que pudiera recorrer esa distancia en mi dirección y desaparecer tras el recodo del sendero antes de que yo llegara a la esquina de la casa tiene que ser un corredor formidable.

—No lo comprendo, Battle. Tiene usted alguna idea que no alcanzo a vislumbrar. Primero, dice que el hombre no cruzó el césped y ahora sugiere... ¿Qué sugiere usted exactamente? ¿Que el hombre no huyó por el sendero? ¿Por dónde desapareció entonces?

Por toda contestación, el superintendente señaló a lo alto, con la mano cerrada y el pulgar hacia arriba.

—¿Eh? —exclamó George.

El policía repitió el gesto con más vigor. George levantó la cabeza y miró al techo.

—Allí arriba —dijo Battle—. Trepó otra vez por la hiedra.

—Tonterías, superintendente. Lo que usted sugiere es imposible.

—No del todo, señor. Lo había hecho una vez y bien pudo repetirlo.

—No quiero decir imposible en este sentido. Si el hombre quería escapar, jamás se hubiera encerrado en el interior de la casa.

—Era el lugar más seguro para él, Mr. Lomax.

—Pero la puerta del dormitorio de Mr. O'Rourke estaba todavía cerrada cuando entramos.

—¿Y cómo entraron ustedes? Por la habitación de sir Stanley. Ese es el camino que siguió nuestro hombre. Lady Eileen me ha dicho que vio moverse el pomo de la puerta del cuarto de Mr. O'Rourke. Eso fue cuando nuestro amigo subió la primera vez. Sospecho que la llave debía encontrarse debajo de la almohada de Mr. O'Rourke. El camino que recorrió la segunda vez parece evidente: por la puerta de comunicación entró en la habitación de sir Stanley, que desde luego estaba vacía. Al igual que los demás, sir Stanley bajó corriendo a la biblioteca. Ningún obstáculo se interponía ante nuestro hombre.

—¿Y dónde fue después?

El superintendente se encogió de hombros y evitó una respuesta directa.

—Pudo haber ido a muchas partes; acaso entró en una habitación desocupada al otro lado de la casa y se descolgó de nuevo por la hiedra o salió por una puerta lateral. Cabe también la posibilidad de que permaneciera en el interior de la casa si trabajó desde dentro.

George lo miró con irritada sorpresa.

—En verdad, Battle. Sentiría muy profundamente que uno de mis criados, en quienes tengo plena confianza... Me dolería mucho tener que sospechar...

—Nadie le pide que sospeche, Mr. Lomax. Estoy simplemente exponiendo diversas posibilidades. Los sirvientes pueden ser de toda confianza y seguramente lo son.

—Me ha afligido usted mucho —dijo George—. Sí, me siento muy apenado.

Sus ojos parecían más saltones que nunca.

Para poner fin a la embarazosa situación, Jimmy señaló un curioso objeto negro que se encontraba encima de la mesa.

—¿Qué es esto? —preguntó.

—Es la prueba Z —dijo Battle—, la última de ellas. Es, o más bien fue, un guante.

Cogió aquella cosa requemada y la mostró con orgullo.

—¿Dónde lo ha encontrado? —preguntó sir Oswald.

Battle miró por encima del hombro.

—En la chimenea, casi quemado del todo, pero no completamente. Es extraño. Parece como si hubiera sido masticado por un perro.

—Acaso sea de miss Wade —sugirió Jimmy—. Tiene varios perros.

El superintendente meneó la cabeza.

—No es un guante de señora, no. No de la clase que llevan hoy día. Pruébeselo usted, señor.

Ajustó aquella cosa ennegrecida en la mano de Jimmy.

—¿Ve? Es grande incluso para usted.

—¿Concede usted importancia a este descubrimiento? —preguntó sir Oswald con frialdad.

—Uno nunca puede saber lo que tendrá importancia o no la tendrá.

Llamaron a la puerta y Bundle entró.

—Lo siento —dijo excusándose—, pero papá me acaba de llamar por teléfono. Dice que debo ir a casa enseguida, pues todo el mundo lo está molestando.

Hizo una pausa.

—¿Sí, querida Eileen? —la animó George al ver que no lo había dicho todo.

—No les hubiera interrumpido. Lo he hecho creyendo que acaso estuviera relacionado con todo esto. Mi padre está angustiado porque uno de nuestros lacayos ha desaparecido. Salió anoche y no ha regresado.

—¿Cómo se llama ese hombre? —preguntó sir Oswald.

—John Bauer.

—¿Es inglés?

—Creo que dice ser suizo. En mi opinión, debe de ser alemán. Sin embargo, habla inglés perfectamente.

—¡Ah! —exclamó sir Oswald—. ¿Cuánto tiempo ha estado en Chimneys?

—Algo menos de un mes.

Sir Oswald se volvió a los otros.

—Ahí tenemos a nuestro hombre. Usted sabe tan bien como yo, Lomax, que varios gobiernos extranjeros están detrás de esta fórmula. Ahora recuerdo al lacayo: es un hombre alto, que conoce bien su trabajo. Llegó alrededor de quince días antes de que nosotros nos marcháramos. Muy inteligente. Aquí se hubieran examinado con sumo cuidado los antecedentes de un nuevo lacayo, pero en Chimneys, a cinco millas de distancia...

No acabó la frase.

—¿Cree usted que el plan fue elaborado con tanta anticipación?

—¿Por qué no? Esa fórmula vale millones, Lomax. Sin duda, Bauer esperaba tener acceso a mis papeles privados en Chimneys y enterarse de planes futuros relacionados con ella. Parece probable que tenga un cómplice en esta casa, alguien que le describió el lugar y se encargó de drogar a O'Rourke. Pero Bauer fue el hombre que miss Wade vio bajar por la hiedra, el hombre fornido.

Se volvió al superintendente Battle.

—Bauer es su hombre, superintendente. Y de una manera u otra ha dejado que se le escapara entre los dedos.

Capítulo 24
Bundle duda

El superintendente Battle se sintió claramente sorprendido. Se acariciaba la barbilla pensativo.

—Sir Oswald tiene razón, Battle —dijo George—. Ese es el hombre. ¿Va a detenerlo?

—Quizá sí, señor. Ciertamente, parece sospechoso. Desde luego, puede volver a aparecer por Chimneys.

—¿Lo cree usted probable?

—No —admitió Battle—. Sin embargo, parece como si Bauer fuese el hombre. Pero no alcanzo a comprender cómo pudo entrar y salir sin ser visto.

—Ya le he comunicado mi opinión acerca de los hombres que usted colocó de vigilancia —dijo George—. Son totalmente inútiles. No quiero culparlo a usted, superintendente, pero...

Su pausa fue elocuente.

—Tengo una buena espalda —observó Battle con ligereza.

Meneó la cabeza y suspiró.

—Ahora debo telefonear. Dispénsenme, señores. Lo siento, Mr. Lomax. Me temo que las cosas están embrolladas, muy embrolladas.

Salió apresuradamente de la habitación.

—Vamos al jardín —le dijo Bundle a Jimmy—. Quiero hablar con usted.

Salieron juntos por la puerta cristalera. Jimmy miró al césped con el ceño fruncido.

—¿Qué sucede? —preguntó Bundle.

Jimmy le contó el episodio de la pistola.

—Me pregunto qué se proponía Battle cuando hizo que Coote arrojara la pistola. Cayó unos diez metros más allá de donde debería haberlo hecho. Battle es un hombre muy inteligente, Bundle.

—Es extraordinario —afirmó esta—. Quiero contarle a usted algo acerca de anoche.

A continuación, procedió a relatarle su conversación con Battle. Jimmy la escuchaba con atención.

—Así pues, la condesa es el número uno —dijo pensativo—. Todo encaja muy bien. El número dos, Bauer, sale de Chimneys y trepa a la habitación de O'Rourke sabiendo que a este se le ha administrado un narcótico. Puede haberlo hecho la condesa u otra persona. El plan prevé que arrojará los papeles a la condesa, que estará esperando en la terraza. Y ella regresará a su habitación entrando por la biblioteca. Si detienen a Bauer al salir de aquí, no se le encontrará nada. Sí, era un buen plan, pero salió mal. Apenas llegada a la biblioteca, la condesa me oyó y debió de esconderse detrás del biombo. Estaba en una situación delicada, pues no podía avisar a su cómplice. El número dos cometió el robo, miró por la ventana y creyó ver a la condesa abajo esperando, le tiró los papeles y bajó por la hiedra. Al llegar abajo, tuvo una desagradable sorpresa al verme a mí, esperándole. La condesa debió de sentirse muy nerviosa en su escondite. Considerando cómo sucedieron las cosas, supo preparar una buena excusa. Sí, todo encaja perfectamente bien.

—Demasiado bien —opinó Bundle con decisión.

—¿Cómo? —repuso Jimmy sorprendido.

—¿Qué hay del número siete, que jamás aparece y se mantiene siempre en las sombras? ¿La condesa y Bauer? No, no es tan sencillo como parece. Bauer estuvo aquí anoche, desde luego, pero solo por si las cosas salían mal, como han salido. Su papel era el de víctima propiciatoria: alejar toda sospecha del jefe, del número siete.

—¿No habrá leído usted demasiadas novelas de misterio? —preguntó Jimmy con ansiedad.

Bundle lo miró con significado reproche.

—Bueno —dijo Jimmy—. Todavía no soy como la Reina de Corazones. No puedo creer seis cosas imposibles antes del desayuno.

—Ya ha pasado la hora del desayuno.

—O incluso después del desayuno. Tenemos una hipótesis con todos los visos de realidad y usted se niega a aceptarla simplemente porque quiere hacer las cosas más difíciles —dijo Jimmy.

—Así es, lo siento —repuso Bundle—, pero me aferro apasionadamente a mi opinión de que el misterioso número siete se encuentra en esta casa.

—¿Qué piensa Bill?

—Bill está imposible —dijo Bundle con aspereza.

—¡Oh! —exclamó Jimmy—. ¿Le ha contado usted lo de la condesa? Debería decírselo, pues de lo contrario solo Dios sabe lo que es capaz de confiarle.

—Se niega a escuchar cuanto vaya contra ella. Es un idiota. Quisiera que usted le hiciese comprender que el lunar no es simple casualidad.

—Olvida usted que yo no estaba dentro del aparador —observó Jimmy—. De todas formas, prefiero no discutir con él acerca del lunar de su enamorada. Pero no creo que sea lo bastante idiota como para no comprender que todo encaja.

—Pues lo es —afirmó Bundle—. Cometió un grandísimo error al confiar en él, Jimmy.

—Lo siento. No creí que fuera tan estúpido. Cometí una tontería, ciertamente, pero...

—Ya sabe usted cómo son esas aventureras extranjeras —dijo Bundle—. Cómo cautivan a la gente.

—En realidad, a mí no me ha causado ninguna sensación —comentó Jimmy—. Nadie ha tratado todavía de cautivarme.

Jimmy suspiró. Se produjo un corto silencio mientras daba vueltas a algunas ideas. Cuanto más pensaba en ellas, menos satisfactorias le parecían.

—Dice usted que Battle quiere que no se haga ni diga nada contra la condesa —dijo finalmente.

—Sí.

—Y que su idea es llegar a alguien a través de ella.

Bundle asintió.

Jimmy pensó intensamente, tratando de comprender. Battle debía tener alguna idea definida en la cabeza.

—Sir Stanley Digby ha ido a Londres esta mañana temprano, ¿verdad? —preguntó.

—Sí.

—¿Lo ha acompañado O'Rourke?

—Creo que sí.

—¿No cree que...? No, es imposible.

—¿Qué?

—Que O'Rourke esté mezclado en todo esto.

—A lo mejor —repuso Bundle después de pensar durante unos instantes—. Tiene lo que algunos llaman una personalidad muy viva. No me sorprendería que... A decir verdad, nada puede ya sorprenderme. En realidad, solo existe una persona de la que estoy absolutamente segura de que no es el número siete.

—¿Quién es?

—El superintendente Battle.

—Creí que iba a decir George Lomax.

—Calle. Ahí viene.

George se dirigía hacia ellos, decidido. Jimmy murmuró una excusa y se alejó. George se sentó junto a Bundle.

—¿De verdad tiene que dejarnos, mi querida Eileen?

—Sí, parece que sí. Papá no está tranquilo. Lo mejor es que regrese a casa para cogerle de la mano.

—Esta pequeña mano sin duda le dará consuelo —dijo George, y se la cogió para apretarla entre las suyas—. Comprendo sus razones, querida Eileen, y la honran mucho. En estos tiempos de agitación...

«¡Pobre de mí!», pensó Bundle.

—... cuando la vida, la vida familiar está en peligro y las viejas tradiciones se tambalean, corresponde a los de nuestra clase demostrar con el ejemplo que nosotros no nos dejamos afectar por estas circunstancias. Nos llaman fanáticos y reaccionarios. Me siento orgulloso de merecer tales calificativos. Existen cosas que exigen nuestro fanatismo, nuestra airada reacción: la dignidad, la belleza, la modestia, la santidad de la vida familiar, el respeto filial... ¿Vale la pena vivir si todo eso muere? Como le decía, mi querida Eileen, le envidio los privilegios de su juventud. ¡Juventud! ¡Qué maravilloso tesoro! Y pensar que no lo apreciamos hasta que pasan los años. Confieso, querida niña, que en el pasado me desilusionaba su ligereza. Ahora comprendo que era solo la actitud propia de una niña y admiro la grave y fervorosa belleza de su mente. Espero que me permitirá asesorarla en sus lecturas, ¿verdad, Eileen?

—¡Oh, gracias! —repuso Bundle con modestia.

—Y no debe volver a asustarse de mí. Me sentí avergonzado cuando lady Caterham me dijo que usted me temía. Puedo asegurarle que soy una persona normal y corriente.

Bundle se sintió perpleja ante la modestia de George.

—No sea nunca reservada conmigo, querida niña. Y no tema aburrirme. Será un gran placer, si me permite decirlo, abrir el capullo de su mente. Seré su mentor político. Jamás como ahora hemos necesitado en el partido mujeres jóvenes, de talento y con encanto. ¿Quién le dice que no está usted destinada a seguir los pasos de su tía, lady Caterham?

Aquella terrible posibilidad asustó a Bundle y miró perpleja a George, que no se sintió desanimado por ello. Su principal oposición a las mujeres se basaba en que hablaban demasiado. Raramente encontraba lo que él llamaba una buena oyente. Entonces sonrió con benevolencia a Bundle.

—La mariposa sale de la crisálida. ¡Qué maravilla! Tengo un tratado sobre economía política muy interesante. Ahora lo buscaré para que pueda llevárselo a Chimneys. Cuando lo haya leído, lo comentaremos. No vacile en escribirme si hay algo que no comprende. Mis deberes políticos son múltiples, pero siempre encuentro tiempo para los buenos amigos. Voy a buscar el libro.

Se alejó. Bundle lo miraba aturdida. La llegada de Bill la sacó de su ensimismamiento.

—Oye —preguntó Bill—. ¿Por qué diantres el Besugo te tenía cogida de la mano?

—No era mi mano —contestó Bundle, aturdida—. Era el capullo de mi mente.

—No seas tonta.

—Lo siento, Bill, pero estoy preocupada. ¿Recuerdas que dijiste que Jimmy corría un gran peligro al venir aquí?

—Sí —asintió Bill—. Es terriblemente difícil escapar del Besugo una vez que se ha interesado por alguien. Jimmy se verá engullido antes de que se dé cuenta de lo que ha pasado.

—No es Jimmy quien no podrá escapar, sino yo —dijo Bundle con tristeza—. Tendré que conocer a infinitas Mrs. Macatta y leer tratados de economía política y comentarlos con George, y así hasta la eternidad.

Bill silbó.

—¡Pobre Bundle! —exclamó—. ¡En qué líos te metes!

—Estoy muy deprimida, Bill.

—No te atormentes —la consoló este—. George no cree conveniente que las mujeres se presenten a las elecciones para el Parlamento. No tendrás que pronunciar discursos subida a una tarima ni besar niños. Vamos a tomar un aperitivo. Ya es casi la hora de comer.

Bundle se levantó y se marchó con él, obediente.

—¡Y pensar que odio la política! —exclamó.

—Claro que sí. Toda persona sensata la odia. Solo individuos como el Besugo y Pongo se la toman en serio y disfrutan con ella. De todos modos —dijo Bill, presa de una súbita sospecha—, no dejes que el Besugo te coja la mano.

—¿Por qué no? —preguntó Bundle—. Me conoce desde que era una niña.

—Pues no me gusta.

—¡El virtuoso Bill! Mira, ahí está el superintendente Battle.

Estaban entrando por una puerta lateral. A su izquierda había una pequeña habitación en la que se guardaban palos de golf, raquetas, bolos y otros utensilios propios de una casa de campo. El superintendente Battle estaba examinando minuciosamente los palos de golf y levantó la cabeza, un tanto avergonzado, al oír la exclamación de Bundle.

—¿Va a jugar al golf, superintendente Battle? —le preguntó ella.

—Podría hacer cosas peores, lady Eileen. Dicen que jamás se es demasiado viejo para empezar. Además, poseo una cualidad que es muy buena en todo juego.

—¿Cuál es? —preguntó Bill.

—Que jamás me doy por vencido. Si todo sale mal, vuelvo a empezar.

Y con una expresión firme en el rostro, el superintendente salió de la habitación y se unió a ellos cerrando la puerta tras de sí.

Capítulo 25
Jimmy prepara sus planes

Jimmy Thesiger se sentía deprimido. Evitó a George, de quien temía estuviera dispuesto a hablarle de asuntos serios, y escapó furtivamente después de comer. A pesar de sus ya profundos conocimientos de la disputa fronteriza de Santa Fe, no deseaba que le preguntaran la lección en este momento.

Unos minutos después sucedió lo que él esperaba. Loraine Wade, también sola, apareció paseando por uno de los umbríos senderos del jardín. Jimmy se dirigió de inmediato al lugar donde ella se encontraba. Caminaron en silencio.

—Loraine...

—¿Sí?

—Mira, no se me dan muy bien estas cosas, pero ¿qué te parece? ¿Qué tiene de malo pedir una licencia especial, casarnos y vivir eternamente felices?

Loraine no mostró embarazo alguno ante tan súbita proposición. Por el contrario, echó la cabeza hacia atrás y se rio.

—No te rías de mí —dijo Jimmy en tono de reproche.

—No puedo evitarlo. Lo dices tan serio...

—Eres un diablillo, Loraine.

—No es cierto. Soy una muchacha perfecta. Por lo menos, eso dicen.

—Pero solo quienes no te conocen. Dejémonos de rodeos y vayamos al grano. ¿Quieres que nos casemos?

Loraine dejó de reír. Su pequeña boca se endureció y echó la barbilla hacia delante, con agresividad.

—No, Jimmy. Por lo menos, no hasta que todo esto se haya acabado.

—Sé que no hemos conseguido lo que nos propusimos —dijo Jimmy—. Pero, de todas maneras... Bien, es el final de un capítulo. Los papeles están seguros en el Ministerio de Aviación. La virtud ha triunfado. Y de momento...

—De momento, casémonos, ¿verdad? —le interrumpió Loraine sonriendo.

—Tú lo has dicho.

Pero Loraine negó con la cabeza.

—No, Jimmy. No hasta que esto haya terminado y estemos a salvo.

—¿Crees que estamos en peligro?

—¿Y tú no?

La sonrosada cara de Jimmy se ensombreció.

—Tienes razón —dijo finalmente—. Si esa extraordinaria historia de Bundle es cierta, y supongo que, por increíble que parezca, lo es, no estaremos seguros hasta que hayamos arreglado las cuentas con ese misterioso número siete.

—¿Y los demás?

—Ellos no cuentan. Es el número siete, con su forma de operar, quien me asusta. Porque no sé quién es ni dónde encontrarlo.

Loraine se estremeció.

—He estado asustada desde la muerte de Gerry —dijo en voz baja.

—No hay nada que debas temer. Déjalo todo en mis manos. Puedes estar segura, Loraine, de que atraparé al número siete. Cuando lo tengamos, no creo que encontremos mucha dificultad en atrapar al resto de la banda, sean quienes sean.

—Si lo atrapas... ¿Y si es él quien al fin consigue atraparte a ti?

—Imposible —repuso Jimmy alegremente—. Soy demasiado inteligente. Uno debe tener siempre buena opinión de sí mismo. Ese es mi lema.

—Cuando pienso en las cosas que pudieron ocurrir anoche... —dijo Loraine temblando.

—Pero no ocurrieron —contestó Jimmy—. Ambos estamos aquí, sanos y salvos, aunque debo admitir que el brazo me duele bastante.

—¡Pobrecillo!

—Uno tiene que sufrir algo por las buenas causas. Además, gracias a mi herida y a mi alegre conversación, he conquistado por completo a lady Coote.

—¿Crees que eso puede ser importante?

—Tengo una idea que puede sernos útil.

—Tú tienes algún plan, Jimmy. ¿Cuál es?

—El héroe jamás cuenta sus planes —repuso Jimmy con firmeza—. Deja que maduren en la oscuridad.

—¡Qué tonto eres!

—Lo sé, lo sé, todo el mundo lo dice. Pero puedo asegurarte, Loraine, que mi cerebro trabaja mucho. Y tú, ¿tienes algún plan?

—Bundle ha sugerido que pase algunos días en Chimneys con ella.

—Excelente —repuso Jimmy—. Nada podría ser mejor. Me gustaría vigilar a Bundle. Uno nunca sabe qué locura puede ocurrírsele. Piensa las cosas más absurdas y, lo que es más asombroso, le salen bien. Creo que evitar que cometa más locuras es un trabajo de jornada completa.

—Bill podría hacerlo —sugirió Loraine.

—Ese ya tiene en qué ocuparse.

—No lo creas —repuso Loraine.

—¿Cómo? ¿Y la condesa? Está loco por ella.

Loraine meneó la cabeza.

—Hay algo ahí que no acabo de comprender. Bill no está interesado por la condesa, sino por Bundle. Esta mañana Bill estaba hablándome cuando Mr. Lomax salió y se sentó junto a Bundle. La cogió de la mano y Bill salió disparado como un cohete.

—¡Qué gustos más extraños tienen algunas personas! —observó Jimmy—. ¿Cómo puede alguien que esté hablando contigo pensar en otra cosa? Tus palabras me sorprenden mucho, Loraine. Creí que Bill había caído preso en las redes de la hermosa aventurera extranjera. Bundle así lo cree.

—Quizá Bundle lo crea —objetó Loraine—, pero puedes estar seguro de que no es así.

—¿Qué imaginas que puede ser entonces?

—¿No te parece posible que Bill esté haciendo averiguaciones por su cuenta? —repuso Loraine.

—¿Bill? Ese tiene menos cerebro que un mosquito.

—No comparto tu opinión. Cuando alguien sencillo y fuerte como él se propone ser sutil, nadie quiere creerlo.

—Y, por tanto, puede llevar a cabo lo que se ha propuesto. Sí, creo que hay algo en lo que dices. Pero de todos modos jamás lo hubiera creído de Bill. Está representando maravillosamente el papel de perro faldero de la condesa. Sin embargo, creo que estás equivocada, Loraine. La condesa es una mujer extraordinariamente hermosa, aunque no es mi tipo, desde luego —explicó apresuradamente—, y Bill siempre ha tenido un corazón grande como un hotel.

Loraine meneó la cabeza, no del todo convencida.

—Bueno —dijo Jimmy—, como tú quieras. Parece que hemos dejado las cosas bastante definidas. Ve con Bundle a Chimneys y, por el amor de Dios, procura evitar que vuelva a meter las narices en el club Las Siete Esferas. Solo Dios sabe lo que puede suceder si lo hace.

Loraine asintió.

—Y ahora —prosiguió Jimmy—, creo que será conveniente que hable con lady Coote.

La dama estaba en el jardín haciendo punto. El tema era

un joven desconsolado que lloraba sobre un ataúd. Le hizo sitio a su lado a Jimmy y este, con tacto, admiró su trabajo.

—¿Le gusta? —preguntó ella complacida—. Lo empezó mi tía Selinda una semana antes de fallecer. Murió de cáncer del hígado, la pobrecilla.

—¡Qué terrible! —murmuró Jimmy.

—¿Cómo está su brazo?

—¡Oh! Bastante mejor. Me molesta algo, pero pronto se curará.

—Debe ir con cuidado —dijo lady Coote con ansiedad en la voz—. Sé de algunos casos de envenenamiento de la sangre. Podría perder el brazo.

—Espero que no.

—Solo le estoy previniendo.

—¿Dónde residen ustedes ahora? ¿Están en la ciudad o en el campo? —preguntó Jimmy.

Teniendo en cuenta que sabía perfectamente la respuesta a su pregunta, impuso notable ingenuidad en sus palabras.

Lady Coote suspiró pesadamente.

—Sir Oswald ha alquilado la mansión del duque de Alton, en Letherbury. ¿La conoce usted?

—Sí. ¿No le parece un lugar maravilloso?

—Pues no estoy segura —repuso lady Coote—. Es una casa muy grande y triste. Hay muchas galerías con retratos de personajes majestuosos y solemnes. Los cuadros de los antiguos maestros me parecen muy deprimentes. Debería usted haber visto una casita que teníamos en Yorkshire, Mr. Thesiger, cuando sir Oswald no era más que Mr. Coote. Recuerdo que escogí el papel de las paredes de la salita de estar. El comedor miraba al noroeste y no tenía mucho sol, pero con papel rojo en las paredes y unos grabados cómicos de caza era tan alegre como unas pascuas.

En el transcurso de aquellas reminiscencias, lady Coote dejó caer varias veces el ovillo de lana, que Jimmy recogió atentamente.

—Gracias, querido —dijo ella—. ¿Qué estaba diciendo? ¡Ah, sí! Las casas. ¡Me gusta tanto una casa alegre! Y escoger las cosas para la casa me causa un enorme placer.

—Supongo que sir Oswald adquirirá una bonita residencia cualquier día de estos —sugirió Jimmy—, y entonces podrá arreglarla a su gusto.

Lady Coote negó con la cabeza tristemente.

—Sir Oswald habla de encargar ese trabajo a unos profesionales, y ya sabe usted lo que eso significa.

—Pero ellos la consultarán a usted.

—Será un edificio grande y antiguo. No se preocuparán de esos detalles que yo considero cómodos y hogareños. No es que sir Oswald no estuviera cómodo y satisfecho en su casa, y me atrevo a decir que, en el fondo, sus gustos no han cambiado, pero nada sino lo mejor puede satisfacerle ahora. Ha tenido un gran éxito en la vida y quiere demostrarlo, aunque me pregunto dónde acabará.

Jimmy la miró benévolamente.

—Es como un caballo desbocado —prosiguió lady Coote—. Ha tascado el freno y sigue corriendo. Corre y corre, hasta que no pueda más. Es uno de los hombres más ricos de Inglaterra, pero ¿cree usted que está satisfecho? No, todavía quiere más. Quiere ser... ¡Yo no sé lo que quiere ser! Algunas veces, me asusta.

—Es como aquel persa que pedía continuamente nuevos mundos para conquistar —dijo Jimmy.

Lady Coote asintió, sin comprender el significado de las palabras de Jimmy.

—Me pregunto si su estómago lo resistirá —prosiguió lady Coote llorosa—. Sería horrible que quedara inválido, con las ideas que tiene, no quiero ni pensarlo.

—Parece muy sano —observó Jimmy intentando consolarla.

—Tiene algo metido en la cabeza —dijo lady Coote—. Está muy preocupado. Yo lo sé.

—¿Qué le preocupa?

—Lo ignoro. Quizá pasa algo en las acerías que le preocupa. Afortunadamente, delega mucho trabajo en Mr. Bateman. Es un joven muy dispuesto y responsable.

—Maravillosamente responsable —asintió Jimmy.

—Oswald tiene en mucha estima las opiniones de Mr. Bateman. Dice que siempre tiene razón.

—Esa era una de sus peores características hace años —observó Jimmy.

Lady Coote lo miró extrañada.

—Pasé un magnífico fin de semana con ustedes en Chimneys —dijo Jimmy—. Quiero decir, de no haber sido por la muerte del pobre Gerry. Las chicas eran muy simpáticas.

—Yo las encuentro demasiado atolondradas —repuso lady Coote—. No son nada románticas. Cuando sir Oswald y yo éramos novios, le bordé unos pañuelos con sus iniciales con mi propio cabello.

—¿Sí? ¡Qué maravilloso! —exclamó Jimmy—. Pero supongo que las chicas de hoy llevan el cabello demasiado corto para hacerlo.

—Es cierto —admitió lady Coote—. Pero pueden demostrar su cariño de otras maneras. Recuerdo que, cuando era joven, uno de mis..., bien, un muchacho que me admiraba, una vez cogió un puñado de tierra. Una amiga mía me dijo que lo había hecho porque mis pies la habían pisado y que era como un tesoro para él. Pensé que era una idea muy bonita. Después resultó que estudiaba mineralogía, ¿o sería geología?, en una escuela técnica. Pero me gustó la idea, como la de robar el pañuelo de una muchacha y todas estas cosas.

—Sería muy embarazoso para la muchacha si después quisiera sonarse la nariz —observó el práctico Mr. Thesiger.

Lady Coote dejó de hacer punto y lo miró intrigada.

—¿No hay alguna buena chica que le guste? ¿Para la que quiera trabajar y mantener un hogar?

Jimmy se sonrojó y murmuró algo.

—Me pareció que sentía usted cierta preferencia por una de las muchachas que pasaron el fin de semana en Chimneys: Vera Daventry.

—¿Socks?

—Así la llaman —admitió lady Coote—. Aunque no comprendo por qué. No es un nombre bonito.

—Es una chica magnífica —dijo Jimmy—. Me gustaría volverla a ver.

—Pasará con nosotros el próximo fin de semana.

—¿Sí? —repuso Jimmy, tratando de imponer un melancólico deseo en esa sola pregunta.

—Sí. ¿Le gustaría... le gustaría a usted venir?

—¡Oh, muchas gracias, lady Coote! —repuso Jimmy calurosamente—. ¡Muchas gracias!

Y, reiterándole su fervoroso agradecimiento, se alejó.

Sir Oswald se reunió poco después con su esposa.

—¿Qué te estaba diciendo ese mequetrefe? —preguntó—. No puedo soportarlo.

—Es un buen chico —repuso lady Coote—. ¡Y tan valiente! Fíjate en lo que hizo anoche y la herida que sufrió.

—Sí, metiéndose donde no le importa.

—Creo que no eres justo con él, Oswald.

—No ha trabajado ni un solo día en su vida. Es un haragán que se moriría de hambre si tuviera que ganarse el sustento con su esfuerzo.

—Anoche seguro que te mojaste los pies —observó lady Coote—. Espero que no cojas una pulmonía. Hace pocos días, Freddie Richards murió de eso. Se me hiela la sangre en las venas al pensar que estabas paseando por ahí fuera anoche mientras había un peligroso ladrón en la casa. Podía haberte matado. A propósito, he invitado a Mr. Thesiger a pasar el próximo fin de semana con nosotros.

—¡Qué tontería! —repuso sir Oswald—. No quiero ver a ese joven en mi casa, ¿te enteras, Maria?

—¿Por qué no?

—Eso es de mi incumbencia.

—Lo siento, querido —dijo lady Coote plácidamente—. Ya lo he invitado y nada puede hacerse. ¿Quieres recogerme ese ovillo de lana, Oswald?

Sir Oswald obedeció, con el rostro congestionado. Miró a su esposa y vaciló. Lady Coote enhebraba plácidamente la aguja de lana.

—No quiero a Thesiger en mi casa el próximo fin de semana —dijo finalmente—. Me he enterado de algunas cosas acerca de él por Bateman. Estudiaron juntos en el mismo colegio.

—¿Qué ha dicho Mr. Bateman?

—Nada bueno. En realidad, me ha prevenido contra él.

—¿Sí? —repuso lady Coote pensativa.

—Y tengo en gran aprecio el buen juicio de Bateman. Jamás se ha equivocado.

—Es culpa mía —suspiró lady Coote—. Desde luego, de haberlo sabido, no lo hubiera invitado. Debiste haberme avisado, Oswald. Ahora es demasiado tarde.

Empezó a recoger su labor cuidadosamente. Sir Oswald la miró, pareció querer decir algo y, finalmente, se encogió de hombros y la siguió al interior de la casa. Lady Coote sonreía débilmente. Quería a su esposo, pero también le gustaba salirse con la suya de una manera silenciosa, muy femenina.

Capítulo 26
En el que se habla principalmente de golf

—Esa amiga tuya es encantadora, Bundle —dijo lord Caterham.

Loraine llevaba ya casi una semana en Chimneys y se había ganado una magnífica reputación ante su anfitrión, a causa, principalmente, de su maravillosa disposición para dejarse instruir en la ciencia de golpear la pelota con un palo de golf.

Aburrido por el invierno pasado en el extranjero, lord Caterham se dedicaba al golf. Era un jugador pésimo y en consecuencia mostraba un notable entusiasmo por el juego. Empleaba la mayor parte de la mañana en practicar el juego corto lanzando las pelotas por encima de setos y arbustos. La mayoría de las veces solo lograba arrancar grandes pedazos de césped, para desesperación de MacDonald.

—Debemos preparar un pequeño campo —dijo lord Caterham hablándole a una margarita—. Un bonito campo. Fíjate en este golpe, Bundle. Apoyado en la rodilla derecha, giras despacio, la cabeza firme y juego de muñecas.

La pelota, que recibió el golpe en la parte superior, se deslizó rápidamente por el césped y desapareció en la insondable profundidad de un macizo de rododendros.

—Es curioso —dijo lord Caterham—. ¿Qué habré hecho mal esta vez? Como te estaba diciendo, Bundle, esa amiga tuya es encantadora. Creo sinceramente que está interesada en el juego. Esta mañana ha dado unos cuantos golpes buenos, realmente tan buenos como los que podría hacer yo mismo.

Lord Caterham realizó otro *swing* defectuoso y arrancó un gran trozo de hierba. MacDonald, que acertaba a pasar por allí en aquel momento, recogió la pelota y la colocó acto seguido en su lugar. La mirada que dirigió a lord Caterham habría hecho desear a cualquiera que no fuese un ardiente jugador de golf que la tierra se lo tragara.

—Si MacDonald se portó con crueldad con los Coote, algo que verdaderamente sospecho —dijo Bundle—, en estos momentos está recibiendo su justo castigo.

—¿Por qué no he de poder hacer lo que me venga en gana en mi propio jardín? —preguntó lord Caterham—. MacDonald debería sentir interés por mis progresos en el juego. Los escoceses son un pueblo de grandes jugadores de golf.

—Pobre papaíto —observó Bundle—. Jamás serás un buen jugador; pero tu afición, por lo menos, impide que hagas cosas peores.

—No lo creas —repuso lord Caterham—. Hace unos días cumplí en un par cinco. El profesional del campo se sorprendió mucho cuando se lo dije.

—No me extraña.

—Hablando de Coote, sir Oswald juega bastante bien, aunque su estilo no es bonito, demasiado rígido. Aunque siempre en el centro de la calle. Pero es curioso, no te perdona una. Es incapaz de darte el hoyo aunque estés a un palmo. Tienes que patear todas las veces. Eso no me gusta.

—Supongo que es un hombre al que le gusta lo seguro —opinó Bundle.

—Va en contra del espíritu del juego —añadió su padre—. Y tampoco le interesa la teoría del asunto. Dice que solo lo hace por ejercicio y que el estilo no le preocupa en absoluto. En cambio su secretario, ese tal Bateman, es muy distinto. La teoría es primordial para él. El otro día me dio unos magníficos consejos. Lanzaba todas las pelotas desviadas a la derecha, y dijo que se debía a que daba demasiada importancia al brazo derecho, y me explicó una interesante teoría. En el golf todo es el brazo izquierdo, el brazo izquierdo es el que cuenta. Es zurdo jugando al tenis, pero juega al golf con palos de diestro porque así se nota su indiscutible superioridad con el brazo izquierdo.

—¿Y juega muy bien? —preguntó Bundle.

—No —confesó lord Caterham—, aunque acaso eso se debiera a que estaba desconcentrado. Comprendo muy bien su teoría y creo que está en lo cierto. ¡Ah! ¿Qué te ha parecido este, Bundle? Ha pasado por encima de los rododendros. Un golpe perfecto. Si estuviera seguro de que cada vez me saliera así... Sí, Tredwell, ¿qué sucede?

Tredwell se dirigió a Bundle.

—Mr. Thesiger al teléfono, milady.

Bundle se dirigió corriendo hacia la casa, llamando a Loraine mientras lo hacía. Loraine se unió a ella cuando cogía el auricular.

—¡Hola! ¿Es usted, Jimmy?

—Sí. ¿Cómo está usted?

—Muy bien, aunque bastante aburrida.

—¿Y Loraine?

—Creo que lo mismo que yo. Está aquí conmigo. ¿Quiere hablar con ella?

—Luego. Ahora tengo que decirle a usted varias cosas. Para empezar, pasaré el fin de semana con los Coote —dijo significativamente—. Oiga, Bundle, ¿sabe cómo podría hacerme con unas ganzúas?

—No tengo la menor idea. ¿Cree necesario llevar ganzúas a la casa de los Coote?

—Pensaba que acaso fuera conveniente tenerlas. ¿No sabe en qué tienda podría adquirirlas?

—Lo que en realidad necesita usted es un ladrón bondadoso que le enseñe el oficio.

—Tiene razón, Bundle, pero, desgraciadamente, carezco de amistades de esta clase. Pensaba que acaso usted podría ayudarme a encontrar una solución, pero supongo que, como de costumbre, deberé solicitar la ayuda de Stevens. Creo que se formará una extraña opinión de mí. Primero, le encargué que me comprara una pistola y ahora voy a consultarle sobre ganzúas. Pensará que me he unido a las clases criminales.

—Jimmy —dijo Bundle.

—¿Sí?

—Tendrá cuidado, ¿verdad? Quiero decir que si sir Oswald lo encuentra hurgando en su casa con ganzúas puede ser muy desagradable para usted.

—No tema, seré cuidadoso. Es a Pongo a quien verdaderamente temo. Camina sin ruido con sus pies planos. Nunca se le oye llegar. Además, siempre fue un genio metiendo las narices donde no debía. Pero tengo confianza en el héroe.

—Me gustaría que Loraine y yo estuviéramos a su lado para cuidarlo.

—Gracias, enfermera. En realidad, tengo un plan.

—¿Cuál es?

—¿Cree que usted y Loraine podrían sufrir una avería en el coche mañana por la mañana cerca de Letherbury? No está demasiado lejos.

—Solo cuarenta millas.

—Pero tenga cuidado y no mate a Loraine. Siento cierta debilidad por esa chica. Entonces, quedamos en que el accidente será hacia las doce y cuarto o doce y media.

—¿Para que nos inviten a comer?

—Esa es la idea. Oiga, Bundle, ayer me encontré con esa chica, Socks, y me dijo que Terence O'Rourke también pasará en Letherbury el fin de semana. ¿Qué le parece?

—¿Cree acaso que...?

—Es conveniente sospechar de todo el mundo. Por lo

menos, eso es lo que dicen los expertos. Es un tipo muy decidido y no me extrañaría que hubiese sido capaz de formar una sociedad secreta. Acaso él y la condesa estén mezclados en este asunto. Estuvo en Hungría el año pasado.

—Pero podría hacerse con la fórmula en cualquier momento.

—Eso es precisamente lo que no puede hacer. Tendría que llevarlo a cabo en circunstancias en las que no sospecharan de él. Pero volver a encaramarse por la hiedra y meterse en la cama otra vez sería un trabajo muy notable. Veamos ahora las instrucciones. Después de decir algunas palabras corteses a lady Coote, usted y Loraine deberían entretener a Pongo y O'Rourke hasta la hora de comer. ¿Comprende? Dos muchachas bonitas como ustedes no deberían encontrar dificultades en lograrlo.

—Está usted muy galante esta mañana.

—No digo sino la verdad.

—Bien. Sus instrucciones han sido debidamente anotadas. ¿Quiere hablar con Loraine ahora?

Bundle le pasó el auricular a la muchacha y salió de la habitación.

Capítulo 27
Aventura nocturna

Jimmy Thesiger llegó a Letherbury una soleada tarde de otoño y fue afectuosamente acogido por lady Coote y con frío desagrado por sir Oswald. Al observar la mirada casamentera de lady Coote puesta en él, Jimmy trató por todos los medios de hacerse agradable a Socks Daventry.

O'Rourke se encontraba de excelente humor. Estaba dispuesto a ser reservado acerca de los misteriosos sucesos de Wyvern Abbey, sobre los cuales Socks le interrogaba con avidez, pero su reticencia oficial adoptó una nueva forma: rodeó los hechos de tanta fantasía que nadie hubiera sido capaz de adivinar la verdad.

—¿Cuatro hombres enmascarados provistos de armas? ¿Sucedió realmente así? —preguntó Socks con seriedad.

—¡Ah! Y ahora recuerdo que había una media docena agarrándome para obligarme a tomar el somnífero. Creí que era veneno y que mi última hora había llegado.

—¿Qué fue lo que robaron o intentaron robar?

—Pues nada menos que las joyas de la Corona de Rusia, que fueron llevadas en secreto a Mr. Lomax para que las depositara en el Banco de Inglaterra.

—¡Qué embustero eres! —dijo Socks.

—¿Embustero yo? Mi mejor amigo pilotó el avión en que fueron traídas las joyas. Lo que te estoy contando es secreto, Socks. Pregúntaselo a Jimmy Thesiger si no quieres creerme. Aunque yo no confiaría demasiado en lo que él pueda decir.

—¿Es cierto que George Lomax bajó sin ponerse la dentadura postiza? —preguntó Socks—. Eso es lo que quiero saber.

—Había dos pistolas —dijo lady Coote—. ¡Qué horrible! Yo las vi. Es un milagro que no mataran a ese pobre chico.

—He nacido para morir ahorcado —dijo Thesiger.

—Creo que había una condesa rusa de notable belleza —siguió hablando Socks— y que Bill se enamoró perdidamente de ella.

—Algunas de las cosas que nos contó de Budapest eran sencillamente horribles —dijo lady Coote—. Jamás las olvidaré. Oswald, tienes que mandar un donativo.

Sir Oswald gruñó.

—Tomaré nota de ello, lady Coote —dijo Bateman.

—Gracias, Mr. Bateman. Creo que debemos hacer algo como agradecimiento. No sé cómo pudo sir Oswald evitar que lo mataran y también librarse de una pulmonía.

—No seas tonta, Maria —repuso sir Oswald.

—Siempre he tenido un miedo terrible a los ladrones nocturnos —dijo lady Coote.

—¡Cómo me gustaría encontrarme cara a cara con uno! —exclamó Socks—. Debe de ser algo sutilmente excitante.

—No lo creas —repuso Jimmy—. Es endiabladamente doloroso —prosiguió acariciándose el brazo.

—¿Cómo está su herida? —preguntó lady Coote.

—Casi bien del todo, aunque ha sido muy molesto tener que valerme solo de la mano izquierda. Soy un inútil con la izquierda.

—Debería enseñarse a los niños a ser ambidiestros —observó sir Oswald.

—¡Oh! —exclamó Socks—. ¿Igual que las focas?

—No. Las focas son anfibias —observó Mr. Bateman—.

Ser ambidiestro significa poder valerse de ambas manos con igual facilidad.

—¡Oh! —repitió Socks, mirando con admiración a sir Oswald—. ¿Puede usted hacerlo?

—Ciertamente. Escribo bien con ambas manos.

—¿Con las dos a la vez?

—No sería práctico —replicó sir Oswald.

—No —admitió Socks pensativa—. Supongo que sería demasiado sutil.

—Sería algo sensacional en un ministerio —observó Mr. O'Rourke— si se pudiera evitar que la mano derecha supiera lo que está haciendo la izquierda.

—¿Puede usted valerse de ambas manos?

—No. Lo hago todo con la mano derecha.

—Pero reparte las cartas con la mano izquierda —dijo el observador Mr. Bateman—. La otra noche me fijé en ello.

—Eso es muy distinto —respondió Mr. O'Rourke, con toda naturalidad.

Un batintín dejó oír una triste nota y todos se dirigieron a sus habitaciones para vestirse para la cena.

Después de la cena, Mr. Oswald y lady Coote, Mr. Bateman y Mr. O'Rourke jugaron al bridge y Jimmy oyó decir a sir Oswald, cuando se retiraba a sus habitaciones:

—Nunca sabrás jugar al bridge, Maria.

Y la respuesta de ella:

—Ya lo sé, querido. Siempre lo dices. Oswald, le debes otra libra a Mr. O'Rourke.

Una o dos horas después, Jimmy se deslizó sin ruido (o así por lo menos lo deseaba) por la escalera. Hizo una breve visita al comedor y entonces se dirigió al gabinete de sir Oswald. Después de escuchar atentamente durante un minuto o dos, se puso a trabajar. La mayor parte de los cajones del escritorio estaban cerrados, pero su pedazo de alambre de curiosa forma pronto los abrió. Uno tras otro, los cajones cedieron a su manipulación.

Examinó con cuidado el contenido de cada uno, procurando dejar las cosas tal como estaban. Una o dos veces se detuvo en su tarea aguzando el oído, pero nada oyó.

Examinó el último cajón. Jimmy conocía en aquel momento (o podría haber conocido, si hubiera prestado atención a ello) muchos detalles interesantes relacionados con el acero, pero no encontró nada de lo que buscaba: una referencia al invento de Herr Eberhard o algo que pudiera darle la clave de la identificación del misterioso número siete. No había esperado encontrarlo. Quiso, sin embargo, intentarlo sin esperar grandes resultados, a menos que fuera por pura suerte.

Probó los cajones para cerciorarse de que estaban bien cerrados. Conocía el poder de observación de Rupert Bateman y miró a su alrededor para asegurarse de que no había dejado huellas.

—Eso es —murmuró para sí—. Aquí no hay nada. Quizá mañana por la mañana tenga mejor suerte, si las chicas hacen bien su papel.

Salió del gabinete, cerrando la puerta tras de sí. Le pareció oír un ruido, pero decidió que se había equivocado. Buscó a tientas el camino de regreso por el gran vestíbulo. A través de las grandes ventanas entraba luz suficiente para impedir que tropezara con algún mueble.

Nuevamente volvió a oír un suave sonido. Esta vez tuvo la certeza de que no era imaginación suya. No estaba solo en el vestíbulo. Había alguien más allí, moviéndose tan cautelosamente como él. Su corazón latía apresurado.

De un salto, alcanzó el interruptor y encendió las luces. Un súbito reflejo lo deslumbró, pero pudo ver con suficiente claridad. A menos de dos metros de él se encontraba Rupert Bateman.

—¡Qué susto me has dado, Pongo! —exclamó.

—¡He oído un ruido! —repuso Mr. Bateman con severidad—. Y he bajado para averiguar si habían entrado ladrones en la casa.

Jimmy miró pensativamente los pies de Mr. Bateman: zapatos con suelas de goma.

—Piensas en todo, Pongo —observó con descuido—. Incluso en las armas.

Su mirada se posó en el abultado bolsillo del otro.

—Nunca está de más llevar una pistola. Uno nunca sabe a quién puede encontrar.

—Me alegro de que no dispararas —dijo Jimmy—. Ya me estoy cansando de que tiren al blanco conmigo.

—Podría fácilmente haberlo hecho —replicó Mr. Bateman.

—Hubiera sido algo totalmente contrario a la ley —arguyó Jimmy—. Tienes que cerciorarte de que alguien fuerza la entrada de la casa antes de disparar. No debes llegar a conclusiones demasiado rápidas. De lo contrario, podrías encontrarte en la incómoda posición de tener que explicar por qué mataste a un invitado que hacía algo tan inocente como yo.

—A propósito, ¿a qué has bajado?

—Tenía hambre —repuso Jimmy— y me han entrado ganas de comer una galleta.

—Las hubieras encontrado en una caja junto a tu cama —dijo Rupert Bateman.

Miraba fijamente a Jimmy a través de sus gafas.

—Por lo visto, la servidumbre ha tenido un fallo, amigo Pongo. En efecto, en la mesita de noche hay una lata en la cual está escrito: «Galletas para los invitados hambrientos», pero cuando el invitado hambriento la ha abierto no ha encontrado nada en ella. Así que no me ha quedado más remedio que bajar al comedor.

Y con una ingenua sonrisa, Jimmy metió la mano en un bolsillo y sacó un buen puñado de galletas.

Se produjo una momentánea pausa.

—Y ahora regreso a la cama —dijo Jimmy—. Buenas noches, Pongo. Sueña con los angelitos.

Con una despreocupación exagerada, subió la escalera seguido de Rupert Bateman. Jimmy se detuvo junto a la puerta de su habitación como si fuera a desearle de nuevo las buenas noches.

—Es extraordinario lo de las galletas —dijo Mr. Bateman—. ¿Te importa que...?

—Claro que no, muchacho. Cerciórate por ti mismo.

Mr. Bateman cruzó la habitación, abrió la caja y miró fijamente el interior vacío.

—¡Qué descuido! —murmuró—. Bien, buenas noches.

Se retiró. Jimmy se sentó en el borde de la cama, atento a cualquier ruido.

—Me he librado por los pelos. Qué desconfiado es Pongo —murmuró para sí—. Parece que nunca duerme. Y qué fea costumbre esa de andar con un revólver en el bolsillo.

Se levantó y abrió uno de los cajones del tocador. Debajo de un surtido de corbatas apareció un montón de galletas.

—No me queda más remedio que comérmelas —dijo Jimmy—. Diez a uno a que Pongo registrará el cuarto por la mañana.

Con un suspiro, comenzó a comerse las galletas sin tener las menores ganas de hacerlo.

Capítulo 28
Sospechas

A la hora convenida, Bundle y Loraine cruzaron la puerta del jardín después de haber dejado el Hispano-Suiza en un taller cercano.

Lady Coote saludó a las dos muchachas con sorpresa y complacencia, invitándolas seguidamente a comer.

O'Rourke, que estaba sentado en un inmenso sillón, empezó a hablar con Loraine presa de una gran animación, mientras ella prestaba oídos a la explicación técnica que Bundle daba acerca de la avería sufrida por el Hispano-Suiza.

—Y pensamos que era maravilloso que el coche decidiera pararse aquí —decía Bundle—. La última vez que sucedió era domingo y acabábamos de llegar a un lugar llamado Little Speddlington.

—Un magnífico nombre para una película —opinó O'Rourke.

—Lugar de nacimiento de la sencilla pastora —sugirió Socks.

—¿Dónde estará Mr. Thesiger? —preguntó lady Coote.

—En la sala del billar, supongo —repuso Socks—. Iré a buscarlo.

Escasamente un minuto después de salir Socks, apareció Rupert Bateman con su aspecto serio de costumbre.

—Dígame, lady Coote. Thesiger ha dicho que preguntaba usted por mí. ¿Cómo está, lady Eileen?

Saludó a las dos muchachas y Loraine inmediatamente lo cogió por su cuenta.

—¡Oh, Mr. Bateman! Estaba deseando verle. ¿No fue usted quien me dijo lo que había que hacerle a un perro que continuamente se hiere en las patas?

El secretario negó con la cabeza.

—Debe de tratarse de alguna otra persona, miss Wade. Aunque, en realidad, casualmente sé...

—¡Es usted maravilloso! —exclamó Loraine—. Lo sabe todo.

—Hay que estar siempre al corriente —dijo Mr. Bateman con seriedad—. En cuanto a las patas de su perro...

Terence O'Rourke murmuró *sotto voce* a Bundle:

—Son hombres de esta clase los que escriben esa sarta de tonterías en los periódicos semanales. «No es de conocimiento general que para mantener brillantes los guardafuegos de latón... Los coleópteros son las criaturas más entrañables entre los insectos...» y otras estupideces por el estilo.

—Información general, en realidad.

—¿Puede usted imaginar dos palabras más terribles? —preguntó Mr. O'Rourke—. ¡Gracias a Dios que soy un hombre educado que no sabe nada de nada!

—Veo que tiene un campo de golf —le dijo Bundle a lady Coote.

—¿Quiere que juguemos un partido, lady Eileen? —preguntó O'Rourke.

—Desafiemos a esos dos —repuso Bundle—. Loraine, Mr. O'Rourke y yo te desafiamos a ti y a Mr. Bateman a un partido.

—Juegue, Mr. Bateman —dijo lady Coote al ver que el secretario parecía vacilar—. Estoy segura de que sir Oswald no le necesita ahora.

Los cuatro salieron al exterior.

—Lo hemos hecho muy bien —susurró Bundle a Loraine—. Debemos felicitarnos mutuamente por nuestro tacto.

El partido terminó poco antes de la una, resultando vencedores Bateman y Loraine.

—Pero creo que estará de acuerdo conmigo, compañera —dijo Mr. O'Rourke—, en que nuestro juego ha sido mejor.

O'Rourke se había retrasado con Bundle.

—El viejo Pongo es un jugador cauteloso y no se arriesga. Conmigo es todo o nada. ¿No le parece una divisa muy acertada, lady Eileen?

—¿No le ha causado nunca ningún trastorno? —preguntó Bundle con una carcajada.

—Muchos, pero sigo en mis trece. Nadie puede vencer a Terence O'Rourke.

En aquel momento, apareció Jimmy Thesiger.

—¡Qué agradable sorpresa, Bundle! —exclamó.

—Jimmy, te has perdido un buen partido de golf —dijo O'Rourke.

—Había ido a dar un paseo —repuso Jimmy—. ¿De dónde habéis salido, chicas?

—Hemos venido andando —contestó Bundle—. El Hispano-Suiza ha sufrido una avería.

Y narró las circunstancias de la avería del coche.

Jimmy la escuchaba comprensivo.

—Mala suerte —dijo—. Si tarda en ser reparado, os llevaré en mi coche después de la comida.

Sonó un batintín y todos entraron en la casa. Bundle observaba a Jimmy discretamente. Creyó haber captado cierta nota de exaltación en su voz y tenía el presentimiento de que todo había salido bien.

Después de comer, se despidieron de lady Coote y Jimmy se ofreció a llevarlas al taller en su coche. Las dos muchachas hicieron simultáneamente la misma pregunta tan pronto el coche se puso en marcha.

—¿Y bien?

Jimmy se hizo el remolón.

—¿Y bien?

—Oh, muy bien, gracias. Una ligera indigestión debido a una dosis algo excesiva de galletas que he tenido que tragarme.

—¿Qué ha sucedido?

—Os lo contaré. Mi devoción a la causa me obligó a comer demasiadas galletas. ¿Creéis que nuestro héroe se acoquinó? De ninguna manera.

—Oh, Jimmy —dijo Loraine en tono suplicante.

Jimmy se ablandó.

—¿Qué queréis saber?

—Todo. ¿Verdad que nosotras lo hemos hecho bien? Quiero decir reteniendo a Pongo y Terence O'Rourke a nuestro lado.

—Os felicito por la forma en que habéis dominado a Pongo. O'Rourke debía de sentirse dispuesto a dejarse acaparar, pero Pongo está hecho de otra pasta. Solo existe una palabra para describirlo. El otro día la encontré en un crucigrama del *Sunday Newsbag*. Palabra de seis letras que significa en todas partes; ubicuo. Describe a Pongo perfectamente. No puedes ir a ninguna parte sin tropezar con él, y lo que es peor: jamás se le oye llegar.

—¿Crees que es peligroso?

—¿Peligroso? Claro que no. Imaginaos a Pongo siendo peligroso. Es un zopenco, pero un zopenco ubicuo. Parece que ni tan siquiera necesita dormir como los demás mortales. Francamente, es un tipo muy fastidioso.

Y entonces Jimmy, con un tono de agravio, procedió a relatarles los sucesos de la noche anterior.

Bundle no se mostró muy de acuerdo con su proceder.

—No sé qué creerá usted que está buscando al registrar la casa.

—Al número siete —repuso Jimmy fríamente—. Eso es lo que estoy haciendo: buscar al número siete.

—¿Cree que lo encontrará aquí?

—Pensé que podría hallar alguna pista.

—¿La encontró?

—Anoche, no.

—Pero esta mañana —interpuso Loraine—, Jimmy, esta mañana has encontrado algo. Lo leo en tu cara.

—Ignoro si será importante, pero durante mi paseo...

—Que no te llevó muy lejos de la casa.

—Pues sí, no tuve que salir de ella, en efecto. Podríamos llamarlo un viaje de ida y vuelta por el interior. Como os decía, no sé si tendrá alguna importancia. He encontrado esto.

Con la celeridad de un prestidigitador, sacó un pequeño frasco del bolsillo de su pantalón y se lo alargó a la muchacha.

—¿Qué supone usted que es? —preguntó Bundle.

—Un polvo blanco cristalino —repuso Jimmy—. Son palabras que todo lector de novelas policíacas conoce. Desde luego, si resulta ser una nueva clase de polvos para lavarse los dientes me sentiré muy defraudado.

—¿Dónde lo ha encontrado? —inquirió Bundle.

A partir de ese momento, Jimmy no quiso soltar prenda a pesar de todos los ruegos e insultos.

—Ya hemos llegado al taller —dijo—. Esperemos que el Hispano no haya sido sometido a todo tipo de indignidades.

El hombre del taller presentó una factura de cinco chelines e hizo algunas observaciones acerca de unos tornillos flojos. Bundle le pagó, sonriendo dulcemente.

—Es agradable saber que uno recibe dinero por nada algunas veces —murmuró Jimmy.

Los tres permanecieron un momento en silencio en la carretera, examinando la situación.

—Ya lo sé —dijo Bundle de pronto.

—¿Qué sabe?

—Algo que quería preguntarle y que casi había olvidado. ¿Recuerda aquel guante medio quemado que encontró el superintendente Battle?

—Sí.

—¿No dijo que Battle se lo había probado a usted?

—En efecto, pero era demasiado grande. Eso induce a creer que quien lo llevaba era un hombre fornido y grande.

—No es eso lo que me preocupa. Ni tampoco el tamaño. George y sir Oswald estaban también allí, ¿no es verdad?

—Sí.

—¿No hubiera podido probárselo a cualquiera de ellos?

—Sí, desde luego.

—Pero no lo hizo. Lo escogió a usted. ¿No comprende lo que eso significa?

Mr. Thesiger la miró fijamente.

—Lo siento, pero posiblemente mi cerebro no funciona de la manera acostumbrada. No tengo la menor idea de lo que quiere usted decir.

—¿Y tú, Loraine?

Loraine la miró con curiosidad y también negó con la cabeza.

—¿Tiene algún significado particular?

—Claro que sí. ¿Lo comprendes? Jimmy llevaba el brazo derecho en cabestrillo.

—¡Por Júpiter! —dijo Jimmy—. Ahora que pienso en ello me parece algo raro. Quiero decir que se trataba de un guante de la mano izquierda. Battle no lo mencionó.

—No quería llamar la atención sobre ello. Al probárselo usted, este hecho pudo pasar inadvertido, y habló del tamaño para despistar. Pero eso seguramente significa que el hombre que disparó contra usted sostenía la pistola con la mano izquierda.

—Y entonces debemos buscar a un zurdo —dijo Loraine, pensativa.

—Sí, y te diré algo más. Eso es lo que Battle buscaba entre los palos de golf, trataba de encontrar algunos que pertenecieran a una persona zurda.

—¡Caramba! —exclamó Jimmy de pronto.

—¿Qué sucede?

—Supongo que no tiene ninguna importancia, pero no deja de ser curioso.

Entonces Jimmy procedió a relatar la conversación del día anterior a la hora del té.

—De donde resulta que sir Oswald es ambidiestro —observó Bundle.

—Sí, y ahora recuerdo que aquella noche en Chimneys, es decir, cuando Gerry Wade murió, los miraba jugar al bridge y me llamó vagamente la atención que alguien repartía las cartas con mucha torpeza. Y entonces me di cuenta de que alguien las repartía con la mano izquierda. Desde luego, debió tratarse de sir Oswald.

Los tres se miraron. Loraine movió la cabeza.

—¡Un hombre como sir Oswald Coote! Es imposible. ¿Qué saldría ganando?

—Parece absurdo —observó Jimmy—, y sin embargo...

—El número siete trabaja a su manera —dijo Bundle recordando las palabras que había oído desde su escondrijo en Las Siete Esferas—. ¿Y si fuera así como sir Oswald ha labrado su fortuna?

—Pero entonces no comprendo la necesidad de preparar toda esa escena en Wyvern Abbey después de haber tenido la fórmula a prueba en sus acerías.

—Eso puede explicarse con el mismo argumento que empleaste acerca de Mr. O'Rourke —aclaró Loraine—. Debía alejar las sospechas de él y hacerlas recaer en otra parte.

Bundle asintió.

—Todo encaja. Las sospechas deben recaer en Bauer y en la condesa. ¿Quién osaría sospechar de sir Oswald Coote?

—Me pregunto si Battle lo hace —dijo Jimmy despacio.

Una cuerda vibró en la mente de Bundle: el superintendente Battle quitando una hoja de hiedra de la chaqueta del millonario.

¿Habría Battle sospechado de él desde el primer momento?

Capítulo 29
El extraño comportamiento de George

—Mr. Lomax está aquí, milord.

Lord Caterham se sobresaltó violentamente, pues, absorto en las complicaciones de lo que no debe hacerse con la muñeca izquierda, no había oído acercarse al mayordomo caminando sobre el suave césped. Miró a Tredwell con más pena que enfadado.

—Esta mañana, a la hora del desayuno, le he dicho que estaría muy ocupado, Tredwell.

—Sí, milord, pero...

—Vaya y dígale a Mr. Lomax que se ha equivocado, que he ido al pueblo o que estoy enfermo de gota. Y si eso le falla, dígale que me he muerto.

—Mr. Lomax ha visto a milord desde el camino de entrada.

Lord Caterham suspiró pesadamente.

—Muy bien, Tredwell. Vamos allá.

Lord Caterham era bastante dúctil. Saludó a George con exquisita cordialidad cuando en realidad deseaba que desapareciera de su vista.

—Mi querido amigo, mi querido amigo. Es un placer verlo. Estoy sencillamente encantado. Siéntese y beba algo. Bien, bien, es espléndido tenerlo aquí.

Después de hacer que George se acomodase en una gran butaca, se sentó frente a él y parpadeó nervioso.

—Tenía muchas ganas de verlo —dijo George.

—¡Oh! —exclamó lord Caterham desmayadamente, mientras pensaba con furia en las terribles posibilidades que acaso se escondieran tras aquella sencilla frase.

—¡Muchas ganas! —repitió George con énfasis.

El corazón de lord Caterham se le cayó a los pies. Sintió que se aproximaba algo peor de lo que podía imaginar.

—¿Sí? —repuso intentando parecer despreocupado.

—¿Está Eileen en casa?

Lord Caterham se sintió aliviado, aunque algo sorprendido.

—Sí, sí —afirmó—. Bundle está aquí. Una amiga suya, la joven miss Wade, está pasando unos días con nosotros. Es una muchacha encantadora, sencillamente encantadora. Será muy buena jugadora de golf algún día. Tiene un *swing* muy bonito.

—Me complace que Eileen esté en casa —le interrumpió George—. ¿Podría hablar con ella después?

—Ciertamente, mi querido amigo, ciertamente. —Lord Caterham se sentía aún sorprendido, pero la sensación de alivio todavía no le había abandonado—. Si no le aburre —prosiguió.

—Nada podría ser menos aburrido para mí —dijo George—. Creo, Caterham, si me permite decírselo, que usted no se da cuenta de que Eileen no es ya una niña. Se ha convertido en una mujer de enorme encanto y talento. El hombre que logre merecer su amor será muy afortunado. Lo repito, muy afortunado.

—Quizá sí —dijo lord Caterham—, pero es muy inquieta. No puede permanecer más de dos minutos en el mismo sitio. Sin embargo, creo que a los jóvenes de hoy esto no les importa.

—Diga, mejor, que no se conforma con estancarse. Eileen es muy inteligente, tiene ambiciones. Se interesa por los asuntos de la actualidad y se esfuerza para que su mente fresca y viva los comprenda.

Lord Caterham lo miró, pensando que aquello a lo que la gente suele llamar «la tensión de la vida moderna» se estaba manifestando en George. Su descripción de Bundle le parecía ridículamente inexacta.

—¿Se encuentra usted bien? —preguntó con ansiedad. George no hizo caso de la pregunta.

—Acaso se esté usted dando cuenta del verdadero objeto de mi visita, Caterham. No soy un hombre que adopte a la ligera la intención de adquirir nuevas obligaciones. Creo poseer el sentido de la responsabilidad para con la posición que ostento. He dedicado a este asunto la más profunda y meditada consideración. El matrimonio, especialmente a mi edad, no debe contraerse sin... ah... sin haberlo sopesado en todos sus aspectos. Igualdad de cuna, semejanza de gustos, facilidad de adaptación e idéntico credo religioso son aspectos esenciales. Creo que puedo ofrecer a la que vaya a ser mi esposa una envidiable posición en la sociedad. Eileen adornará esa posición con su gracia y su inteligencia, y su agudo sentido político no puede por menos que ayudarme en mi carrera, en beneficio mutuo. Me doy cuenta de que... ah... existe cierta diferencia de edad, pero puedo asegurarle que me siento lleno de vigor, como en mi juventud. Es conveniente que el marido sea mayor que la esposa. Además, Eileen tiene gustos serios y le conviene más un hombre que la aventaje en años que uno de esos jóvenes zascandiles que carecen de experiencia y de *savoir-faire*. Puedo asegurarle, mi querido Caterham, que cuidaré con adoración de su... ah... exquisita juventud. ¡Qué privilegio será contemplar el florecimiento de su privilegiada mente! ¡Y pensar que jamás había imaginado...!

Movió la cabeza tristemente. Lord Caterham, que no salía de su asombro, apenas pudo articular estas palabras:

—¿Debo entender...? Pero, mi querido amigo, no irá usted a querer casarse con Bundle, ¿verdad?

—¿Se sorprende usted? Supongo que le parece algo súbito. ¿Me concede su permiso para hablar con ella?

—Oh, sí —asintió lord Caterham—. Si es mi permiso lo que desea, lo tiene. Pero, Lomax, en su lugar yo no lo haría. Váyase a casa y piénselo. Primero cuente hasta veinte y haga todas esas cosas que se suelen aconsejar. Es siempre penoso declararse y hacer el ridículo.

—Creo que lo dice con buena intención, Caterham, aunque debo confesar que emplea usted unos términos algo extraños. Pero he tomado ya mi decisión. ¿Puedo hablar con Eileen?

—Eso no tiene nada que ver conmigo —repuso lord Caterham rápidamente—. Eileen arregla sus asuntos a su manera. Si mañana me dijera que quiere casarse con el chófer, yo no me opondría. Hoy en día es la única forma de entenderse con los hijos, que pueden hacer que la vida de uno sea intolerable si no accede a sus caprichos. Yo le digo a Bundle que haga lo que quiera y no me moleste, y se sorprendería usted de lo bien que sigue mis instrucciones.

George se puso de pie.

—¿Dónde puedo encontrarla?

—Pues no lo sé —repuso lord Caterham—. Puede estar en cualquier parte. Como le he dicho antes, jamás permanece dos minutos en el mismo sitio. Es verdaderamente incansable.

—Supongo que miss Wade estará con ella. Creo, Caterham, que lo mejor sería que usted llamase a su mayordomo y le encargara que la buscase diciéndole que deseo hablarle.

Lord Caterham hizo sonar el timbre.

—Busque a milady, Tredwell —dijo cuando el mayordomo acudió a la llamada—, y dígale que Mr. Lomax desea hablar con ella en el salón.

Tredwell se retiró. George cogió la mano de lord Caterham y la estrechó vigorosamente.

—Mil gracias —dijo—. Espero poder traerle buenas noticias.

Salió precipitadamente de la habitación.

—Bien —murmuró lord Caterham—. ¡Bien!

Después de una larga pausa exclamó:

—¿Qué diantres habrá estado haciendo Bundle?

La puerta se abrió de nuevo.

—Mr. Eversleigh, milord.

Cuando Bill entró, lord Caterham le tendió la mano y habló con rapidez.

—Hola, Bill. ¿Busca a Lomax? Si quiere hacer una buena acción, vaya al salón y dígale que se ha convocado una reunión inmediata del Gabinete o cualquier otra cosa que lo haga salir de ahí. En realidad, no es justo dejar que ese pobre diablo haga el ridículo por una muchacha como Bundle.

—No he venido en busca del Besugo —repuso Bill—. No sabía que estuviese aquí. Quiero ver a Bundle. ¿Sabe usted dónde está?

—No la puede ver —contestó lord Caterham—. Al menos por ahora, desde luego. George está con ella.

—Bueno. ¿Qué importa?

—Creo que importa mucho —dijo lord Caterham—. Lomax debe de estar tartamudeando horriblemente en este instante y no debemos empeorar las cosas para él.

—¿Qué está diciendo?

—Solo Dios lo sabe —repuso lord Caterham—. Probablemente, un montón de tonterías. Nunca se debe hablar demasiado, esa es mi divisa. Basta con coger la mano de la muchacha y dejar que las cosas sigan su curso.

Bill lo miró asombrado.

—Pero, señor, tengo mucha prisa. Debo hablar con Bundle...

—Supongo que no tendrá usted que esperar demasiado, Bill. Debo admitir que me complace mucho que esté usted conmigo. Supongo que Lomax insistirá en hablarme cuando haya terminado.

—¿Cuando haya terminado qué? ¿Qué está haciendo el Besugo?

—Se está declarando.

—¿Declarando? ¿Qué declara?

—Se declara a Bundle y le pide que se case con él. No me pregunte la razón. Supongo que ha llegado a eso que llaman la edad peligrosa. No puedo explicármelo de otra manera.

—¿Declarándose a Bundle? ¡Viejo verde! ¿A su edad?

Bill enrojeció hasta las raíces del cabello.

—Dice que está en la plenitud de la vida —repuso lord Caterham cautamente.

—¡Pero si es un viejo decrépito! Yo... yo...

Las palabras se le atragantaban.

—No tanto, Bill, no tanto —observó lord Caterham con frialdad—. Es cinco años menor que yo.

—¡Qué caradura! ¡El Besugo y Bundle! ¡Una chica como Bundle! No debió usted haberlo permitido, señor.

—Jamás me meto en nada.

—Debió usted haberle dicho lo que piensa de él.

—Desgraciadamente, la civilización moderna impide hacer tales cosas —repuso lord Caterham apenado—. En la Edad de Piedra, quizá. Aunque supongo que entonces tampoco hubiera podido hacerlo, siendo bajo y no muy fuerte.

—¡Bundle! ¡Bundle! Y pensar que nunca me he atrevido a pedirle que se case conmigo por temor a que se burlara de mí. Y ahora George, ese charlatán sin escrúpulos, político, hipócrita, rufián, engreído...

—Siga, siga —dijo lord Caterham—. Me estoy divirtiendo mucho.

—¡Dios mío! —murmuró Bill con pena—. Me voy.

—¡No! No se vaya. Prefiero que se quede. Además, quiere ver a Bundle.

—Ahora no. Todo esto me ha confundido. ¿Sabe usted dónde se encuentra Jimmy Thesiger por casualidad? Creo que estaba con los Coote. ¿Sabe si todavía está allí?

—Supongo que regresó a Londres ayer. Bundle y Loraine estuvieron allí el sábado. Si quiere esperar...

Pero Bill negó con energía y se marchó casi corriendo. Lord Caterham se dirigió de puntillas al vestíbulo, cogió un sombrero y salió apresuradamente por una puerta lateral. Desde los jardines, vio a Bill corriendo desaforado hacia el coche.

«Este muchacho tendrá un accidente», pensó.

Sin embargo, Bill llegó incólume a Londres, dejó el coche en St. James's Square y se dirigió luego al apartamento de Jimmy Thesiger. Este se encontraba en casa.

—¡Hola, Bill! ¿Qué sucede? Estás cambiado. No pareces el mismo.

—Estoy preocupado —repuso Bill—. Ya lo estaba cuando ha sucedido algo que ha hecho que mi preocupación aumentara.

—¡Oh! —exclamó Jimmy—. ¿De qué se trata? ¿Puedo hacer algo por ti?

Bill no contestó. Permaneció sentado con la mirada fija en la alfombra. Jimmy sintió que su curiosidad se excitaba.

—¿Ha ocurrido algo muy extraordinario, William? —preguntó suavemente.

—Algo terriblemente extraño. No alcanzo a comprenderlo.

—¿Acerca de Las Siete Esferas, acaso?

—Sí. He recibido una carta esta mañana.

—¿Una carta? ¿De qué clase?

—Una carta de los albaceas de Ronny Devereux.

—¡Dios mío! ¡Después de tanto tiempo!

—Parece que dejó ciertas instrucciones. Si moría súbitamente, cierto sobre sellado había de serme remitido quince días después de su fallecimiento.

—¿Te lo han remitido?

—Sí.

—¿Lo has abierto?

—Sí.

—¿Cuál es su contenido?

Bill lo miró de tal manera que Jimmy se sintió sobresaltado.

—Anímate, Bill —dijo—. Sea lo que sea, parece preocuparte mucho. Toma un trago.

Preparó un whisky con soda muy cargado y se lo llevó a Bill, que se lo bebió precipitadamente. Su cara seguía reflejando la misma expresión de angustia.

—Es el contenido de la carta —dijo—. Simplemente, no puedo creerlo.

—Tonterías —repuso Jimmy—. Debes acostumbrarte a creer seis cosas imposibles todos los días antes del desayuno. Yo lo hago regularmente. Vamos, cuéntamelo. Pero espera un minuto.

Salió.

—¿Stevens?

—Sí, señor.

—Vaya a comprarme cigarrillos. Se me han terminado.

—Muy bien, señor.

Jimmy esperó hasta que oyó cerrarse la puerta del apartamento y entonces regresó a la salita. Bill dejaba en aquel momento el vaso en la mesa. Parecía sentirse mejor, más animado y dueño de sí.

—He mandado a Stevens fuera para que nadie pueda oírnos —dijo Jimmy—. ¿Estás dispuesto a contármelo?

—Es increíble.

—Entonces debe ser verdad. Vamos, desembucha ya.

Bill suspiró profundamente.

—Sí, te lo contaré todo.

Capítulo 30
Una llamada urgente

Loraine, que estaba jugando con un cachorro pequeño y peludo, se sintió algo sorprendida cuando Bundle se reunió con ella después de una ausencia de veinte minutos, casi sin poder respirar y con una indescifrable expresión en el rostro.

—¡Uf! —exclamó Bundle dejándose caer en un asiento en el jardín—. ¡Uf!

—¿Qué sucede? —preguntó Loraine mirándola con curiosidad.

—George tiene la culpa, George Lomax.

—¿Qué ha estado haciendo?

—Declarándoseme. Ha sido terrible. Balbuceaba y tartamudeaba, pero no se ha arredrado. Debió de leerlo en un libro y se lo aprendió de memoria. No había forma de hacerlo callar. ¡Cómo me disgustan las personas que tartamudean! Y desgraciadamente, no sabía qué contestarle.

—Pero deberías tener claro lo que quieres hacer.

—Desde luego, no estoy dispuesta a casarme con un tonto apopléjico como George. Lo que quiero decir es que no he aprendido la contestación adecuada en ningún libro de etiqueta. Solo he sabido decirle llanamente: «No, no quiero». Creo que debía haberle dicho algo acerca de que agradecía el honor que me hacía y otras cosas por el estilo. Pero me ha desconcertado tanto que he acabado saltando por la ventana.

—La verdad, Bundle, no es muy propio de ti.

—Es que jamás pude suponer que me sucedería algo por el estilo. Y mucho menos con George, de quien siempre supuse que me odiaba. ¡Qué peligroso resulta pretender interesarse en la afición predilecta de un hombre! Deberías haber oído las tonterías que ha dicho acerca de mi mente juvenil y del placer que tendría en formarla. ¡Mi mente! Si hubiese sabido la cuarta parte de lo que pasaba por ella en esos momentos, George se habría desmayado horrorizado.

Loraine no pudo por menos que reír.

—Ya sé que soy yo quien tiene la culpa de todo. Yo me lo he buscado. —Hizo una ligera pausa—. Mira, ahí está papá escondiéndose detrás de aquellos rododendros. Hola, papá.

Lord Caterham se acercó con la expresión de un perro apaleado.

—¿Se ha ido Lomax? —preguntó con una alegría forzada.

—En bonito lío me has metido —dijo Bundle—. George me ha asegurado que tenía tu aprobación total y absoluta.

—¿Y qué querías que dijera? —se defendió lord Caterham—. En realidad, no fue eso lo que le dije.

—Ya me parecía a mí —observó Bundle—. Supuse que George te había acorralado, reduciéndote a tal estado que solo pudiste asentir débilmente con un gesto de la cabeza.

—Más o menos, eso fue lo que sucedió. ¿Cómo se lo ha tomado?

—No he esperado a verlo —repuso Bundle—. Temo haber sido algo brusca con él.

—Oh, bien —observó el padre—, quizá haya sido mejor así. Gracias a Dios que, en el futuro, Lomax no estará siempre preocupándome con sus absurdas cosas. ¿Has visto mi palo de golf?

—Creo que un partido me calmaría los nervios —dijo Bundle—. Te apuesto seis peniques, Loraine.

Transcurrió una hora apaciblemente y los tres regresaron a la casa de excelente humor. Una nota esperaba en la mesa del vestíbulo.

—Mr. Lomax la ha dejado para milord —explicó Tredwell—. Ha sentido mucho que milord hubiese salido.

Lord Caterham rasgó el sobre. Masculló una maldición y alargó el papel a su hija. Tredwell se retiró.

—Creo, Bundle, que tenías que haberle hablado con más claridad.

—¿Qué quieres decir?

—Lee esto.

Bundle cogió la nota y la leyó:

Mi querido Caterham:

Siento mucho no haber podido hablar con usted. Creo haberle dicho claramente que deseaba volver a verle después de mi entrevista con Eileen. La pobre niña desconocía mis sentimientos hacia ella y se sintió muy asombrada. No quiero de ningún modo apremiarla. La confusión juvenil fue simplemente encantadora y aprecio en grado sumo su candorosa reserva. Debo darle tiempo para que se acostumbre a la idea. Su propia confusión es prueba clara de que no le soy indiferente, por lo que confío en mi éxito final.

Créame, querido Caterham.

Su más sincero amigo,

George Lomax

—Demonios —dijo Bundle—. ¡Demonios!

No encontraba palabras para expresar su estado.

—Ese hombre debe de estar loco —observó lord Caterham—. Nadie en su sano juicio puede escribir eso de ti, Bundle. ¡Pobre tipo! Pero qué persistencia. No me extraña que haya llegado a meterse en el Gabinete. Le estaría muy bien empleado que te casaras con él, Bundle.

El timbre del teléfono sonó y Bundle fue a contestar. Un minuto después, George y su declaración habían sido olvidados y la joven hacía apremiantes señas a Loraine. Lord Caterham se dirigió a su propio refugio.

—Es Jimmy —dijo Bundle—, y está excitadísimo por algo.

—Gracias a Dios que la encuentro —decía Jimmy—. No hay tiempo que perder. ¿Está también Loraine ahí?

—Sí, aquí está.

—No tengo tiempo de explicarlo todo. Es más, no es conveniente hacerlo por teléfono. Bill ha venido a verme y me ha contado la historia más asombrosa que pueda usted imaginarse. Si es verdad, será la noticia más importante del siglo. Le diré lo que deben hacer. Vengan a Londres enseguida las dos. Dejen el coche en cualquier garaje y después vayan directamente al club Las Siete Esferas. ¿Podría usted deshacerse de ese antiguo lacayo suyo?

—¿Alfred? Claro que sí. Yo me encargo de eso.

—Bien. Deshágase de él y vigile nuestra llegada. No se dejen ver en ninguna ventana, pero cuando lleguemos abran la puerta enseguida. ¿Comprenden?

—Sí.

—Eso es todo. ¡Ah! Que nadie sepa que van a Londres. Den cualquier excusa. Puede usted decir, por ejemplo, que lleva a Loraine a su casa.

—Bueno. Estoy excitadísima, Jimmy.

—No se olvide de hacer testamento antes de salir.

—Mejor que mejor. Pero me gustaría saber de qué se trata.

—Lo sabrá tan pronto nos reunamos con ustedes. Puedo anticiparle algo. ¡El número siete se va a encontrar con una sorpresa inesperada!

Bundle colgó el auricular y se volvió a Loraine, resumiéndole rápidamente la conversación. Loraine corrió a su dormitorio y empaquetó sus cosas con rapidez, mientras Bundle iba a hablar con su padre.

—Llevo a Loraine a su casa, papá.

—¿Por qué? No sabía que se marchaba hoy.

—La necesitan. Acaban de telefonearla. Adiós.

—Espera un momento, Bundle. ¿Cuándo regresarás?

—No lo sé. Ya me verás cuando llegue.

Después de esta poco ceremoniosa despedida, Bundle corrió a sus habitaciones, se puso el sombrero y el abrigo de pieles y se preparó para partir. Ya había ordenado que llevaran el Hispano-Suiza a la puerta.

El viaje a Londres transcurrió sin novedad alguna, excepto por la excitación normal cuando Bundle conducía. Dejaron el coche en un garaje y se dirigieron al club Las Siete Esferas.

Alfred les abrió la puerta. Bundle entró sin saludar y Loraine la siguió.

—Cierre, Alfred —dijo Bundle—. Mire, he venido aquí para hacerle un favor. La policía le busca y sin duda lo encontrará.

—¡Oh, milady!

Alfred palideció.

—He venido a avisarle porque usted me ayudó la otra noche —prosiguió Bundle—. Hay una orden de detención contra Mr. Mosgorovsky y lo mejor que puede usted hacer es desaparecer de aquí lo más rápido posible. Si no le encuentran, no le molestarán. Tome estas diez libras, le ayudarán a trasladarse a alguna parte.

Tres minutos después, el aterrorizado e incoherente Alfred abandonó el número 14 de Hunstanton Street con una sola idea en la cabeza: no regresar jamás.

—Esta parte ya está arreglada —dijo Bundle satisfecha.

—¿Era necesario obrar de una manera tan drástica? —objetó Loraine.

—Así es más seguro —repuso Bundle—. No sé lo que Jimmy y Bill proyectan, pero no quiero que Alfred pueda estropearlo todo. Mira, ahí están. No han perdido mucho tiempo. Probablemente estaban por los alrededores esperando que Alfred saliera. Baja y ábreles la puerta, Loraine.

Esta obedeció. Jimmy Thesiger se apeó del coche.

—Quédate aquí un momento, Bill —dijo—. Haz sonar la bocina si crees que alguien está vigilando el lugar.

Entró rápidamente en el edificio y cerró de golpe la puerta tras de sí. Parecía muy excitado.

—Hola, Bundle. Veo que ya está aquí. Vamos directamente al grano. ¿Dónde está la llave de la habitación donde se escondió usted la otra noche?

—La abrimos con la llave de una de las puertas de abajo. Será mejor que las traigamos todas.

—Sí, pero dese prisa. Tenemos poco tiempo.

No fue difícil encontrar la llave con la que abrieron la puerta acolchada. Los tres entraron en la habitación, que estaba tal cual la había visto Bundle, con las siete sillas alrededor de la mesa. Jimmy la contempló en silencio. Entonces, su mirada se dirigió a los dos armarios.

—¿En cuál se escondió, Bundle?

—En este.

Jimmy fue hacia el que ella le señalaba y lo abrió. La misma colección de vajilla y cristalería apareció en los estantes.

—Tendremos que trasladar todo esto —murmuró—. Dile a Bill que suba, Loraine. No es necesario que siga vigilando en la calle.

—¿Qué va usted a hacer? —preguntó Bundle impaciente.

Jimmy estaba arrodillado, tratando de mirar por una rendija de la puerta del otro aparador.

—Espere hasta que Bill suba y entonces lo sabrá todo. Este trabajo es obra suya y puede creerme que es algo admirable. Pero ¿por qué sube Loraine la escalera tan deprisa, como si la persiguiese el diablo?

Loraine subía las escaleras como alma que lleva el diablo. Entró en la habitación con la cara blanca como la nieve y una mirada de terror en los ojos.

—Bill... Bill... ¡Oh, Bundle! ¡Bill!

—¿Qué pasa con Bill?

Jimmy la cogió por el hombro.

—Por el amor de Dios, Loraine, ¿qué ha sucedido?

Loraine casi no podía hablar.

—Bill... creo que está muerto... Está en el coche, pero no habla ni se mueve. Estoy segura de que está muerto.

Jimmy soltó un juramento y bajó corriendo por las escaleras, seguido de Bundle, cuyo corazón latía apresuradamente, presa de un profundo sentimiento de desolación.

—¿Bill muerto? ¡Oh, no! ¡Oh, no! Eso no, Dios mío; eso no.

Ella y Jimmy llegaron juntos al coche, y tras ellos, Loraine.

Bill estaba sentado en la misma posición en que lo habían dejado, recostado contra el respaldo, pero tenía los ojos cerrados y no hizo movimiento alguno cuando Jimmy lo cogió del brazo.

—No puedo comprenderlo —murmuró Jimmy—. Pero no está muerto. Anímate, Bundle. Tenemos que llevarlo al interior de la casa. Recemos para que no aparezca ningún policía. Si alguien pregunta algo, debemos decir que se trata de un amigo enfermo.

Entre los tres llevaron a Bill al interior sin mucha dificultad y sin llamar demasiado la atención, con la excepción de un caballero sin afeitar que dijo comprensivo:

—Veo que el caballero lleva un par de copas de más. —Y asintió lleno de sabiduría.

—Llevémosle a la habitación de arriba —dijo Jimmy—. Hay un sofá allí.

Lo depositaron cuidadosamente en él. Bundle se arrodillo a su lado y le cogió la muñeca.

—El pulso late —dijo—. ¿Qué le sucede?

—Estaba bien cuando llegamos —afirmó Jimmy—. Me

pregunto si alguien habrá podido inyectarle algo. Puede haber sido muy fácil acercarse a él con el pretexto de preguntarle la hora y pincharlo. Solo podemos hacer una cosa: buscar un médico. Quedaos aquí cuidándolo.

Se dirigió apresuradamente hacia la puerta. Entonces hizo una pausa.

—No os asustéis. Sin embargo, quizá sea mejor que os deje mi revólver por si acaso. Volveré tan pronto como pueda.

Dejó el revólver en una mesita junto al sofá y salió. Las dos muchachas oyeron cerrarse la puerta de la calle y permanecieron inmóviles junto a Bill. Bundle seguía observando su pulso, que parecía latir muy deprisa e irregularmente.

—Quisiera poder hacer algo —susurró—. Esto es terrible.

Loraine asintió.

—Parece que haya transcurrido una eternidad desde que Jimmy ha salido y, sin embargo, solo hace un minuto y medio.

—Me parece estar oyendo ruidos —dijo Bundle—. Pasos y tablas que crujen arriba, pero sé que es mi imaginación.

—¿Por qué nos ha dejado Jimmy el revólver? —observó Loraine—. No creo que pueda haber realmente peligro.

—Si encontraran a Bill aquí... —empezó a decir Bundle.

Loraine se estremeció.

—Ya lo sé, pero nadie puede entrar sin que lo oigamos. De todos modos, tenemos el revólver.

Bundle volvió su atención a Bill.

—Quisiera saber qué debo hacer. Quizá sería conveniente darle café caliente.

—Tengo sales aromáticas en el bolso —repuso Loraine—. Y algo de coñac. ¿Dónde está? Puede que lo haya dejado en la habitación de arriba.

—Iré a buscarlas —dijo Bundle—. Quizá le sienten bien.

Subió rápidamente la escalera, cruzó la sala de juego y

entró en la habitación donde se reunían las Siete Esferas. El bolso de Loraine estaba encima de la mesa.

Cuando Bundle alargaba la mano para cogerlo, oyó un ruido a sus espaldas. Escondido detrás de la puerta, un hombre estaba preparado con una bolsa de arena en la mano. Antes de que Bundle pudiera volver la cabeza, la golpeó.

La joven se deslizó hasta el suelo con un leve quejido.

Capítulo 31
Las Siete Esferas

Bundle recobró el sentido muy lentamente. Estaba rodeada de una negrura, que giraba a su alrededor, y cuyo centro era un dolor violento y palpitante. Oía ruidos. Una voz que conocía muy bien repetía las mismas palabras una y otra vez.

La oscuridad giraba menos violentamente. El dolor se había localizado en su cabeza, que estaba lo bastante clara como para interesarse en lo que la voz decía.

—Bundle querida. ¡Oh, Bundle querida! Está muerta, sí que lo está. ¡Oh, Bundle! Te quiero tanto. ¡Bundle, Bundle!

Bundle permaneció inmóvil, con los ojos cerrados, aunque estaba ya plenamente consciente. Los brazos de Bill la abrazaban.

—Bundle mía... ¡Oh, Bundle, amor mío! ¿Qué puedo hacer? Te quiero, Bundle, te quiero. ¡Dios mío! ¿Qué puedo hacer? ¡Yo la he matado!

A regañadientes, muy a regañadientes, Bundle habló.

—No me has matado, tonto —dijo.

Bill lanzó una exclamación de sorpresa.

—¿Estás viva, Bundle?

—Claro que lo estoy.

—¿Cuánto tiempo has estado...? Quiero decir, ¿cuándo has recobrado el sentido?

—Hace unos cinco minutos.

—¿Y por qué no has abierto los ojos y dicho algo?

—No quería hacerlo. ¡Ah! Me estaba divirtiendo mucho.

—¿Divirtiéndote?

—Sí. Oyéndote hablar. Jamás volverás a decir esas cosas tan bien.

Bill se sonrojó hasta la raíz de los cabellos.

—Pero... ¿no te importa? Te quiero mucho. Te he querido siempre, pero jamás me he atrevido a decírtelo.

—¡Tonto! ¿Por qué?

—Pensé que te burlarías de mí. Quiero decir que eres inteligente y te casarás con alguien importante.

—¿Como George Lomax? —sugirió Bundle.

—No me refiero a un presuntuoso como el Besugo, sino a alguien digno de ti, aunque no creo que nadie pueda serlo.

—¡Eres un encanto, Bill!

—Pero, hablando en serio, Bundle, ¿podrías decidirte alguna vez...?

—¿Decidirme a qué?

—A casarte conmigo. Ya sé que soy muy cabezota, pero te quiero, Bundle. Sería como un perro, tu esclavo o lo que quisieras.

—Tu carácter es más parecido al de un perro —repuso Bundle—. Me gustan los perros. Son amistosos, fieles... Creo que quizá pudiera llegar a casarme contigo, Bill. Haciendo un gran esfuerzo, desde luego.

La reacción de Bill fue soltarla y echarse hacia atrás violentamente, mirándola con ojos asombrados.

—¿De veras, Bundle?

—No tienes remedio, Bill —dijo ella—. Veo que voy a tener que desmayarme otra vez.

—¡Bundle, querida! —Bill la estrechó contra su pecho. Estaba temblando—. ¿Quieres decir... Bundle... que...? Te quiero, te quiero, Bundle.

—¡Oh, Bill! —exclamó Bundle.

No hay necesidad de transcribir detalladamente la conversación que siguió durante los siguientes diez minutos, que consistió casi toda ella en continuas repeticiones.

—¿Es verdad que me quieres? —preguntó Bill por enésima vez, incrédulo aún y soltándola por fin.

—Sí, sí, sí. Seamos sensatos ahora. La cabeza todavía me duele y tú casi me has quebrado los huesos con tus abrazos. Quiero saber qué ha sucedido.

Por primera vez, Bundle miró a su alrededor. Se encontraba en la habitación secreta y la puerta acolchada estaba cerrada, seguramente con llave. Debían de estar prisioneros.

Bundle volvió a posar los ojos en Bill, que parecía no haber comprendido sus palabras y la miraba con adoración.

—Bill, querido —dijo Bundle—, reacciona. Tenemos que salir de aquí.

—¿Eh? —repuso Bill—. ¿Cómo? ¡Ah, sí! Está bien. No habrá dificultades de ninguna clase.

—Piensas así porque estás enamorado —observó Bundle—. A mí me sucede lo mismo. Parece que todo sea fácil y posible.

—Y lo es —afirmó Bill—. Ahora que sé que me quieres...

—Calla —ordenó Bundle—. Si volvemos a empezar, no podremos hablar de cosas serias. Si no recobras la lucidez y te portas sensatamente, puedo cambiar enseguida de idea.

—No te dejaré hacerlo —repuso Bill—. ¿Crees que podría ser tan tonto como para perderte ahora?

—Espero que no me coaccionarás —dijo Bundle grandilocuente.

—¿Eso crees? Cuando quieras te lo demuestro.

—Eres un encanto, Bill. Tenía miedo de que fueras demasiado dócil, pero veo que no existe peligro de ello. Dentro de media hora, me estarás dando órdenes. Oh, querido, ya nos estamos poniendo tontos otra vez. Lo importante ahora es salir de aquí.

—Te he dicho que no hay ningún problema. Yo...

Calló, obediente a la presión de Bundle en su mano. Ella estaba inclinada hacia delante para oír mejor. Sí, no estaba equivocada. Alguien se encontraba en la habitación vecina e introducía una llave en la cerradura. Bundle contuvo la respiración. ¿Sería Jimmy, que acudía en su auxilio, o algún otro?

La puerta se abrió y el barbudo Mr. Mosgorovsky apareció en el umbral.

Bill dio de inmediato un paso hacia delante y se colocó frente a Bundle.

—Oiga, quiero hablar con usted en privado.

El ruso no contestó enseguida. Se acariciaba la larga y sedosa barba negra, sonriendo.

—¡Ajá! —dijo finalmente—. Muy bien. La señorita hará el favor de venir conmigo.

—Está bien, Bundle —dijo Bill—. Yo me encargo de todo. Ve con él. Nadie te hará daño. Sé muy bien lo que estoy haciendo.

Bundle se levantó obediente. Aquella nota autoritaria en la voz de Bill era desconocida para ella. Parecía estar completamente seguro de sí mismo y de poder dominar la situación. La joven se preguntó qué tenía (o pensaba que tenía) Bill en la manga.

—Por aquí, tenga la bondad —dijo.

Señaló la escalera y Bundle subió dócilmente al piso superior. Una vez en él, el ruso le indicó que entrara en una pequeña habitación que ella creyó sería el dormitorio de Alfred.

—Espere tranquilamente aquí, por favor —dijo el ruso—. No debe hacer ruido alguno.

Y salió, cerrando también aquella puerta con llave.

Bundle se sentó en una silla. Le dolía mucho la cabeza

aún y se sentía incapaz de pensar. Bill parecía dominar la situación. Supuso que, tarde o temprano, alguien la dejaría salir de allí.

Transcurrió el tiempo. El reloj de Bundle se había parado, pero creyó que había pasado por lo menos una hora desde que el ruso la condujera a aquella habitación. ¿Qué pasaba? ¿Qué había sucedido?

Por fin, oyó unos pasos en la escalera. Era Mosgorovsky otra vez. El ruso se dirigió a ella con mucha formalidad.

—Lady Eileen Brent, se solicita su presencia en una reunión de emergencia de la Sociedad de las Siete Esferas. Tenga la bondad de seguirme.

Una vez más, el hombre bajó las escaleras seguido de Bundle. Abrió la puerta de la habitación secreta e hizo pasar a la muchacha, que contuvo la respiración, sorprendida, al entrar allí.

Veía por segunda vez aquello que solo había atisbado días antes a través de la mirilla. Las figuras enmascaradas estaban sentadas en torno a la mesa. Mientras ella permanecía de pie, atónita, Mosgorovsky se dirigió a su silla y se puso el antifaz.

En esta ocasión, la silla de la cabecera de la mesa estaba ocupada. El número siete se encontraba en su puesto.

El corazón de Bundle latió con violencia. Estaba al pie de la mesa, frente a él, mirándolo fijamente, viendo aquella máscara con la esfera pintada que escondía sus facciones.

Permanecía sentado, inmóvil. Bundle sintió que una extraña sensación de poder irradiaba de aquel hombre. Su inmovilidad no era la inactividad del débil. Bundle deseó ardientemente, casi histéricamente, que hablara, que hiciera algún movimiento, algún gesto que quebrase aquella quietud que lo hacía aparecer como una araña gigantesca esperando despiadada la llegada de su presa.

Se estremeció. En aquel momento, Mosgorovsky se levantó. Su voz suave, persuasiva, parecía llegar de muy lejos.

—Lady Eileen, usted ha estado presente, sin haber sido invitada a ello, en una reunión secreta de esta sociedad. Por tanto, es preciso que se identifique con nuestros objetivos y nuestras ambiciones. Como puede observar, la silla correspondiente al número dos está vacía. Se la ofrecemos.

Bundle se sobresaltó. Aquello era una fantástica pesadilla. ¿Sería posible que se le pidiera a ella, a Bundle Brent, que entrase a formar parte de una sociedad criminal secreta? ¿Le habrían hecho aquella misma proposición a Bill y él la había rechazado en el acto?

—No puedo aceptarla —dijo con rotundidad.

—No se precipite en su respuesta.

Le pareció que Mosgorovsky, oculto el rostro bajo la máscara, sonreía burlonamente.

—Ignora usted, lady Eileen, lo que se niega a aceptar.

—Pero puedo muy bien imaginarlo —observó ella.

—¿Lo cree usted así?

Era la voz del número siete, que despertó un vago recuerdo en la mente de Bundle. Estaba segura de haberla oído antes.

Despacio, el número siete se llevó la mano a la cabeza y manipuló el broche del antifaz.

Bundle contuvo el aliento. Por fin sabría...

La máscara cayó.

Bundle vio ante sí el rostro impertérrito del superintendente Battle.

Capítulo 32
Bundle se siente confundida

—Acérquele una silla —le dijo Battle a Mosgorovsky, que se dirigía hacia Bundle—. Veo que la sorpresa ha sido muy grande.

La joven se sentó. Se sentía floja y desmayada. Battle siguió hablando en aquel tono tranquilo que lo caracterizaba.

—No esperaba usted verme, lady Eileen, y tampoco lo esperaban varios de los que están sentados alrededor de esta mesa. Mr. Mosgorovsky ha sido lo que podríamos llamar mi lugarteniente. Él lo sabía desde el primer momento. Los demás han recibido órdenes a través de él.

Bundle seguía callada. Se sentía totalmente incapaz de hablar, sensación que desconocía por completo.

Battle asintió, como dándole a entender que comprendía la naturaleza de sus sentimientos.

—Tendrá que descartar una o dos ideas preconcebidas acerca de esta sociedad, lady Eileen. Sé que en las novelas acostumbra a aparecer una sociedad supercriminal secreta, en cuya cabeza se encuentra alguien a quien nadie jamás ve. Sin duda también existe en la vida real, pero debo confesar que jamás he tenido conocimiento de ello. Y crea que mi experiencia policíaca es muy grande.

»Pero existe mucha fantasía en el mundo, lady Eileen. A la gente joven, especialmente, le gusta leer acerca de tales cosas y, más aún, llevarlas a cabo. Ahora le voy a presentar a un grupo notable de aficionados que han llevado a cabo una excelente labor para mi departamento y que nadie, sino ellos, podría haber hecho. Acaso se hayan rodeado de excesivo dramatismo. ¿Por qué no? Han estado dispuestos a afrontar graves peligros y lo han hecho por estas razones: amor por el peligro en sí, lo cual es muy notable en estos días en que solo se piensa en la propia seguridad, y por el honrado deseo de servir a su país.

»Y ahora, permítame que proceda a hacer las presentaciones. Ante todo, Mr. Mosgorovsky, a quien podríamos decir que ya conoce. Como usted sabe, dirige este club y muchas otras cosas también. Es el más importante agente antibolchevique en Inglaterra. El número cinco es el conde Andras, de la embajada de Hungría, íntimo amigo del fallecido Mr. Gerald Wade. El número cuatro es Mr. Hayward Phelps, periodista americano que siente grandes simpatías por nuestro país y cuyo olfato para las noticias es notable. El número tres...

Calló, sonriendo, y Bundle miró, confundida, el rostro avergonzado y sonriente de Bill Eversleigh.

—El número dos —prosiguió Battle con voz grave— ha dejado vacante esta silla. Correspondía a Mr. Ronald Devereux, ese bravo joven que murió por su país. El número uno..., bien, el número uno era Mr. Gerald Wade, otro valiente joven que también dio su vida por el bien de la patria. Su lugar ha sido ocupado, no sin graves dudas por mi parte, por una señora que ha probado ser merecedora de ello y que nos ha prestado una considerable ayuda.

El número uno se quitó la máscara y Bundle miró, sin sorpresa, el hermoso rostro de la condesa Radzky.

—Debí haber supuesto —observó Bundle— que se parecía usted demasiado a una hermosa aventurera extranjera como para que, en efecto, lo fuera.

—Pero no sabes lo mejor del caso —comentó Bill—. Bundle, esta es Babe St. Maur. ¿Recuerdas que te conté lo buena actriz que era? Ha demostrado serlo.

—Sí —dijo miss St. Maur con fuerte acento americano—. Pero no merezco excesivo crédito por ello porque mis padres eran originarios de esa parte de Europa y no me costó demasiado hablar como ellos. Sin embargo, casi me traicioné a mí misma una vez en Wyvern Abbey al hablar de jardines.

Hizo una pausa y luego dijo bruscamente:

—No ha sido simple diversión. Ronny y yo estábamos casi comprometidos y, cuando él murió..., bien, yo debía hacer cuanto pudiera por descubrir al canalla que lo asesinó. Eso es todo.

—Estoy absolutamente aturdida —dijo Bundle—. Nada es lo que parece ser.

—Es muy sencillo, lady Eileen —dijo el superintendente Battle—. Todo empezó porque algunos de estos jóvenes deseaban vivir algo excitante. Mr. Wade vino a verme y sugirió la creación de una banda de aficionados para llevar a cabo misiones del servicio secreto. Le previne diciéndole que podía ser peligroso, pero él no se asustaba fácilmente. Le hice comprender que quienquiera que ingresara en la organización habría de hacerlo solo después de ser advertido del peligro que podía correr. Tampoco los amigos de Mr. Wade se arredraron.

—Pero ¿cuál es el objeto de todo esto? —preguntó Bundle.

—Estábamos detrás de un hombre y queríamos detenerlo. No era un ladrón ordinario. Se movía en el mundo de Mr. Wade y era una especie de Raffles, pero mucho más peligroso aún. Solo le interesaban los asuntos grandes, internacionales. Por dos veces habían desaparecido importantes inventos secretos. El trabajo debía haber sido hecho por alguien que conocía bien su importancia y tenía información desde dentro. Los profesionales fracasaron en su búsqueda. Entonces entraron en acción los aficionados y tuvieron éxito.

—¿Tuvieron éxito?

—Sí, pero no sin sufrir bajas. El hombre era peligroso. Mató a dos personas. Sin embargo, las Siete Esferas no se arredraron. Como le digo, tuvieron éxito. Gracias a Mr. Eversleigh, el hombre fue cogido y sorprendido con las manos en la masa.

—¿Quién es? —preguntó Bundle—. ¿Le conozco yo acaso?

—Le conoce muy bien, lady Eileen. Su nombre es Jimmy Thesiger y ha sido detenido esta tarde.

Capítulo 33
Battle se explica

El superintendente Battle procedió a explicar el caso. Hablaba con un tono íntimo y tranquilo.

—Durante mucho tiempo no sospeché de él. El primer indicio lo tuve cuando supe cuáles habían sido las últimas palabras de Mr. Devereux. Naturalmente, usted creyó que Mr. Devereux quería comunicar que las Siete Esferas lo habían matado. Ese era el significado aparente de sus palabras. Pero, desde luego, yo sabía que eso era imposible. Mr. Devereux quería informar a las Siete Esferas de algo concerniente a Mr. Jimmy Thesiger.

»La cosa parecía increíble porque Mr. Devereux y Mr. Thesiger eran íntimos amigos. Pero yo recordé entonces que los robos tenían que haber sido cometidos por alguien que tenía información exacta, alguien que, si no formaba parte del Foreign Office, estaba en situación de conocer muchas de las cosas que en ese departamento se trataban. Y resultaba muy difícil averiguar de dónde venía el dinero de Mr. Thesiger. La renta que su padre le había dejado era muy pequeña y, sin embargo, vivía con gran lujo. ¿De dónde salía el dinero?

»Yo sabía que Mr. Wade estaba muy excitado por algo que había averiguado. Estaba seguro de estar sobre la verdadera pista. No confió a nadie sus sospechas, pero le dijo algo a Mr. Devereux referente a que estaba a punto de confirmarlas. Eso fue poco antes de que ambos fueran a Chimneys a pasar el fin de semana. Como usted sabe, Mr. Wade murió allí, aparentemente por haber tomado una sobredosis de somníferos.

»La explicación parecía normal, pero Mr. Devereux se negó rotundamente a aceptarla. Tenía el convencimiento de que Mr. Wade había sido hábilmente asesinado y que alguien que se encontraba entonces en la casa era el hombre a quien todos buscábamos. Creo que estuvo a punto de hacer algunas confidencias a Mr. Thesiger, pues no sospechaba en lo más mínimo de él. Pero algo le contuvo.

»Entonces hizo algo bastante curioso. Dispuso siete relojes en la repisa y se deshizo del octavo. Era como un símbolo de que las Siete Esferas vengarían la muerte de uno de sus miembros. Vigiló atentamente para ver si alguien se traicionaba o mostraba alguna señal de perturbación.

—¿Fue Jimmy Thesiger quien envenenó a Gerry Wade?

—Sí. Puso la droga en un whisky con soda que Mr. Wade tomó antes de subir a su habitación para acostarse. Por eso se sentía tan somnoliento mientras le escribía aquella carta a miss Wade.

—¿No tuvo entonces Bauer, el lacayo, nada que ver con ello? —preguntó Bundle.

—Bauer era uno de los nuestros, lady Eileen. Pensamos que el hombre a quien perseguíamos intentaría hacerse con la fórmula de Herr Eberhard y por ello hicimos entrar a Bauer al servicio de lord Caterham para que pudiera vigilar por nuestra cuenta. Pero no pudo hacer nada. Como decía, Mr. Thesiger no tuvo demasiada dificultad para administrar la droga. Más tarde, cuando todos dormían, le fue fácil colocar un frasco vacío de cloral, un vaso y una botella de agua en la mesita de noche de Mr. Wade. Este estaba inconsciente entonces y probablemente Mr. Thesiger le cogió la mano y apretó los dedos sobre el vaso y la botella para que se encontraran sus huellas en caso de que se suscitara alguna duda. Ignoro el efecto que los siete despertadores en la repisa causaron a Mr. Thesiger. Desde luego, no dejó traslucir nada a Mr. Devereux. De todas formas, creo que alguna vez debió de pasar algún mal rato al pensar en ellos y supongo que después debió de vigilar a Mr. Devereux.

»No sabemos exactamente lo que sucedió a continuación. Nadie vio demasiado a Mr. Devereux después de la muerte de Mr. Wade. Sin embargo, está claro que trabajó en la misma dirección en que lo había hecho Mr. Wade y llegó a idéntico resultado: es decir, a que Mr. Thesiger era el hombre que buscábamos. Imagino que fue traicionado de la misma forma.

—¿Cómo?

—Por medio de miss Loraine Wade. Mr. Wade la quería mucho. Creo, incluso, que deseaba casarse con ella, puesto que no era verdaderamente hermana suya. No hay duda de que le dijo más de lo que debería haberle dicho. Pero miss Wade pertenecía a Mr. Thesiger en cuerpo y alma, y estaba dispuesta a hacer cuanto él quisiera. Le transmitió toda la información. Mr. Devereux, más tarde, se sintió atraído por ella y, probablemente, la previno contra Mr. Thesiger. Por tanto, Mr. Devereux fue silenciado a su vez y murió tratando de hacer llegar a conocimiento de las Siete Esferas que Mr. Thesiger era un asesino.

—¡Qué horrible! —exclamó Bundle—. Si yo lo hubiera sabido...

—No era posible que pudiera saberlo. En realidad, casi ni yo mismo le daba crédito. Entonces llegamos al asunto de Wyvern Abbey. Recuerde lo extraño que fue, y especialmente embarazoso para Mr. Eversleigh. Usted y Mr. Thesiger estaban compinchados. Mr. Eversleigh se sintió muy turbado por su insistencia en que la trajera a este lugar y, cuando supo que había oído lo sucedido en una reunión de la sociedad, su asombro fue enorme.

El superintendente hizo una pausa y sonrió.

—También yo me sentí desconcertado. Jamás pensé que fuera posible. Mr. Eversleigh se encontraba ante un dilema —prosiguió—. No podía comunicarle el secreto de las Siete Esferas sin que también Mr. Thesiger se enterara, y eso no debía suceder de ninguna manera. Todo ello fue muy conveniente para Mr. Thesiger, pues le dio una razón excelente para lograr ser invitado a Wyvern Abbey, con lo cual sus planes se beneficiaron mucho.

»Las Siete Esferas le habían ya escrito una carta a Mr. Lomax cuyo único objeto era obligarle a que pidiera ayuda, justificando así mi presencia en el lugar. Como usted sabe, en ningún momento intenté pasar inadvertido.

De nuevo, el superintendente sonrió.

—Ostensiblemente, Mr. Eversleigh y Mr. Thesiger debían dividir la noche en dos turnos de guardia. En realidad, Mr. Eversleigh y miss St. Maur así lo hicieron. Ella se encontraba en la biblioteca, vigilando, cuando oyó bajar a Mr. Thesiger, y tuvo que ocultarse precipitadamente detrás del biombo.

»Y ahora llega el momento en que Mr. Thesiger dio grandes pruebas de inteligencia. Nos contó una historia auténtica, y debo admitir que, después de la pelea y todo los demás, llegué incluso a preguntarme si él tenía, en realidad, algo que ver con el robo y si estaríamos sobre la pista verdadera. Una o dos sospechosas circunstancias señalaban en otra dirección. No sabía cómo interpretar todo aquello, cuando sucedió algo que puso las cosas en su lugar.

»Encontré el guante quemado en la chimenea, con huellas de dientes en él, y entonces supe que no me había equivocado. Pero créame cuando le digo que fue verdaderamente inteligente.

—¿Qué fue lo que realmente sucedió? —preguntó Bundle—. ¿Quién era el otro hombre?

—No había otro hombre. Preste atención y le contaré

cómo reconstruí toda la escena. Para empezar, debo decir que Mr. Thesiger y miss Wade trabajaban de común acuerdo. Estaban citados a una hora determinada. Miss Wade llegó en su coche, cruzó el seto y se dirigió a la casa. Tenía una buena historia que contar si alguien la descubría: la que nos relató más tarde. Pero pudo llegar a la terraza, poco después de las dos de la madrugada, sin que nadie la molestara.

»Se la vio entrar en el jardín. Mis hombres la estaban observando, pero tenían órdenes de no impedir la entrada a nadie, únicamente debían evitar la salida de quien intentara escapar. Miss Wade llegó a la terraza y en aquel instante un paquete cayó a sus pies y ella lo recogió. Un hombre bajaba por la hiedra y ella empezó a correr. ¿Qué sucedió a continuación? La lucha... y dos disparos de arma de fuego. ¿Qué había de hacer todo el mundo? Correr al lugar donde sonaron los tiros. Y así miss Wade hubiera podido escapar llevándose tranquilamente la fórmula.

»Pero las cosas no sucedieron exactamente así. Miss Wade fue a parar a mis brazos y, en aquel momento, el juego cambió. Ya no era ataque, sino defensa. Miss Wade contó su historia, que era perfectamente creíble.

»Llegamos ahora a Mr. Thesiger. Algo me llamó la atención de inmediato. La herida de bala no hubiera podido, por sí sola, dejarlo sin conocimiento. O se había caído y se había golpeado la cabeza, o no se había desmayado. Más tarde oímos el relato de miss St. Maur, que coincidía perfectamente con el de Mr. Thesiger. Sin embargo, observé en él un punto muy sugestivo. Miss St. Maur dijo que cuando las luces fueron apagadas y Mr. Thesiger se dirigió a la puerta cristalera, nuestro hombre permaneció tan inmóvil que ella creyó que debía de haber salido de la biblioteca. Cuando alguien se encuentra en una habitación es casi imposible no oír su respiración, si uno aguza bien el oído. Supongamos, pues, que Mr. Thesiger salió. ¿Qué hizo? Subió a la habitación de Mr. O'Rourke por la hiedra. Este caballero había ya tomado el whisky con soda, al que se había añadido una buena dosis de somnífero. Cogió los documentos, los arrojó a la muchacha por la ventana, descendió por la hiedra y... empezó la lucha. En realidad, es algo muy fácil de hacer. No hay más que golpear los muebles, tambalearse, hablar con la voz de uno y disfrazarla y gruñir algo ininteligible. Y después, el toque final: dos disparos. Hizo uno contra su imaginario asaltante con la pistola Colt comprada el día anterior, que había exhibido ostensiblemente. Entonces, con la mano izquierda enguantada, sacó del bolsillo la pequeña Mauser y disparó contra la parte carnosa de su brazo derecho. Tiró la pistola por la ventana, se quitó el guante cogiéndolo con los dientes y lo arrojó al fuego. Cuando yo llegué al lugar de los hechos, estaba en el suelo, al parecer desmayado.

—¿No comprendió todo esto en aquel momento, superintendente Battle? —preguntó Bundle.

—No. Me dejé engañar igual que los demás. No fue sino bastante después cuando resolví el rompecabezas. El guante me dio la clave. Entonces hice que sir Oswald arrojara la pistola por la puerta. Cayó bastante más lejos de donde debería haber caído. Pero un hombre diestro no alcanza la misma distancia al tirar algo con la mano izquierda. Esta fue la primera sospecha, aunque bastante débil.

»Algo me llamó la atención. Los papeles fueron arrojados por la ventana para que alguien los recogiera. ¿Quién debería recogerlos, en el caso de que miss Wade se hubiera encontrado allí accidentalmente? Desde luego, quienes no estuvieran en el secreto señalarían enseguida a la condesa; pero yo sabía que ella no era, que no podía serlo. Entonces, los documentos fueron recogidos por la persona a quien iban destinados. Y cuanto más pensaba en ello, más me parecía una coincidencia extraordinaria que miss Wade hubiera llegado en el instante preciso.

—Debió usted de sentirse bastante molesto cuando le conté mis sospechas acerca de la condesa.

—Sí, la verdad, lady Eileen. Tenía que decir algo para despistarla. También Mr. Eversleigh pasó un mal rato cuando miss St. Maur volvió en sí de su desmayo y pensó que podría hablar imprudentemente.

—Pobre Bill —dijo miss St. Maur—. Tuvo que dejarse enamorar contra su voluntad.

—Bien —prosiguió el superintendente Battle—. Yo sospechaba de Mr. Thesiger, pero no tenía pruebas. Por otra parte, el propio Mr. Thesiger estaba aturdido. Se daba cuenta, con más o menos claridad, de lo que las Siete Esferas significaban, pero deseaba ardientemente saber quién era el número siete. Entonces se hizo invitar a casa de los Coote, pues sospechaba que sir Oswald podía ser el jefe secreto de la sociedad.

—Yo sospeché de sir Oswald —dijo Bundle—, especialmente cuando llegó procedente del jardín.

—Yo no —afirmó Battle—, pero no quiero negar que llegué a pensar mal de su secretario.

—¿Pongo? —exclamó Bill—. ¡Pobre Pongo!

—Sí, Mr. Eversleigh, del pobre Pongo, como usted dice. Se trata de un caballero muy eficiente, capaz de llevar a cabo cualquier cosa que se proponga. Sospeché de él principalmente por haber sido quien colocó los despertadores en la habitación de Mr. Wade. Le hubiera sido muy fácil poner el frasco y el vaso en la mesita de noche. También sospeché porque es zurdo. El guante parecía señalarlo a él, de no haber sido por un detalle.

—¿Cuál?

—Las huellas de dientes. Solo un hombre cuyo brazo derecho hubiera estado incapacitado habría necesitado quitarse el guante con ayuda de los dientes.

—Y así fue como Pongo quedó completamente libre de sospechas.

—Sí. Creo que Mr. Bateman se sentiría muy sorprendido si supiera que llegué a sospechar de él.

—Me imagino su cara si lo supiera —dijo Bill.

—Mr. Thesiger es lo que uno podría describir como un joven caballero con la cabeza llena de serrín. Uno de los dos estaba representando una comedia. Cuando decidí que se trataba de Mr. Thesiger, me sentí muy interesado por conocer la opinión que Mr. Bateman tenía acerca de él, opinión que le había comunicado a sir Oswald en varias ocasiones.

—Es curioso que Pongo siempre tenga razón —observó Bill—. Es algo enloquecedor.

—Como decía —prosiguió el superintendente Battle—, teníamos hasta cierto punto acorralado a Mr. Thesiger, que estaba terriblemente aturdido por el papel que pudieran jugar las Siete Esferas y sin saber dónde se encontraba el peligro. Solo gracias a Mr. Eversleigh pudimos al fin cogerlo. Este era consciente del peligro que corría y arriesgó la vida con una sonrisa. Pero jamás sospechó que usted podía compartir su suerte, lady Eileen.

—¡Oh, no! —exclamó Bill.

—Fue al apartamento de Mr. Thesiger con una historia preparada —siguió diciendo Battle—. Debía pretender haber recibido ciertos papeles de Mr. Devereux cuyo contenido arrojaba sospechas contra Thesiger. Naturalmente, Mr. Eversleigh, en su calidad de buen amigo, fue a contárselo a Mr. Thesiger, seguro de que este podría darle una explicación satisfactoria. Calculamos que, si nuestras graves sospechas eran ciertas, Thesiger trataría de deshacerse de Mr. Eversleigh y estábamos casi seguros de la forma en que intentaría hacerlo. Como suponíamos, Mr. Thesiger le ofreció un whisky con soda. Eversleigh vació el contenido del vaso en un jarrón de la repisa, pero debía fingir, naturalmente, que la droga estaba produciendo efecto. Debía ser lento, desde luego. Mr. Eversleigh empezó a relatar su historia y Mr. Thesiger, al principio, negó indignado, pero cuando vio o creyó que la droga estaba surtiendo efecto lo confesó todo y le dijo a Eversleigh que él era la tercera víctima.

»Cuando Mr. Eversleigh fingió estar casi inconsciente, Thesiger lo llevó a su coche y lo ayudó a entrar en él. Seguramente le había ya telefoneado a usted, lady Eileen, sin que Mr. Eversleigh lo supiera. Le hizo una inteligente sugerencia. Debía usted decir que llevaba a miss Wade a su casa.

»Mr. Eversleigh siguió representando su papel de hombre inconsciente. Tan pronto como Mr. Thesiger y él se alejaron de Jermyn Street, uno de mis hombres entró en el apartamento y encontró un whisky preparado que contenía suficiente clorato de morfina para matar a dos personas. El coche fue seguido. Mr. Thesiger salió de la ciudad y se dirigió a un campo de golf muy conocido, donde se dejó ver ostensiblemente hablando de su intención de jugar un partido. Eso, desde luego, era una coartada para el caso de necesitarla. Dejó el coche, con Mr. Eversleigh en su interior, a corta distancia del club de golf. Entonces regresó a Londres y se dirigió directamente al club Las Siete Esferas. Tan pronto vio salir a Alfred, llegó hasta la puerta, le habló a Mr. Eversleigh por si estaba usted escuchando y entró, representando su pequeña comedia.

»Cuando pretendió ir en busca de un médico, cerró la puerta de golpe, pero, en lugar de salir, subió hasta aquí y se escondió detrás de la puerta de esta habitación, donde miss Wade la mandaría más tarde con cualquier excusa. Mr. Eversleigh, obviamente, se sintió horrorizado cuando la vio a usted, pero pensó que era preferible seguir representando la comedia. Sabía que nuestros hombres vigilaban la casa e imaginó que no corría usted demasiado peligro. Desde luego, podía «resucitar» en cualquier momento. Cuando Mr. Thesiger dejó el revólver encima de la mesa y aparentemente salió de la casa, la situación le pareció más segura. En cuanto a lo que siguió, quizá usted mismo, Mr. Eversleigh, prefiera contarlo.

—Yo estaba echado en el sofá —explicó Bill—, tratando de fingir que estaba en las últimas. Entonces oí que alguien bajaba las escaleras corriendo. Loraine se levantó y fue a la puerta. Oí la voz de Thesiger, aunque no lo que decía. Loraine observó: «Todo está en orden, todo ha salido espléndidamente». Entonces él dijo: «Ayúdame a llevarlo arriba. Será algo pesado, pero quiero que los encuentren juntos. El número siete se llevará una gran sorpresa». No comprendí del todo el significado de sus palabras. Me llevaron arriba. Fue realmente algo pesado. Una vez llegados a esta habitación, oí que Loraine decía: «¿Estás seguro de que ella no recobrará el sentido?». Y Jimmy, ese maldito criminal, contestó: «No tengas miedo. La he golpeado con todas mis fuerzas».

»Salieron, cerrando la puerta, y entonces abrí los ojos y te vi, Bundle. Jamás he pasado un momento tan terrible. Creí de veras que estabas muerta.

—Supongo que el sombrero me salvó.

—En parte, sí —asintió el superintendente Battle—. Mr. Thesiger no se dio cuenta de que, con el brazo herido, había perdido la mitad de su fuerza. Sin embargo, esta es una mancha negra para mi departamento, lady Eileen. No cuidamos de usted de la forma en que debimos haberlo hecho.

—Tengo la cabeza muy dura —observó Bundle— y, además, soy muy afortunada. Sin embargo, no acabo de comprender cómo pudo Loraine mezclarse en este sucio asunto. ¡Era una chica tan agradable!

—También lo era la mujer de Pentoville que asesinó a cinco niños —replicó el superintendente—. No puede uno guiarse por estos detalles. Lleva mala sangre en las venas. Creo que su padre debió de pasar más de una temporada en la cárcel.

—¿La han detenido también?

El superintendente asintió.

—No creo que la cuelguen —dijo—. Los jurados son blandos de corazón. Pero el joven Thesiger penderá del extremo de una soga, y se lo tiene merecido. Jamás he conocido a un criminal más depravado. Y ahora —añadió—, si su cabeza no le duele demasiado, lady Eileen, podríamos celebrarlo. Hay un pequeño restaurante a la vuelta de la esquina.

Bundle asintió.

—Estoy muerta de hambre, superintendente Battle. Además, tengo que conocer a todos mis colegas.

—Las Siete Esferas —dijo Bill—. ¡Viva las Siete Esferas! Necesitamos champán. ¿Cree usted que tendrán en ese restaurante, Battle?

—No tendrá usted motivos de queja, señor. Déjelo todo en mis manos.

—Superintendente Battle —dijo Bundle—, es usted un hombre maravilloso. Siento que esté ya casado. Por tanto, tendré que apechugar con Bill.

Capítulo 34
Lord Caterham da su aprobación

—Papá —dijo Bundle—, tengo que darte una noticia. Vas a perderme.

—¡Tonterías! —repuso lord Caterham—. No me irás a decir que sufres de consunción galopante, que tienes el corazón débil u otra cosa por el estilo, porque no te creeré.

—No es la muerte, papá, sino el matrimonio.

—Lo cual es casi tan malo —observó lord Caterham—. Supongo que deberé asistir a la boda para entregarte al novio, vestido con un incómodo traje de ceremonia. Y acaso Lomax crea necesario besarme en la sacristía.

—¡Cielo santo! —exclamó Bundle—. No creerás que voy a casarme con George, ¿verdad?

—La última vez que te vi, esa parecía ser la idea en líneas generales —repuso el padre—. Y eso fue precisamente ayer por la mañana.

—Me voy a casar con alguien cien veces mejor que George —afirmó Bundle.

—Eso espero, aunque uno nunca sabe. No me parece que sepas valorar muy justamente el carácter, Bundle. Me dijiste que el joven Thesiger era un tipo alegre e inútil, y por lo que he sabido se trata de uno de los más distinguidos asesinos de la actualidad. Siento no haberlo conocido. Estaba pensando en escribir mis memorias con un capítulo especial dedicado a los criminales que he conocido. Desgraciadamente, debido a un involuntario olvido, no me ha sido nunca presentado y no podré incluirlo.

—No seas tonto, papá —repuso Bundle—. Sabes de sobra que no tienes la energía necesaria para hacerlo.

—No iba a escribirlas yo mismo —comentó lord Caterham—. Creo que no es costumbre hacerlo. Pero hace unos días conocí a una joven encantadora que se dedica a estas cosas. Se encarga de reunir el material y lo escribe muy pulcramente.

—¿Y qué hace el interesado?

—Darle detalles durante media hora al día y nada más. —Después de una breve pausa, lord Caterham prosiguió—: Es una muchacha muy bonita. Muy tranquila y simpática.

—Presiento que, si no estoy a tu lado, papá, te encontrarás verdaderamente en peligro. Eso me escama.

—Existe una clase de peligro para cada clase de gente —repuso lord Caterham.

Se alejaba cuando, de pronto, se detuvo y preguntó:

—A propósito, Bundle, ¿con quién te vas a casar?

—Me extrañaba que no me lo preguntases. Me casaré con Bill Eversleigh.

El egoísta permaneció en silencio, pensando. Después asintió totalmente satisfecho.

—Excelente —dijo—. Un gran jugador de golf. Él y yo podremos participar en el campeonato por parejas del Torneo de Otoño.

Agatha Christie
TRES RATONES CIEGOS

Agatha Christie
MUERTE BAJO EL SOL

Agatha Christie
EN EL HOTEL BERTRAM

Agatha Christie
LA CASA TORCIDA

Agatha Christie
EL MISTERIO DE LA GUÍA DE FERROCARRILES

Agatha Christie
EL ESPEJO SE RAJÓ DE LADO A LADO

Agatha Christie
EL MISTERIOSO CASO DE STYLES

Agatha Christie
LOS CUATRO GRANDES

Agatha Christie
ASESINATO EN MESOPOTAMIA

Agatha Christie
EL CASO DE LOS ANÓNIMOS

Agatha Christie
NÉMESIS

Agatha Christie
Y NO QUEDÓ NINGUNO

Agatha Christie
PROBLEMA EN POLLENSA

Agatha Christie
LAS MANZANAS

Agatha Christie
EL TRUCO DE LOS ESPEJOS

Agatha Christie
CARTAS SOBRE LA MESA

Agatha Christie
HACIA CERO

Agatha Christie
EL TESTIGO MUDO

Agatha Christie
MATAR ES FÁCIL

Agatha Christie
TERCERA MUCHACHA

Agatha Christie
EL MISTERIO DE LAS SIETE ESFERAS

Agatha Christie
EL MISTERIO DE PALE HORSE